行读八闽大地

唐颐 著

海峡出版发行集团 | 海峡文艺出版社

图书在版编目(CIP)数据

行读八闽大地/唐颐著.—福州:海峡文艺出版社,2025.8

ISBN 978-7-5550-4116-0

Ⅰ.I267.4

中国国家版本馆 CIP 数据核字第 2025CK7980 号

行读八闽大地

唐　颐　著

出 版 人	林　滨
责任编辑	蓝铃松
出版发行	海峡文艺出版社
经　　销	福建新华发行(集团)有限责任公司
社　　址	福州市东水路 76 号 14 层
发 行 部	0591—87536797
印　　刷	福建省天一屏山印务有限公司
厂　　址	福建省福州市闽侯县荆溪镇徐家村 166—1 号楼
开　　本	720 毫米×1010 毫米　1/16
字　　数	200 千字
印　　张	16.5
版　　次	2025 年 8 月第 1 版
印　　次	2025 年 8 月第 1 次印刷
书　　号	ISBN 978-7-5550-4116-0
定　　价	88.00 元

如发现印装质量问题,请寄承印厂调换

总序

半世“行读”为乐事

唐　颐

“诗和远方”是潜藏在每个人基因里的，只是你不知道什么时候被激发出来。

我1953年出生在闽东的一个山城，因为父亲是福州人，从小听父母谈论福州往事，懵懂中的“诗和远方”，隐约就是闽江大桥和烟台山。

13岁时，这种基因突然受到激发。那年中国发生了一场名曰“革命大串联”运动。在班主任带领下，我和初二年级30多名同学一起出发，目标是到北京天安门接受毛主席接见。第一站，福州；第二站，上海；第三站，南京。均乘火车。那时火车拥挤状况，恐怕是中国史上的空前绝后。到了南京，在长江南岸火车轮渡码头等了三天三夜，最终没能挤上进京火车，只好悻悻返乡。但上海外滩和南京中山陵、雨花台景物以及民俗风情，驻入心间，从此挥之不去。这可能就是最初的真实版的“诗和远方”。

1969年的知识青年上山下乡运动，我毫无选择地被插队落户于本地农村，竟然十分羡慕大城市的知青，他们可以奔赴北大荒、内蒙古大草原、西双版纳等远方，甚至可以成为建设兵团的一名农垦战士。“诗和远方”与我无缘，唯心向往之。

1977年恢复高考。我当时是一家农械厂金工车间工人，填报的第一个志愿“哈尔滨工学院”，但名落孙山。1978年改报文科，第一志愿“北大图书馆系”，未被录取，录取于福建师范大学，感觉“诗和远方”再次落空。

1981年秋毕业实习，我受到指导老师影响，按照《徐霞客游记》中《闽游日记》所描述，引导学生游览福建永安桃源洞，撰写读后感。这让我从中受益匪浅，明白了，“诗和远方”其实亦在“读万卷书，行万里路”之中。从此喜欢上徐霞客，萌生了日后沿着《徐霞客游记》的路线，壮游祖国山河的愿望。

感谢邓公，恢复高考和提出“发展是硬道理”的治国理政总方针，让我切身体会到“知识改变命运”，并有机会投身到改革开放洪流之中，为家乡建设和强国富民，尽绵薄之力。几十年基层工作的得失与酸甜苦辣，唯有寸心得知。而今回首，许多次国内外学习培训、考察取经与经贸活动，包括服从组织决定，许多次改换工作岗位，激发了自己努力学习和实践的热情，从个人情结和阅历来看，不就是从向往“诗和远方”到践行“读万卷书，行万里路”吗！

感谢福建省委原副书记何少川，介绍我加入福建省炎黄文化研究会，并在退休之后参加该研究会和省作家协会联合组织的“走进八闽”大型纪实文学丛书采风活动。这项活动在何少川团长带领下，从2007年至2018年，历时12年，为福建省所有县市区（84个）各撰写一册书。该丛书要求体例统一，内容全面，特色突出，文化味浓，每册约20万字，选题三四十篇，由三四十名作者撰写。丛书陆续出版后，受到不同层次读者欢迎，被誉为“通俗版当代县志”。我有幸“走进”70余个县市区，撰写70余篇文章。我以为，这就是“行万里路，读万卷书”最佳的践行方式。

退休之后，喜欢自驾游，不仅驾行祖国各地，也多次出国旅行。由于深受《徐霞客游记》影响，加上“走进八闽”采风模式的调教，养成了边走边读边写的习惯，并从中得到乐趣，乐此不疲。十多年来，不知不觉写下约200万字。我将之整理为《边走边读徐霞客》《边走边读苏东坡》《行读“胡焕庸线”西面风景》《行读闽东山海间》《行读八闽大地》《行读大江南北》《行读五洲万象》《行读人生岁月》，共8册。自以为，游记和“采风体”文章是靠车轮与双腿“写”出来的，先行走，后读写，所以将之定位“行读”。这些文章，大都是因地因时有感而发，随手写来，多为粗粝之作，但敝帚自珍，有劳读者批评指正。将之定位“文存”，其实有写给自己看、为自己作品存档之意。

退休那年，我为自己书房撰写两句话：“行路五千里，读书五千卷，半世行读唯乐事；再行五千里，再读五千卷，余生伴侣逍遥游。”

我当继续努力。

感谢文友邱景华先生为我的“行读文存”撰写评论。感谢老同学周安林、沉洲和文友白荣敏、徐龙近等先生，为我的文稿编辑修订，提出许多宝贵意见，在此一并致谢。

2025年夏

目　录

福道——福州最美步道

2016年盛夏，在一个蝉鸣声声的清晨，我兴致勃勃地探访福道。福道办工作人员小陈为我导游。福道是指福州左海公园至国光公园的城市森林步道，目前是全国最长的一条依山傍水、与生态景观融为一体的城市休闲健身走廊。之所以取名“福道”，寓意着“福荫百姓，道法自然”的理念。

一

福道的创意来自新加坡亚历山大城市森林步道。众所周知，新加坡是一个寸土寸金的滨海港口城市，国土面积小，人口密度大，因此，追求人与自然和谐相处，打造精致家园，是新加坡人城市建设的理念。笔者今年初小住新加坡几日，经友人推荐，游览了这条被誉为新加坡最美的步行栈道。

那天下午，我们从新加坡国立大学出发，步行至怡丰城，全程9000米。这是一条位于新加坡南部山脊，将花柏山公园、直落布兰雅山公园、肯特岗公园连为一体的栈道。它连接了新加坡繁华城区相当大的一片地域，沿途尽览历史遗迹、园艺丛林、海洋港湾和现代城市的景致。不知不觉行走4个小时，一路相伴的是，蓝天白云与灿烂红霞，乃至灯火辉煌，让你在锻炼身体的同时，充分领略了森林山野的自然之美，也感受到城市文化的魅力和这座城市的精华。

号称“亚历山大城市森林步道”，热带雨林确实是它显著的特点。当你顺着造型就像一张树叶的亚历山大拱桥前行，很快进入一条丛林步道，这是一段钢架结构的空中走廊，脚下是一片直落布兰雅山的原始次生林。游客实际上行走在一株株冲天大树的树冠之间，可谓曲径通幽、别有洞天，还可透过脚下的网架，俯瞰山间热带雨林景致，颇有远离闹市探寻秘境的意味。

亨德森波浪桥也是步道的亮点之一。它的整体外观设计呈现波浪形，颜色蓝白相间，浪漫怪诞，是新加坡最高的人行天桥，距地面 36 米，总长 274 米，连接直落布兰雅山和花柏山，横跨亨德森路。站在桥上向南可以远眺港湾、浩瀚的大海和繁忙的港口，向北可望见市区林立的高楼大厦和霓虹闪烁的城市夜景。

肯特岗公园二战期间曾是新加坡抗击日本侵略者的重要战场。这里也是以植被丰富著名。而隔壁的园艺公园是东南亚第一个以园林为主题的集科普、研究、休闲、采购为一体的公园，有 100 多种奇花异树。

总之，行走在新加坡亚历山大城市森林步道，有一种奇妙的感觉，那就是大自然原生态的恬静淡泊与现代化都市的繁华热烈，竟能结合得如此相映成趣、天衣无缝。

二

福道的规划设计请来了新加坡亚历山大城市森林步道的设计团队，也融入了当地专家。建设者要求他们借鉴成功经验，发挥本地特色，提出以“览城观景、休闲健身、生态环保”为目标定位，以“一轴三片五点”为总体规划，构建市中心特色山水休闲慢行系统。所谓“一轴”，即左海公园至国光公园为主轴；“三片”，即左海片区、梅峰片区和闽江片区；“五点”，即连接五个公园节点，分别为左海公园、梅峰山地公园、金牛山体育公园、金牛山公园和国光公园。沿线还有杜鹃谷、樱花园、兰花溪、摩崖壁等10余处自然和人文景观。

福道规划总长约19千米，其中主轴线依山脊顺势而建，呈东北至西南走向，长6.3千米。步道规划设置10个主要出入口，其中5个出入口与5个公园相连接，形成高架栈道与地面步道双向循环。同时，根据山地形状与栈道高低状况，又设置了多处快速出入口（应急出入口），方便游客快速进出福道。

福道主体采取空心钢管桁架组成，宽度为2.4米，是按照两个大人和一部轮椅可同时通行的宽度进行设计的。两边钢板护栏向外30度倾斜，使人视觉更加宽敞。路面两旁种植藤蔓植物，让绿叶爬满护栏。坡度按照1∶16无障碍通行的标准设计，即每16米长度，只能上升或下降1米。桥面采用格栅板，缝隙控制在1.5厘米以内。我行走之上，感觉格栅板路面弹性好，走起来相对轻松。确实符合生态、方便、智能的要求。这样镂空的设计，不影响步道下方的植物继续生长，最大限度保护生态。步道每隔200多米都会设置一个休息亭、庇荫阁，方便游客休息、观景。沿线还规划设计了游客中心、服务建筑、观景平台、景观桥梁等20余处休闲服务设施。在主要出入口和景观节点处设置触摸屏和LED显示屏，提供景区介绍、便民服务查询、PM 2.5、实时温度湿度等信息，供游客浏览查询。在所有出入口处都安装视频监控，实行常规监控与人流量分析统计，同时还有一键求助、应急广播、森林火灾监控等系统。

三

我们第一站来到梅峰山地公园，福道上已有不少晨练市民的身影。梅峰山地公园位于福道的中段，占地10公顷，东接左海公园，西连金牛山公园。

小陈引导我步入一条水中栈道，让我顿时产生一种穿越湖面的“水上漂”感觉，不得不赞叹设计者的独具匠心。梅峰山地公园有3个天然小湖泊，位于中间的湖泊如一面翡翠的圆镜，湖面约3000平方米，一条直线栈道，将湖面分割成两个半圆。步入栈道，视线恰好平行于水面，两旁是锦鲤在水中游弋，绿头鸭在水面争食，又似乎进入一艘潜艇，有一种“潜望镜”的效果。小陈见我小心翼翼状，笑着说，尽管栈道路面低于湖面1.5米，但安全性能十分牢靠，不存在湖水倒灌栈道的可能，即便是下雨天，栈道也不会积水。

我仰望头顶，一个巨大的圆圈形栈道悬在半空，而后蜿蜒上山，壮观之极，而空中栈道上的游人，正俯首欣赏湖面景色，我们观景之时也成了一道风景。

梅峰山地公园是福州第一个山地类海绵公园，采用了生态树林、雨水花园、湖边湿地、旱溪等丰富的景观形式，将收集到的雨水层层截留、过滤，而后汇入湖泊中。湖水里投放改良的水生动植物，建立可循环生态系统，湖水水质优良，可用来浇灌公园植被。

梅峰山地公园分为绿植建筑区和山地游览区。入园口附近2.2公顷地域为绿植建筑区，有8000多平方米的“创客空间”，和13000多平方米，掩盖在郁郁葱葱的绿植中，为游客提供舒适的休闲空间。山地游览区在梅峰山麓中，占地7.8公顷，栈道环绕在青翠的森林中。行走其间，树冠夹道，我赞叹有如探访雨林的感觉。小陈介绍，到了深秋季节，能欣赏到红黄绿三种色彩，红的是枫叶和池杉，黄的是银杏和无患子，四季青翠的则是榕树、樟树、杧果树。

四

迈入金牛山体育公园，迎面而来的是一座环形坡道，这是福道工程中标志性建筑之一。我第一眼望见这个庞然大物，以为是一座标新立异的现代化停车场。环形坡道长度210米，外圈直径23米，内圈直径18米，缓行3圈多便可登上悬空步道。内设360度全圆观景电梯，电梯提升高度为13米，为老弱病残者的无障碍出行考虑周密。

沐浴着新一天的灿烂阳光，我们沿着长龙般的悬空栈道缓缓前行。小陈告诉我，今年春节期间，金牛山体育公园福道试开放，日均吸引2万游客来此游览，简直是人气爆棚。为避免拥堵，采取单向通行，整条环形路3.7千米，福道经受了超大人流的检验，完全合格，让市民享受到更多的获得感。

杜鹃谷是这里的亮点之一。杜鹃谷占地4.5公顷，谷中长有10余种共6万株杜鹃花。春夏季节，大红的、粉红的、绛紫的、雪白的杜鹃花竞相开放，成一胜景。此处谷深林幽、林木茂盛，有几十年树龄的橄榄树和龙眼树，还有香樟树、相思树和毛竹等。从去年开始，公园管理者精心在树梢上装置了100多个鸟巢，吸引鸟儿们到此安居。此举颇成功，让游客漫步栈道，眼中花红树绿，耳边蝉鸣鸟啭，仿佛置于密林深处。

月崖桥景点也是个好去处。其跨度38米，跨越2个悬崖，设有钢结构悬挑观景平台，伫立于此，可俯瞰洪山桥一带闽江景色和榕城万家灯火。令人刺激的是，此处还安装了玻璃桥面，让游客低头一览脚底下的万丈深渊。

五

福道西端的工程位于原西客站，它由一座横跨洪甘路曲桥、一栋观景平台和一条悬挑栈道组成，一端连接国光公园，另一端与福道主线相连。洪甘路曲桥总长116米，桥墩净垮66米，桥体净高6.5米，该桥是省内单跨最大的钢桁架曲桥。观景平台位于原西客站停车场内，按1∶12坡度缓缓提升，游客可从观景平台步入栈道。钢结构悬挑栈道是建在一面悬崖峭壁之上，呈“之”字形，远眺有如恒山悬空寺，奇丽壮观。我们来访之时，这些工程正在施工中。

我途中向小陈了解福道工程进展情况与工作重点、难点等问题。小陈 2008 年大学毕业，考录鼓楼区委事务管理中心，2012 年抽调到福道办工作至今，可以说，全过程参与了福道的规划设计与施工。他说福道项目得到广大市民的认可和支持，他为自己而立之年能参与完成这项十分有意义的民生项目而感到自豪。

小陈认为福道建设的重点、难点在于协调方方面面的关系，19 千米长的栈道牵涉到驻军单位、省市直机关单位和当地居民的土地财产等问题，许多事情非常棘手。但鼓楼区的领导和福道办的同志们都学会了“软磨硬泡”的本事，再难也得把项目拿下。施工的难点就是要最大限度保护生态。所以在施工中主要采用人工、骡马、缆道等方式运输沙石料、水泥等材料，在钢构件安装过程中采用“桥面吊机滑行调装”的工艺，利用已成型桥段桥面作为吊机行走和构件运输平台，把施工过程对自然环境破坏降到最低。

这条创意来自新加坡亚历山大城市森林步道，如今像一条巨龙蜿蜒于闽江北岸山水之间的福道，应该是“青出于蓝而胜于蓝”。它正以令人惊喜的姿态，迎接越来越多获得感的福州市民。

我对小陈笑道：“福道”也可解读为福州最美步道。

2016 年夏

杨鸿斌和采峰别墅

2015年初，福州市台江区政府斥资5000万元人民币购下采峰别墅。接后不久，又投入200多万元，修缮这座省级文物保护单位。2016年的白露季节，我慕名拜访采峰别墅，别墅闭门谢客仍在修缮。负责修缮技术指导的池工程师告诉我，修旧如旧工作必须“磨洋工”，只有这样才能保证质量，争取年底竣工验收，新年对外开放。我徜徉于这座百年老屋，细细品味沧桑岁月留下的痕迹，久久不忍离去。

杨鸿斌原是采峰别墅的主人。他的生卒年为1884年—1974年，出生在台江长汀村，即现在的宁化街道。长汀村当年属于福州的贫民区。那时的福州已是五口通商的口岸，闽江上外国轮船川流不息，颇热闹。杨鸿斌家境贫寒，七八岁时就提着篮子到码头卖光饼。他家烤制的光饼从不偷工减料，很受顾客青睐，杨鸿斌肯吃苦又机敏，小本生意逐渐在台江码头一带小有名气。这光饼一卖便是10年。

至于杨鸿斌19岁那年为何漂洋过海下南洋，则有好几个传说版本。有的说，他经常登船卖光饼，结识了不少船老大，有位船老大见他聪慧勤快，便收他为徒，带到马来西亚槟城经商。有个说法最富戏剧性，说他有一次登船卖光饼，没有卖完，舍不得下船，结果船开走了，就这样“漂”到了南洋。

据原福建师范大学历史系教授林精华描述：杨鸿斌19岁随友赴马

来西亚槟城谋生，进商场当学徒。因聪颖好学，勤奋干练，深受老板器重，被破格升至商场经理。不久取得老板允诺，多方集资独立创办振光公司，经营进出口贸易，兼发展橡胶林、椰林种植业。因经营有方，历数年发展成为槟城的商业巨擘。

杨鸿斌生性慈祥，谦恭待人，热心公益事业。为团结、联络在槟城的福州籍华侨乡亲，他发起成立槟城福州会馆，担任永久理事长，并出资购买地皮建会馆。人们为表彰他对会馆的贡献，把会馆大礼堂命名为“杨鸿斌礼堂”。

笔者于2016年元月走了一趟马来西亚，也造访过槟城。槟城号称马来西亚首都吉隆坡和新山市之后的全国第三大城市，华人众多，据说人口统计与马来人平分秋色，所以华语在这里畅通无阻，让你丝毫没有“独在异乡为异客”的感觉。那日，槟城的福州乡亲陪同我拜访福州会馆，一眼望见“杨鸿斌礼堂”巍巍耸立。它历经百年沧桑，不仅依然充当福州十邑乡亲聚会的场所，也已成为一座历史文物，更是一种精神标志，标志着南洋华人华裔勤劳、勇敢、智慧的传承。

福州乡亲告诉我，杨鸿斌是槟城著名的爱国侨领。他当年为使福州籍华人子女受到良好教育，同时将中华民族传统和福州民俗文化代代传承，出资创办槟城三山学校，自任校建委会主席。那天，我在福州会馆遇见两位年近古稀的福州乡亲，他们均毕业于三山学校，一开口说话，我便听出熟悉又亲切的福州口音的普通话。两位老人均儿孙满堂，分布在好几个国家，但大家都有一个共同特点，通晓4种语言：普通话、福州话、英语、马来语。

1920年，37岁的杨鸿斌衣锦还乡，此番回乡的目的是要建造一座大屋，他选中了登临可南望闽江的彩气山肇基。据说有人将彩气山挖出的土过秤，竟比石头还重，放到火中烧，泥土干后成蜂窝状，孔隙中似有水银渗出，这是聚财吉兆。杨鸿斌的大屋占地面积约3.5亩，建筑面积520多平方米，从动工至落成仅花费5个多月的时间。大屋取名“采峰别墅”。“采峰”寓意着采5座山峰之灵气，指别墅坐落于彩气山东麓，背靠乌石山，面对藤山，左鼓山，右旗山，体现了中国传统的住宅风水之说，天人合一，阴阳和谐。

彩气山与大庙山连成一体，如果说大庙山为龙首，彩气山便是龙脊。大庙山净高31米，又被称作“越王台”，文化底蕴深厚。汉高祖五年（前202），汉王册封无诸为闽越王，无诸在此筑台受封而名。至今山上保留有“全闽第一江山”碑刻。明末曹学佺诗云：“山河原属越王台，台下江流去不回。”在漫长的历史长河中，围绕着大庙山，商店民居、会馆祠堂、拱桥街巷逐步形成，成为闽江之畔最繁盛的商贸中心，被称作“上下杭”。

上下杭是福州历史文化名城的重要组成部分，也是福建省海洋文化和闽商精神的重要发祥地之一，素有“福州传统商业博物馆”之美称。采峰别墅便是上下杭古城的一颗璀璨明珠。

推开上杭路122号一扇不起眼的紧闭的柴门，一条宽3米多、长60多米的甬道出现在眼前，青色大理条石铺设，缓缓上坡，两侧高墙耸立，那宏大气势让人眼睛一亮。甬道当年又称“马道”，供马车通行，因为在汽车尚未普及的年代，大户人家出行以坐马车为主。

踏上湿漉漉的条石，带着几分神秘感轻轻前行，穿过照壁，一座两层高的灰色砖楼豁然眼前，在大榕树和高高的玉兰树掩映下，爬满紫薇藤的大门微微开启，似乎向你打开尘封的往事。

这是一座典型的20世纪初中西合璧的建筑，连名字都是中西合璧，“采峰”为中国文化，“别墅”乃舶来品。大厅宽敞透亮，彩色花纹瓷砖铺地，光影照人，完全可以充当舞池。池工程师介绍：别墅的主要建材如地砖、楠木、钢材等都是从海外运回的，你看地砖都百年历史了，还鲜艳如新。就连外墙的砖头，也是海外专门烧制的，刻有“采峰”两字。大厅之所以这么宽敞不立柱子，是引进了钢筋混凝土技术，解决了建筑大跨度、大出挑等技术问题，而且设计时将工字钢藏入隔层中，使之外形更加美观。

上二楼的楼梯精雕细刻，连踏板用料均是楠木。每一扇窗户样式也是中西合璧，上半部采用中国古典镂空花格，下半部饰以玻璃，外面安装百叶窗，皆是珍贵的楠木。二层以开敞式的挑廊相连，并设以半圆形的观景阳台，视野开阔。庭院小巧玲珑，假山、流水、亭榭，却也曲径通幽，有着江南园林之典雅，又透出热带南洋之风韵。是否可以这么以为，20世纪初中西合璧的建筑风格，诠释着的是传承与批判、改革与开放、实业救国等理念。

遥想杨公当年，事业如日中天，英姿勃发，登楼凭栏，眼前的滚滚东流水，通海越洋。他一定想到，一水相通的槟城虽是事业发祥之地，但自己的根还是在闽江之北的上下杭。

衣锦还乡，不仅为了风光无限，更为了报答桑梓。杨鸿斌几十年如一日致力于家乡的慈善事业。他在福州创立慈善社，资助孤苦无靠、生活穷困的贫民，给困难产妇发“产粮”，给赤贫者“冬赈”；向孤儿院、平民医院、佛教医院提供巨额资助。1926年，军阀张毅的部队在闽侯瓜山一带烧杀掠抢，村落被夷为废墟，萨镇冰将军筹资为难民建庐舍，辟南通路，修苏州桥，得到杨鸿斌全力相助。竣工之日，萨镇冰与杨鸿斌携手并肩剪彩，在福州传为美谈。1948年6月，福州洪水泛滥，灾情奇重，杨鸿斌慷慨解囊，救助灾民，灾后又捐资修复水利，帮助灾民重建家园。

长期做善事的杨鸿斌老人1974年去世，享年91岁。

百年岁月，风云激荡。如今，人去楼空，唯有南面的一江之水向东流。所幸的是，老屋历尽沧桑，老而弥坚。但愿修旧如旧的采峰别墅如期开放，并能多方收集陈列老主人海内外一生岁月的珍贵资料，让这座伫立闽江之畔的百年老屋，和滔滔不绝的江水一起，为南来北往的游客，叙说着闽商荣光。

2016 年春

今向虎山行

20 世纪 70 年代末，我求学于福建师范大学。一日，应闽侯同学依弟之邀，前往他家乡祥谦镇做客，拜谒了林祥谦烈士陵园。依弟告诉我们，五虎山下 20 世纪出了两位大人物，一文一武，文的是林森，任过国民政府主席；武的是林祥谦，“二七”大罢工的工人领袖。两位大人物全仰仗五虎山风水孕育，“五虎”也是“五福”也。我抬头仰望，一山飞峙乌龙江畔，五座山峰犹如五只猛虎，威风凛凛又不失敦厚稳重，形神兼备，令人惊叹。

毕业后，福厦公路往来多趟，行车至此，皆能眺望五虎山，心想，何日能登临虎头峰，一览榕城内外胜景，沾点虎气和福气，人生幸甚，但一直未能如愿。2016 年初冬参加闽侯采风活动，得知五虎山作为国家森林公园，已列入候选名单，我为了却多年夙愿，积极争取到这篇命题作文，遂有今向虎山行。

一

五虎山位于福州市区南部，范围涉及闽侯县祥谦镇、南通镇与尚干镇，是旧时闽县和侯官县的天然界线，因五座山峰高度相若、形势虎头而得名。五座山峰自北向南排列，名“小虎”“大虎”“白面虎”“岐尾虎”“回头虎”（又称“尾虎顶”）。从福州市区向南望，山形端方如几，故又名“方山”。宋朝理学家朱熹赋有诗篇《方山》：

到山不识山面目，但见九鼻盘溪曲。

归来兀坐小窗下，倚天百尺堆汉玉。

2014年7月，国家林业局批复准予设立福建五虎山国家森林公园，面积2668公顷。2016年1月，森林公园总体规划评审通过。

陪同我登山的是闽侯县林业局林业科技推广中心的江主任。江君20世纪90年代初毕业于浙江林业高等专科学校，一直在家乡闽侯林业部门工作，参与了五虎山申报国家森林公园工作全过程，对五虎山环境资源了如指掌、如数家珍，令我受益匪浅。

森林公园顾名思义，应是蓊蓊郁郁连绵起伏的森林。确实如此，五虎山生态环境优越，森林覆盖率达98%，广袤的森林造就了空气清新、气候宜人的小环境，负氧离子含量高，一些地区达到每立方厘米61000个以上，当市区酷热难耐时，这里成了天然避暑胜地。我们登山之日，虽是立冬季节，但今年气候反常，今日气温最高竟达29摄氏度，艳阳高照，有如盛夏。江君却备一壶姜茶上山，说山中凉风习习，湿润有加，别有洞天，登山大汗淋漓之后饮用姜茶有益于健身。果然午后不久，我们登临白面虎峰顶，便深感江君所言极是，阵阵寒意中温暖地喝几口姜茶，领略山上山下两重天。

山中物种丰富，景观多样，分布有大面积的中亚热带常绿阔叶林，其中有国家一级保护植物刺桫椤、银杏、南方红豆杉、苏铁、水杉和二级保护植物闽楠、香樟、鹅掌楸、花榈木等。还蕴藏有蟒蛇等国家一级保护野生动物和猕猴、穿山甲、苏门羚、白鹇等国家二级保护野生动物。我们此行虽没偶遇野生动物，但确实感受到了森林的多样性。

公园植被随海拔高低呈垂直分布，海拔300米以下，主要是果树林带，遥望成片的橄榄树，似乎闻到闽侯特产青橄榄的芳香，满口生津。海拔 300 米至 500 米，为常绿阔叶林带，以楮栲类占优势。近些年种植了不少木荷、枫香、黄连木、山樱花、马尾松等树种，改善其春花秋叶植物季相景观。江君拍打着眼前的木荷树干，说，这片木荷林是我十年前参与种植的，树干已有碗口粗了。我笑曰，十年树木，果然是也，木荷有如你孩子，见面亲切。

我对江君说，我对一种矮小的植物颇感亲切，名叫“金毛狗蕨”，根状茎平卧，翘出土面部分长着金黄色柔软的茸毛，油润发亮，形如金丝狗毛，故得名。当年闽东山中多有此物，少儿时常去采撷那金丝狗毛，将之仔细装入火柴盒中，因为那柔软的茸毛是外伤止血的特效药。江君告诉我，金毛狗蕨还是国家二级保护植物，它不仅可用于外伤止血，还是补肾、利尿、祛风湿的传统中药材。

海拔 500 米以上的山地灌丛最令人赏心悦目，特别是遍布山头如地毯式的芦苇，青黄相间，随风摇曳，给人一种“蒹葭苍苍，白露为霜”的画面感。远眺，恰似五只猛虎脸面、头颈、脊背毛茸茸的斑纹；近前，踏入与人等高的芦苇丛中，沙沙作响，感觉钻入“青纱帐”中。

二

五虎山作为福州城的南向地标，十分醒目。五虎雄姿自北向南，其中前四虎齐头并列，面朝北面福州城，海拔 560.5 米至 568.5 米之间；回头虎向南，海拔 611.5 米，高度为五虎之最。五虎栩栩如生，或威猛端坐，或仰天长啸，或敦厚温和，或凝神专注，或睨视江面，形态各异，惟妙惟肖。

那天上午，我们从岐尾村进山，可远观五虎雄姿。江君说，规划在观赏五虎山最佳视角的地方建设 3 座景观亭，于福银高速与福州三环连接线之间的老鸦礤建望虎亭，远观全景；于黄土边村通往五灵岩寺的道路旁建仰虎亭，仰望岐尾虎和回头虎；于公园东入口的登山道侧建瞻虎亭，近瞻岐尾虎和白面虎。

五灵岩寺坐落于岐尾虎东麓半山腰，观音殿始建于唐，重建于明崇祯六年（1633），寺院巧妙利用五块巨岩构建，或跨岩上，或倚岩侧，或穿岩隙，错落有致，巧夺天工。1981年，自岐尾虎顶崩落一岩石于寺旁，大如屋，寺僧命石匠刻“五虎胜迹”。1983年1月13日夜，雷电交加，风雨大作，岐尾虎顶又劈落两块巨石，滚至寺院一侧，构成一个天然的巨大山门。所以当地人称，两番虎顶崩石，不为祸害，只为五灵岩寺又添新景，足见岐尾虎神奇。

寺院古树参天，泉流汩汩，环境清幽，寺外松篁夹道，天高气爽，风景犹佳，由此可登五虎山顶峰。目前登山石栈道已规划好，也铺设了1000米左右，但大部分路程还得手脚并用，攀爬于崎岖小径。正午时分，我们登临白面虎顶峰。

五峰中白面虎峰最为险峻，悬崖峭壁，兀立千仞，峰巅如猛虎昂首长啸，虎的“脸面”因岩石裸露，呈灰白颜色而得名。其山顶为平坦之地，建有一座铁塔，足有十多米高，却拦腰弯折，已成破败之物。此物乃许多年前，省森林防火办建造的瞭望塔，但建成之后尚未启用，被一阵大风折断了腰，第二天工人上山维修，又遭车祸，于是至今维持着现状。

白面虎是座有故事的山峰。相传古时八仙的吕洞宾和李铁拐云游至此，一边赏景一边下棋，吕洞宾忽觉背上发痒，一摸，原是两根大羽毛，便随手插入座旁的石缝中。谁知这两根羽毛正好插到白面虎的脊背，这下不得了，猛虎添翼，厉害无比。从此，这只白面虎时不时飞过乌龙江，到福州城里伤人，后来，福州布政使在高人指点下，请城里最好石匠，用青石雕刻了三只大石狮，摆放在鼓楼前，镇住城南五虎，这即是福州著名的历史传说“三狮镇五虎”。

沿着山脊，可从白面虎顶向北行走，至大虎和小虎峰顶，行程约两个小时。如果再攀登岐尾虎和回头虎，按现行的“靠人踩出来的路”方式，一天的徒步走不完。但我高兴地看到规划中五座山峰栈道相连，到那时便不用手脚并用，艰难攀爬了。

当我气喘吁吁登临绝顶时，真有若林则徐笔下“海到天涯天作岸，山登绝顶我为峰”的豪迈。五虎山顶不愧是俯瞰福州全景的最佳观景点，北瞰近前的乌龙江，江面开阔，气势磅礴，远处的闽江，如带环绕，温婉优雅，两江从西而至，汇合于马尾，流入海天茫茫大海。两江之间，洲岛浮沉，高楼林立，绿树掩映，如绘似画。山脚下，福厦、福银两条高速公路交叉而过，东南汽车城、建材市场、水果蔬菜市场和住宅小区。

南望两个湖泊，水面如镜，熠熠生辉，湖光山色，赏心悦目，那是三溪口水库和方山天池。两座水库皆乃 1958 年“大跃进”产物，现已成为风光旖旎的风景点。更难能可贵的是，它们至今仍为附近乡镇十多万人提供优质饮用水。

有位诗人说，要想爱上一座城市，你只需在它的上空，鸟一样俯视这片土地。我今天尤为欣赏这两句诗，因为五虎山为我插上了飞翔天空的翅膀。

三

五虎山有着深厚的历史文化底蕴。朱熹的方山题刻，在《闽都记》《榕城考古录》等志书中均有记载。相传朱熹暮年，为避“伪学”之禁，隐居五虎山下下卓村，筑吟五虎山翠山楼，现遗址位于三溪口湖畔。五虎山倒映湖面，林木青翠，小溪潺潺，风景优佳，重建吟翠山楼已列入规划中。方山古驿道从楼前穿过，青石铺设，时断时续，满眼沧桑。驿道旁保存一块古物“里程碑”，碑面阴刻“闽县清廉里，南至大田驿二十五里，北取方山驿五里”。该碑文明确记述了古驿道路线与方位，是研究闽侯古代交通、地名以及历史地理的重要资料。

五虎山地势险要，军事上成为易守难攻要塞。相传 600 多年前，元朝名将、福建行省参知政事陈有定曾屯兵于山中，摆开与明朝开国皇帝朱元璋决一死战的架势。朱元璋派使者劝降，可没想到陈有定杀了使者，还将使者血掺入酒中，分给将士们一起喝，以明誓死效忠元朝的决心，后陈有定战败，服毒自杀。2010 年，福州市第三次文物普查中，发现了陈有定屯兵遗址，在岐尾虎与回头虎的峡谷间，留存一座关隘寨门，坐西向东，由块石垒砌，并建有营房多处，辟有演兵场。其中保存较好的一处营房遗址，占地 500 多平方米，呈方形，内分三列，每列有三四个房间，断壁残垣尚有两三米高，皆为不规则石块垒筑，早已青苔斑驳。演兵场遗址面积达一万平方米，十分气派。还留存土井一口。

列入五虎山森林公园范畴的南阳顶山脉，峰峦叠嶂，山深林密，竟隐藏着大小溶洞十多个。其中下岩洞可容纳百余人，第二次国内革命战争时期，叶飞曾带兵驻扎于此。解放战争时期下岩洞又是福建省委（闽浙赣区党委）机关的驻地，是一处珍贵的红色遗址。

1959 年，南阳顶建起了老区农场，林、农、牧、果全面发展，红火一时，盖起了气派的场部大楼，为砖木结构，可住宿 100 多人。到了 20 世纪 60 年代末，大楼又成了上山下乡知青的场部，如今，墙壁上依稀残留当年标语字迹，记录下那一代人的青春岁月。

四

在我国许多名山胜地，佛教寺院与茶叶结缘，产生了独特的“禅茶”文化，五虎山的方山寺与“方山露芽”所流传千年故事，便是如此。

方山寺建于唐朝，位于方山天池北岸海拔 380 米处，宋梁克家的《三山志》载：“方山寺，清廉里，陈天嘉元年置……是山峭拔秀碧，又出二峰顶上，真一郡壮观，上有阿育王塔，因而建寺。”明王应山

《闽都记》亦载："山之阴有峰，逆驰而西，日黄岩，上有阿育王塔，旧有方山寺，陈天嘉元年建。"同时还记载，唐时方山寺拥僧甚众，并有高僧怀恽，名播四域，为一代名僧。

根据史书记载勘察，方山寺遗址分布较广，现地面堆积的带柱础的圆状石柱达10余根，其中最长柱高约4米，直径达半米。遗址周边还散落有唐宋时期的砖瓦，并有烟熏痕迹。方山寺后因为驿道改线而逐渐衰落。明初，寺院遭大火而毁。

五虎山上自古生产茶叶，到了唐代，"方山露芽"已声名远扬，列为名茶贡品，唐代"茶圣"陆羽的《茶经》卷之四"茶之出"中提道："福州有柏岩、方山露芽。"唐李肇《国史补记》："福州方山茶，又称方山露芽，列为贡品，其品质甚佳。"

方山寺的高僧怀恽是了不起的人物。据宋梁克家《三山志》记载，唐宪宗元和年间（806—820），方山寺高僧怀恽应诏到京都长安麟德殿，唐宪宗赐茶。按常理，皇帝赐茶，莫大荣耀，本应诚惶诚恐，那茶自然是琼汁玉液，品饮之后，更应赞赏不迭，但这位老和尚竟然奏曰："此茶不及方山茶。"不知皇帝听罢是否龙颜大怒，志书没有记述，不好妄加揣测，但从此之后，"方山露芽"却是名声大噪。还有一点可以肯定，唐宪宗对怀恽高僧始终推崇有加，赐茶后他便诏令怀恽居于雍京章敬寺，接后礼请他至麟德殿讲经，怀恽圆寂时，谥其号"大宣教禅师"。当时，著名诗人贾岛为怀恽撰写《章敬法师碑铭》。

那天傍晚下山之时，我们路过当年的方山茶场，茶园已荒芜多年，但茅草丛中尚可寻找到一株株老茶树。老茶树们枝干遒劲，枝叶黛绿，生机依然旺盛，犹如隐身于老林深处的禅士，专心修炼，等待功德圆满的那一天。

2016年冬

山名金鸡　焕发新彩

金鸡山是鼓岭山脉嵌入福州城区的一条支脉，纵卧于东门外晋安河东岸。古籍《闽中记》载：“秦始皇时，望气者云：此山有金鸡之祥”，故名“金鸡山”。清朝道光年间的东门本土名士魏杰《登金鸡山》：“好山一抹唤金鸡，直与青鸾白马齐。西望榕封城市小，东看天接海天低。稻田高下邻荒冢，洞壑虚空俯碧溪。报晓无声惊客梦，明朝惟有鹧鸪啼。”该诗把金鸡山的地理形胜概述无遗。金鸡山历史文化积淀深厚，魏杰名士所言的“荒冢”，1995年曾出土一件西汉匏壶，其造型之古朴、物象之完好、工艺之精巧都令人叹为观止，文物专家誉之为“福建第一壶”，现收藏于福州市博物馆。

近年来金鸡山名声再起，说是建了一条福州最美栈道，功能集休闲、健身、览城、观景为一身，那栈道白日气势恢宏，夜晚流光溢彩。2016年处暑季节，我慕名二上金鸡山，领略魏杰名士诗中描绘情景，聆听福州市园林局管理人员实地介绍，品茗于山中的福州茉莉花茶主题馆，可谓流连忘返，感叹金鸡山悠悠古韵、焕发新彩。

一

一上金鸡山于夜间，果然一览其流光溢彩。进入南门的金鸡广场，迎面而来的是金鸡雕塑群，在琥珀色灯光映照下，鸡们有如沐浴在朝霞之中，金光闪闪，名副其实的“金鸡”。这组群雕高 8 米，刻有 19 只鸡，形态各异、惟妙惟肖，特别是伫立石山之顶的那只大公鸡，昂首曲颈，引吭高歌之雄风，令我不禁开颜一笑，我想起魏杰名士的“报晓无声惊客梦”，在这里应改为“报晓有声”了。群雕名曰“金鸡报晓”，作品出自福建雕刻名家程俊华之手。

金鸡广场往里行走几十米，举头便可望见三叠瀑景观。1997 年金鸡山公园建成之初，该瀑布是福建省最大的人工瀑布。此处原本是采石场留下的乱石耸立的坛口，经创意建造，化腐朽为神奇，一块块霭霭巨石横陈崖壁，粗犷巍耸，瀑布高度达 32 米，宽 25 米，分三叠奔腾而下，飞珠溅玉，蔚为壮观。如今，三叠瀑灯光进行了改造，瀑布水采用白光投射，两侧崖壁黄色灯光闪烁，周边树木使用暖色灯光，凸显瀑布流动之壮美和周边景色之妩媚。金鸡山三叠瀑至今仍是全省最大的人工瀑布。

蜿蜒于山间的栈道，两旁护栏灯光闪闪，在夜幕中酷似一条游龙，行走之间，仿佛有了乘龙驭风之快意。忽见那“游龙”飞跃山堑，将一身红装展现于世人面前，令人惊艳惊叹，原来是一条长 60 米的钢构飞虹桥，桥身的轮廓和线条，被红色灯光勾勒得清晰耀眼。

登高俯瞰，茉莉花台由 4 片花瓣组成，冷白色灯光描绘出花瓣边缘，使这朵茉莉花在夜色中更显清新纯洁，一阵凉风扑面，似乎闻到一股花香。

栈道旁的观晋台则是暖黄色的灯光，素描出弧线形的篷顶和简约的护栏，诗意般的意境，依稀可见成双成对的人影，是指点榕城灯火还是人约灯火阑珊处？

榕城夜景，灯火辉煌，高楼林立，霓虹闪亮，二环路与三环路携灯带星，车水马龙，绕城而去；晋安河与西湖水流光动影，如一块蓝宝石、一条翡翠项链，镶嵌在闹市中。登金鸡山览城，当年魏杰名士的“西望榕封城市小”的景象已难寻觅，面前是喧闹的不夜城。不要说200年的光景，沧桑巨变，就是30多年前，我在福州读书，也曾登金鸡山览城，那时大省城不过几十万人口，而今已发展成300多万人口的大都市了。

42米高的金鸡塔最是灯光技术的杰作。它采用LED染色灯，不时变换着五彩缤纷的颜色，时而纯净的蓝，时而富贵的黄，时而魅惑的紫。广州“小蛮腰”和东京铁塔都采用这种技术。铁塔上还有个屏幕，每半个小时发布一次时间、天气等信息，公园闭园时，显示“晚安福州”4个大字，也寓意送别游客。

二

二上金鸡山于清晨，尽览最美栈道，果然气势不凡。历时三年时间的改造与新建，金鸡山公园六大景观工程于2015年初如期竣工，最受市民推崇的还是金鸡山栈道。已建成的栈道总长7560米，分三种类型，也是三大景观。

一是环山路栈道，长2280米，起始于公园南大门，沿环山公路至西大门，利用原有的环山公路，采取悬臂外挑2.75米为栈道。这种建筑结构让环山老公路增添新栈道，堪称智慧的创意。新栈道不久还将延伸出一条生态廊道，跨越闹市，与温泉公园相连接。

二是高空览城栈道，长2680米，桥面宽4.8米，环绕金鸡山主山脉一圈，可谓横空出世，将半个榕城尽收眼底。览城栈道全程无障碍，标高海拔85米至90米，颠覆了“走路不观景，观景不走路”的传统观念，我们沿途就看见几位游客推着婴儿车悠闲游览。护栏采用钢柱和铝合金材料制作，线条流畅大方又牢靠安全，地面铺以黑刚玉环保地砖，耐磨，不炫光，脚感好。览城栈道沿线建有12个观景休息平台，10个出入口，极大方便了游客。

三是山脊线栈道，即沿着金鸡山山峦起伏的脊线，修建一条传统的石阶栈道，长 2600 米。该栈道将南天照天君宫、魏杰故居、飞虹桥、人大代表植树林等历史人文、自然生态景点串联一起。

建设者们还提出“花化、美化、香化”金鸡山公园。在保留原有的相思林和马尾松基础上，结合林相调整，种植大量的开花乔灌木和色叶植物，确立梅花、樱花、桃花、紫薇花四大花坡景观，以及洋紫莉、香樟、银杏、三角梅、乌桕、红枫、桂花等观赏性树种，打造环山栈道“四季有花，春夏尤胜”的特色。可以预见在不久的将来，这将成为金鸡山一道新的风景线。

三

金鸡山的最高处新建了一座福州茉莉花茶主题馆，我们来访那天，主题馆前的草坪上正在安放一尊汉白玉石雕，石雕是一朵洁白如雪、含苞欲放的茉莉花。作品与《金鸡报晓》作者同为一位大手笔：程俊华先生。

我们在主题馆里徜徉许久，不仅仅因为品饮沁人心脾的茉莉花茶，更为主题馆的内容所吸引，那一版版钩沉悠久历史的文字，那一帧帧尘封已久的泛黄相片，那一件件珍贵的文物，那一块块荣誉牌匾，无不诠释着茉莉花茶的前世今生。

金鸡山地区原来是闽中最早的产茶地之一。1958 年，考古人员在整治冶山时发现一块唐代残碑，正面为唐观察推官冯审撰写的《福州毬场山亭记》，背面有福州刺史裴次元补刻的《芳茗原》等五首诗。诗曰：“族茂满东原，敷荣看朊朊。采撷得菁英，芳馨涂烦暑。何用访蒙山，岂劳游顾渚。”说的是冶山东麓的原野（包括金鸡山）是一片茶园，名优茶种叶肥芽嫩，在福州能喝上这么好的茶，又何必跑到四川蒙山和浙江顾渚舍近求远呢！该诗为闽中现存最早的茶诗，是唐代福州产茶的重要物证。

茶叶在中国兴于唐而盛于宋，而茉莉花茶的制作是宋人的首创。福州是茉莉花茶的发源地，2011 年 10 月，国际茶叶委员会授予福州“世界茉莉花茶发源地”，继而又授予“世界名茶”称号；2014 年 4 月，联合国粮农组织评定，福州茉莉花种植与茶文化系统入选“全球重要农业文化遗产”。

许多福州人都是喝着“老福州冰糖味”的茉莉花茶长大的。20 世纪 70 年代末，笔者就读于福州，每逢路过闽江大桥（时称“闽江二桥”）的仓山桥头，一定放慢脚步，贪婪地呼吸空气中弥漫的茉莉花茶清香，那清香来自小巷深处的福州茶厂。那个年代，福州茉莉花茶可谓誉满海内外，成为福州对外的城市名片。后来，福州茉莉花茶几经沉浮，欣喜的是而今芳香依在，比如有着百年历史的中华老字号茶企——福州茶厂，就是再创辉煌的一支主力军，他们独具慧眼，选取金鸡山头，承办福州茉莉花茶主题馆，向市民宣传普及茉莉花茶文化，可钦可赞。

我细细阅读“名人与福州茉莉花茶”栏目，很是欣赏冰心老人将茉莉花茶别称为“莫离”，她认为茉莉花茶是四海为家的福建人故乡的茶，那茶里有美丽的乡愁，更有“莫离”的故乡情结。

四

照天君宫始建于唐朝，现坐落于金鸡山南大门的山头上，一组宫殿式的道教建筑，坐北朝南，绛红高墙，雕梁画栋，金碧辉煌。宫门前广场宽阔，有一棵大榕树，枝杈上挂着大红灯笼。

照天君原名照天柱，连江县人，出生于唐朝末年，精通武艺，心地善良，为人刚直，急公近义。曾出家雪峰寺为僧，闽王王审之离世后，八闽动荡不安，寺院遭毁，照天柱只好云游四方，为百姓看病除疫，并常在大榕树下坐禅，深受百姓拥戴。当时天下四分五裂，战事频发，百姓遭殃。一日，叛军兵临福州城下，照天柱得到消息，为拯救城中百姓免遭涂炭，连夜赶到福州南门，将大红灯笼高挂榕树上为信号，提醒百姓赶快逃离。而叛军见榕树高挂灯笼，以为有伏兵，不敢贸然攻城，掉头而去，于是避免了一场灾难。第二天，百姓平安返回家园，却见照天柱已在榕树下坐化了。后人感念他的功绩，在南门接龙桥旁建庙宇奉祀，尊称他为“南天照天君”。后因为城市建设需要，照天君曾借寓乌山的吕祖宫，2004 年移建到金鸡山公园。

移建后的照天君宫颇具规模，作为福州传统的本土道教宫观，常年香火鼎盛，游客众多，尤其是每月初一、十五，更是香客云集。照天君宫正殿内有大小两尊照天柱神像，两旁则有妈祖、财神等 20 多尊神像，正殿之后是观音阁。也就是说，不管道教佛教还是民间信仰，皆可兼容并蓄于一座宫观之中，让信众一起顶礼膜拜。我们来访之时，宫观内院有一班闽剧团正在彩排一个剧目，锣鼓齐作，粉墨登场，曲调悠扬，引来不少信众手持香线，忘了进香，围观彩排。

照天君宫也是金鸡山一道风景。

2016 年夏

崛起的一座奥体新城

一

让我们把画面切换到两年前的2015年10月18日：金秋八闽，茉莉花飘香；有福之州，青春梦飞扬。下午4点半，第一届全国青年运动会在福州市隆重开幕。在国旗、会旗引导下，以福州市树榕树创意为吉祥物的“榕榕”憨态可掬入场。随后，包括中国香港和中国澳门在内的55个代表团的运动员先后入场。国务院副总理刘延东宣布：“中华人民共和国第一届青年运动会开幕！”刹那间，掌声、欢呼声响彻福州海峡奥体中心体育场。

伴随着千人大合唱，精彩的文体展演拉开序幕。整场演出汇聚了八闽文化，凸显了“海丝”元素，由序章《福运神州》和《丝路追梦》《海峡情缘》《青春中国》3个篇章组成，充分体现了青春盛事、海峡特色和群众体育健身的风貌。

这是中华人民共和国成立以来，福建省和福州市举办的规模最大、规格最高的综合性体育赛事。那天晚上，新落成的海峡奥体中心体育场灯火辉煌，在福建籍世界冠军薛晨点燃的运动会圣火中更加熠熠夺目。福州沿江滨大道的地标建筑依次亮起，与奥体中心交相辉映，充分展示了“福之州，青之运”的壮丽景象。

之后9天，福州海峡奥体中心作为主赛区，承担了超过半数以上的比赛项目和闭幕式，7000多名青年健儿，在此展示运动的魅力和活力，交流成长的历程和心得，传播体育的精神和价值，用各自的青春故事演绎“少年中国”的勃勃生机。

国家体育总局副局长蔡振华如此评价：首届青运会举办得文明、精彩、祥和、成功，以鲜明的青春风格、浓郁的文化气息、优良的办赛水平，给全国人民留下精彩难忘的印象，向全国人民交出了一份满意答卷。

时任中共福建省委书记尤权在青运会总结表彰大会上说，回顾4年筹办工作，我们举全省之力，为青运会成功举办创造了有利条件，也积累了弥足珍贵的实践经验。我们要把青运经验、青运激情、青运精神转化为推动新福建建设的强大动力……要不断让青运会的成果惠及广大人民群众。

二

2017年的秋高气爽季节，我们采风团走进仓山区，走进福州海峡奥体中心。登高俯瞰，主体育场犹如一颗巨大的海贝，而“三馆”造型酷似三颗水滴，环绕在海贝之畔。奥体中心的管理人员介绍，福州的城市精神是“海纳百川，有容乃大”，因此，福州海峡奥体中心是以海为核心进行设计，体现了福建省的海洋文化，新颖、简洁、内涵丰富。

伫立体育场田径跑道上，仰起脸，确实有仰之弥高感觉，椭圆形的钢罩棚高达52米，网架结构密密麻麻，却交叠有序，呈现出一种几何力学美感。据说，这种“无主次”杆件之分，是目前国内首屈一指的罩棚钢结构。体育场可容纳近6万观众。这是一个什么概念呢？做个比较，承办第28届奥运会的北京鸟巢体育场可容纳8万观众。

最大一颗“水滴”是综合体育馆，能承担体操、篮球、羽毛球、跆拳道、柔道等项目比赛。体育馆建设按照“绿色建筑”理念，中心赛场上空拥有省内第一个巨型“斗屏”，场内铺设的是北美进口枫木地板，对运动员有保护作用。体育馆设计既保证了运动员区和观众区不同舒适度的要求，又便于赛后对外开放经营。

游泳馆里碧波荡漾，游泳池与跳水池均采用全流量过滤系统，保证高品质水质，水温四季皆宜。值得一提的是，泳池安装了一套先进的救生系统，能够识别水下人员是否处于溺水状态，如遇紧急情况，系统会自动报警。

网球馆为室内外相结合的建筑，外轮廓采用三段不同心圆弧，两两相切围合而成，是“三馆”最别致的一颗“水滴”。它的场地达到国际网联职业赛的标准。

随着青运会落下圆满帷幕，“后青运时代”的奥体中心也将回归生活、回归大众。大型赛事结束之后，体育场馆如何避免闲置、有效运营，是个普遍性的难题。如何将之打造为集竞技、训练、健身、娱乐、休闲、购物为一体的综合型场馆，将大众体育精神传达给公众，推广健康生活理念，同时满足广大人民群众日益增长的精神文化、休闲娱乐等多元需求，这是一道必须研究和破解的难题。

现任仓山区委书记提出一个目标：根据奥体中心场馆资源优势，搭建好产城融合新平台，着力培育地方特色文化、体育产业，推动形成奥体中心商业圈，将奥体中心片区打造成宜居宜业新城。

当初在场馆开建时，奥体中心就规划了12万平方米的商业广场，项目涵盖了冰雪世界、儿童乐园、酒店餐饮、健身养生、文体培训、大型超市等多个行业。

我们采风的那天下午，游泳馆和网球馆都颇热闹。同行的张女士是位网球运动爱好者，是这里的常客。她说，在这么高档场所打一个小时网球，收费50元，感觉很值得。她认为，一般的工薪阶层一个月花大几百元健身，也是物有所值。如果办年卡，消费更低一些。据了解，游泳的费用更低。负责场馆运营的福州市文投集团统计，今年1月至今，已接待游泳市民6万余人次，“一场三馆”共接待休闲、健身市民达22万人次。

冰雪世界的开张，使身居南方福州的市民，竟可在夏日炎炎季节，堆雪人、打雪仗、冰上骑自行车。成人儿童好不惬意，一时间人潮如织。

青运会闭幕以来，奥体中心承接了世界羽联中国羽毛球公开赛、国际网联男子网球巡回赛、凡·高时代印象派幻影艺术大展、姚基金中美篮球对抗赛，张学友、周杰伦、陈奕迅、田馥甄等明星演唱会。重大体育赛事和演艺活动已超过200场，接待观众150万人次。

目前，仓山区已在福州市首创新认定的国家级、省级体育产业示范单位、示范项目经营奖励和商业演出经营奖励政策，正致力于打造“全国体育产业示范基地”。

三

那天上午，仓山区奥指办工作人员小黄陪同我登飞凤山。飞凤山是闽江、乌龙江冲积平原中难得的一座小山，地处奥体中心的中轴线上，简直就是“一场三馆”天然的景观背景和后花园，因此被定位为“飞凤山奥林匹克体育公园”。

踏入公园大门，映入眼帘的是一道气派而又新奇的水的景观。面积近4万平方米的飞凤湖，以一朵茉莉花的形状镶嵌在飞凤山脚。而湖畔广场中央的音乐喷泉，宽度80米，高度也可达80米，伴随音乐响起，喷泉壮观绚丽。小黄告诉我，这是全省目前最大的音乐喷泉，泉水来自飞凤湖。公园规划时采用海绵城市建设理念，引入先进的雨水收集和排水系统，即地下铺“海绵”能吸水，土层藏“滴管”可滴灌。飞凤湖与飞凤河、阳岐河、台屿河等内河相连，实现了下雨时吸水、蓄水、渗水、净水和用于绿化浇灌，大雨不内涝的可循环利用的生态系统。

生态与运动是公园最大的亮点。公园面积1370亩，最大限度保留原有生态，以乡土树种为主，增加了观叶、观花、观果乔木，实现植被多样性，打造“春花、夏荫、秋果、冬叶”色彩丰富的林相格局。环山健身步道已修建近2000米，正在铺设富有弹性的塑胶步道。待明年建成后，步道总长4.2195千米，跑5圈为半程马拉松，跑10圈为全程马拉松。名曰：“林荫式马拉松赛道”。

小黄介绍，公园注重智能建设，实现免费WiFi全覆盖，设置集照明、WiFi热点、监控、云广播及一键报警等功能于一体的智慧灯杆，实现多杆合一。并安装了夜景灯光秀，根据四季进行色彩变化，与奥体场馆、音乐喷泉交相辉映的独特夜景。

伫立山顶观景平台，可将奥体片区一览无遗。

四通八达的路网已经形成。主干道福湾路全面改造提升，周边道路相继完工，东接二环西连三环，可快速直达福州各城区。奥体公交枢纽站投用，156路、520路、329路、330路等多条公交线路，以此作为起讫站点，大大方便周边市民出行。规划中的地铁3号线、5号线均通过奥体片区。

医疗教育配套设施落户片区。福州市妇幼保健院新院已完成桩基建设，计划2018年封顶，2020年投入使用，提供500张床位。之后，拟将建成拥有1000张床位的三级甲等妇幼保健院。此外，还将迎来福建医科大学附属医院等两所医院的入驻。教育方面，拟新建和扩建东方小学、福湾小学、华润中学、透浦中学等8所中小学。

目前，奥体片区已有融侨、阳光城、融信、华润、泰和、正祥、福晟、万科等多家地产商到此开发楼盘。居住人口将超过12万。

蓝天白云，阳光明媚，放眼远眺，“大海贝”和“三颗水滴”居于中心位置，闪闪发亮，犹如一组宝物、一副神器，招来鳞次栉比的高楼、阡陌纵横的路网、蜿蜒不息的河流、黛玉如镜的湖泊，还有鲜花、绿树、草坪，簇拥着它……这是一座冉冉升起的奥体新城。

四

这即是“给我一个奥体场馆，还你一座奥体新城”的蝶变过程，时间仅仅 7 年。7 年来，这里由一片旧屋区和山野之地到宜居宜业生态新城的华丽转身，令我想起一句俗语“事非经历不知难”。而如今，上上下下公认的最难之事莫过于奥指办承担的征迁任务。

奥指办的全称是“仓山区奥林匹克体育中心项目征迁指挥部办公室”。我在这里结识了奥指办主任江必达。江君 20 世纪 70 年代初生人，大学毕业后一直在基层工作，曾任过乡镇长，现为仓山区文联主席。2010 年 9 月，区委、区政府一纸调令，将他抽调到刚刚成立的奥体指挥部任办公室主任。江君是个性情中人，认为组织之所以选中他，全因为他之前有过十年征迁工作的经历给“害”的。

奥指办租用在奥体中心附近的一家民房中，比较简陋，但办公室墙壁上的表格却很醒目。江君指着一张《奥体中心及周边配套项目一览表》说，我们 7 年的工作全在这一张表格上。那密密麻麻的一览表让我看得眼花缭乱，但表格开端的概述却给我极大的震撼。不妨抄录如下：

> 奥体片区位于仓山区南台岛中南部，规划范围东至南二环及双湖路，南至盖山西路及齐安路，西至三环一期，北至浦上大道。奥体中心项目及周边配套地块计 50 个项目，涉及建新镇、盖山镇、仓山镇、上渡街道，规划总征地面积 7857 亩，需拆除地面建筑物约 300 万平方米，涉迁 2 万多户。自 2010 年以来，共启动 42 个项目，目前已完成 35 个项目，剩余 7 个项目进入扫尾阶段或处于签约阶段。实际完成交地面积 5622 亩，房屋征收面积 220 余万平方米。

数字很枯燥，却很能说明问题。“几十个工作组，数不清的日日夜夜，一户一户地去做工作，我们就是这样做了2万多户群众工作。”江君颇有感慨地叹了口气，“好在我们的工作得到各级领导的理解和支持，每临攻坚克难之际，区委、区政府主要领导必亲临现场，排难克坚；指挥长必蹲守第一线，指挥若定。”

小黄也是抽调到奥指办的干部，他已成了江必达的“粉丝”，誉他们的江主任为“谈判高手”：“比如今年8月，治理阳岐河的一场征迁谈判，江主任一人对10户，这10户为一个家族，涉迁面积3100多平方米，而且存在历史遗留问题，他从中午12点做群众思想工作，直到次日早晨结束，最终全部签约。”

我问江君，征迁谈判有何诀窍。江君归纳12个字：心系群众，依法依规，公开公平。“心系群众是前提，应该经常站在涉迁户角度思考问题。比如飞凤山公园建设时间要求紧，任务十分繁重，仅涉迁的坟墓就达4000多座，当地先人遗骸1万多具。从涉迁坟墓的清点，到请其亲属认领、协议签订，直至遗骸迁移，每一个环节无不涉及当地风俗民情，一定要尊重，稍有不慎就会导致征迁工作全盘失败。”

“征迁工作做久了，会不会经常委屈和厌烦？”我毫不客气地询问。

“委屈是难免的。2015年青运会召开前夕，当奥体中心‘一场三馆’的灯光第一次亮起，灿烂辉煌之时，我怎么也控制不住自己，泪如泉涌，足足半个小时。其实这泪水有的是委屈，但更多的是高兴、激动，是充满成就感的泪水。”

“应该是成就感使你热爱这项工作。”我立刻觉得询问“厌烦”的答案毫无意义了。

“大概是吧。”江君轻轻地回答。

我的目光停留在办公室墙壁上挂着的两幅国画，一幅《溪山清远秋色佳》，一幅《层峦叠嶂碧峰耸》，皆出自江君手笔，皆乃立意高远、清旷孤寂的山水画卷。

“这纯属业余爱好。”江君解释。

我感觉很有意思。一边是走家串户，遍接地气，浑身烟火味；一边是寄情山水，远离世俗，有点不食人间烟火。

我明白了，有点文人情怀和思想富有的人，是可以做好征迁工作的。

一座新城应该记住像江君这样的一大批平凡奠基者。

2017 年秋

探访罗宁古道

罗宁古道属福（州）温（州）古道一部分，即宋《三山志》所言“北抵永嘉”路。从汉武帝建元三年（前138），闽越王发兵围东瓯等历史记载看来，至少在汉初从福州经今闽东地区至温州的道路已经开辟，并成为历代用兵和官员、行旅往来的重要通道。

罗宁古道历代都有修建，宋代开始铺设石块路面，目前，保存比较完好的有罗源白塔岭段、下梅岭段、三层岭段，和界首岭段至宁德蕉城区白鹤岭段。这几段古道不仅峰峦峻险，而且风光秀丽，其中历代达官雅士留下的摩崖石刻不下三四十处，吟咏的诗文达近百篇。这是大自然和先人留下的美丽景观和丰富的历史文化遗产。

2017年夏季的一天，我在罗源县文联谢君陪同下，考察了几段罗宁古道，尤其是徒步罗源满盾村至宁德蕉城白鹤岭二十铺古道，虽是夏日炎炎，大汗淋漓，但却满眼风光，胸臆舒放，自然美景和历史遗迹是那样慷慨，总能让人不负此行，满载而归。

沧桑壮美的千年古道

对于罗宁古道，已知最早的描述来自南宋大诗人陆游。诗人任宁德主簿时，曾沿着古道前往福州郡，描述：“其高摩天，其险立壁，负者股栗，乘者心掉。”

从地理形制观察，现存罗宁古道除罗源、起步、护国三溪河谷有小块平原，比较平坦外，其余皆盘旋于崇山峻岭之中，诗人所言虽有些夸张成分，但总体应是中肯的。

起步岭，顾名思义是罗源出城的第一条岭，它位于罗源一中的后山。起步岭又称“梅岭”，现被辟为梅岭公园。谢君告诉我流传的一个民间故事：后汉时期，仙人徐登在此修炼，与道友赵炳甚是投缘。一年残冬，两人对酌，见北风飒飒，万木凋零，徐登不胜伤情，将残酒向天喷射，刹那间梅花成林，遍地开放，故名“梅岭”。

这些年，公园新建了1000多米的环山木栈道、休闲广场、以梅为主题的文化长廊等设施，成为市民健身休闲的好去处。但令人欣慰的是，对360多级的起步岭古道修旧如旧。当你脚踏一块块光滑无棱的青石板，一步步向上攀登，仿佛穿越千年岁月，眼前却是簇新时尚的公园建筑，竟也感觉历史遗迹与现代设施的融洽和谐。

白塔乡的一座古桥也是新老结合的产物。该桥名曰“四明桥”，为清末所建，位于白塔乡境内的宁罗古道上。1945年5月，侵华日军大势已去，盘踞福州的日军一个旅团4000多人，从福州撤出，沿闽东陆路向浙江集结。为阻碍日军辎重过境，县政府下令破路毁桥，于是，3米宽的四明桥被拆毁一半。如今，四明桥一边的护栏保留着清末工整的花岗石板，和精雕细刻的两只石狮子；另一边护栏则是钢管连接，简简单单。这种的不相协调，正是见证了那段国难史。

罗宁古道最险处为三层岭，在护国村的北面，是一条长达十数里的山岭，早先岭脚一块巨石挡道，人们把它凿成三级台阶，故名“三层岭”。离巨石不远处，兀立一块四米高的花岗石，形如猴子，俗称“猴石”，三层岭又名“猴岭”。《罗源县志》记载，清初，郑成功高举反清复明大旗，于顺治十三年（1656）令提督甘辉等部属攻打罗源、宁德，驻闽清军副都统阿克商和部将柯如良率兵数千赴援，甘辉部于三层岭设伏，诱清军深入，大败之，阿克商、柯如良阵亡，郑成功部大获全胜。

前些年，我曾几次从蕉城区徒步登上白鹤岭，直抵界首罗源境内。今日又从中房镇满盾村出发，穿越界首进入蕉城区村落。这是一段30里的罗宁古道，也是至今保存最为完好的古道。

青石滑亮，阶梯宽敞，或蜿蜒于山谷，或盘旋于绝壁。古道旁威武柳杉直插云天，修长毛竹遮天蔽日。田畴秧苗新绿，山坡遍植油茶，小溪流水潺潺，芳草侵蚀古道。说实话，徒步其间，我体验不到陆大诗人笔下的奇险与惊悚，感觉更多的是壮美风光，赏心悦目。我想，也许是南宋之后古道不断地修缮改造的结果，也许是这几十年植被生态越来越好的缘故。

就连界首岭上的烽火台也长成了一座森林山墩。

登临界首岭岔口，这里是宁德市与罗源县的交界处，古时的界首关。此处立有“两县交界碑”，内容如下：“福州府罗源县、福宁府宁德县，正堂为立界事，罗源半天礶、宁德县界首塘。光绪元年三月。”

明初设立的烽火台坐落在坡顶上，方形台，高4米多，周长20多米。清乾隆刊本《福宁府志·烽燧》载：“烽燧，即烟墩，明初共设三十九处，四在本州并连江地方。今犹有存者。”这即是明代洪武年间始，主要为防范海寇入侵而设立的戍边报警台——烽火台。若发现敌情，夜则燃火，昼则烽烟，故俗称“烟墩”。

明嘉靖年间，宁德、罗源、连江、福清等沿海一带长达数年不断地遭受倭寇侵扰，直到嘉靖四十一年（1562），抗倭名将戚继光率军由浙入闽，歼灭宁德漳湾横屿岛上倭寇，闽东沿海一带才得以平定。次年，一股倭寇再次流窜到宁德龟山地区，闻讯后戚继光亲领三千将士，移兵连江经罗源再下白鹤岭，将倭寇围歼于霍童小石岭峡谷中。激战之时，狼烟四起，遥相呼应，烽火台功不可没。

如今界首关烽火台芳草萋萋、林木森森，孤立于山坡之巅，令游人频频回首于夕阳西下。

弥足珍贵的摩崖石刻

白塔村走马岭古道位于罗源城郊，这里遗存一块“才翁石”，颇有名气。此番，县领导为我们采风团介绍县情，谈及罗源县悠久历史文化之时，便举“才翁石”为例。

那天考察古道，我首选此地。谢君引领我而来，只见一方巨石，形状奇特，上有摩崖石刻，横刻 6 个大字：“才翁所赏树石。”每字大约 70 厘米。

这方摩崖石刻，蕴藏着一段古代文人相互欣赏的故事。

宋朝爱国诗人陆游，在他所著的《老学庵笔记》叙述：“予为福州宁德县主簿，入郡过罗源县走马岭，见荆棘中有崖石，刻树石两大字，奇古可爱。即令从有除观之，乃才翁所赏树石六字。盖舜元所书也。因告县令项服膺善作栏楯护之。”南宋绍兴二十八年（1158）暮冬初春之际，33 岁的陆游初仕宁德县主簿。当年宁德属福州郡所辖，诗人沿着宁罗古道入郡，徒步赏景，独具慧眼，便有了这一意外发现，遂使“才翁石”被世人赏识而扬名。

苏舜元（1006—1054），字才翁，早于陆游 100 多年前的北宋著名文人官员。他在仁宗庆历年间的 1041 年，任福建提点刑狱，路过此地，见白塔寺古道边有一扁圆形奇古的石洞，洞旁绿荫如盖，几株古榕与大石相依，景色奇绝，于是在石洞题镌“才翁所赏树石”6 字。苏舜元官至尚书度支员外郎、三司度支判官，为人精悍任气，诗文豪健，尤善草书，为陆游崇尚。

“才翁石”旁，立有一块石碑，上刻清乾隆年间的福宁知府和福州知府李拔五言律诗一首。李拔于乾隆辛巳年（1761）路过此地，对才翁题刻大加赞赏：

千古才翁石，大书列道旁。

赏心会独远，寓意味偏长。

价自品题重，名因表见彰。

摩挲应有讬，言象已相忘。

谢君告诉我，20世纪50年代末，香港《文汇报》曾专题报道“才翁石”，引来不少文人墨客前来观瞻。1980年，罗源县将“才翁石”和罗宁古道同列为县级文物保护单位。

千百年来，罗宁古道走过无数达官骚客，留下众多摩崖石刻，少数为宋代，多数为明、清年间，如明万历十年（1582）的宁德县令高愈谦石刻“海鹤奇观”四字于白鹤岭上；清乾隆二十四年（1759）仲冬郡守李拔题书“鹤翥鸾飞”也于白鹤岭上；罗源中房镇半天罐村旁，立有一块一米多长的横碑，正面刻“半天观”三字，落款“民国十年辛酉孟冬月，宁德、罗源两邑募缘重修”，等等。

罗宁古道珍贵的摩崖石刻在八闽各类古道中，亦为少有。

隐于深山的古道村落

与宁德相毗邻的满盾、林家、中房一带村落，古称“河洋”，是罗源北部的一块山谷之地。

满盾村倚山面溪而建，几十幢明清古民居，青砖黛瓦，麻石板路，老桥亭阁，古韵悠悠。据传，清雍正年间，靠经商富庶一方的卓姓大户，为5个儿子建造5幢大宅，皆是三列院落，祖屋、花厅及附属建筑，各具特色。

满盾村党支部书记和村委会主任皆40岁出头，年富力强，对保护开发罗宁古道和古民居热情洋溢，充满信心。

村主任执意陪同我们徒步20里古道。我们攀登上界首岭，气喘吁吁，他却轻松自如，指点一处破败老厝，说是拟将它修复成一座“农家乐”，再现古时驿站风格，为罗宁两地“驴友”提供食宿营地。他回忆起改革开放初期，邓小平提出搞活农村经济，家母有祖传制作豆腐的手艺，决定勤劳致富，就让10岁的他，每天徒步宁德城关，买上20斤黄豆挑上山，作为加工豆腐原料。往返一趟，5个小时，母亲给他一角钱奖励，他全用于购买“小人书”。所以，这20多里的罗宁古道，每一级石阶他都熟悉。他对这条古道太有感情了，热切地希望两地政府尽快把它打造成登山健身、旅游休闲的一条特色古道。

谢君告诉我，从满盾村到中房镇区，古道经过的几个村庄，约有上百幢古民居保存尚好，如港里村的李氏大厝，规制宏大，布局巧妙，工艺精美，俗称“百二间”。中房的陈太尉宫，早些年已列入全国重点文物保护单位，它集五代、宋、元、明、清建筑风格于一体，神奇神秘的穿斗式构架，精美绝伦的木雕、石雕、砖雕工艺，早已声名远播。叠石村的村口，有一株几百年树龄的柳杉，高大挺拔，耸入云霄，树身粗糙，枝丫如铁，见证了古道的沧桑岁月。

我们徒步到湾亭村，这里距宁德城区才10里路程，已属于蕉城区的管辖地。古道从湾亭村中穿过，成了该村的一段街道，街道两旁遗留着商铺、客栈，还可隐约见证当年的繁华景象。有一对60多岁模样的老夫妇，在一家小商铺前洗衣服。我们进商铺歇歇脚，老夫妇热情地给我们递上一瓶瓶矿泉水。我一眼瞥见饭桌上摆着土瓷茶罐，心想，不如请我们喝上一碗粗茶水。谢君看出我的心思，悄悄说：矿泉水是招待贵客的，他们以为粗茶水上不了场面，留与自家喝。

古风悠悠，也不乏时尚。

2017年夏

探奇百漈沟

百漈沟，闻其名便令人动心，一百条瀑布遍布在一条峡沟里，何等壮观。2019年立夏季节，慕名前往，雨中探胜，果然名不虚传。

胜景有“四奇”，概而述之。

树 奇

伫立在百漈沟游客集散中心大楼阳台，脚下是奔腾不息的大樟溪，北岸即是4A级景区百漈沟。放眼望去，山峰连绵，千岩竞秀，林木葱茏，青翠欲滴。我惊奇面前的森林绿得纯粹、醉人，导游小陈解读是因为成片成片的青冈栎所致。青冈栎属亚热带一种常绿乔木，木质坚硬耐腐，是制作家具器皿的好材料。该树种对气候条件反应敏感，干旱即将下雨前，叶片逐渐变红，雨过天晴，树叶又呈深绿色，有“气象树”之称。

大樟溪沿着山脚蜿蜒而去，哗哗作响，阵雨骤歇，云雾缭绕。连接两岸的是一座护城河式的吊桥，当溪水上涨超过警戒线时，吊桥单边用机械升起，保护吊桥。小陈说，前些年站在这里，还能隐约眺望对面山石壁上的几条瀑布，现在树林越来越茂盛，瀑布都躲到树林背后去了。

百漈沟不仅成片的青冈栎令人称奇，深入密林，一路藤椤飞挂。一条硕大的扁担藤卧行路边又飞越空中，远看像一条长蛇，近看与消防水带没注水时无异，似乎前头有消防队员在操练。有一种藤叫“蘑菇藤”，有300多岁了，长的许多蘑菇形的包，观感不佳，让人远而避之。

“沟”之顶的芹草村还以遍植油杉树闻名。油杉现属濒危物种，该村有近百棵百岁以上的老油杉守候于此，其中一棵树龄达960多岁，2014年被省林业厅评为“福建省油杉王”。据村民介绍，自明永乐三年（1405）陈氏先祖迁至芹草洋盖祖屋时，这棵油杉已是参天大树了。陈氏先祖就在树下建一座小庙，供奉大油杉为镇守水口和山门的保护神。每年正月闹元宵的第一串鞭炮总是在树下开响。芹草村还有个习俗，小孩体弱多病，就拜大油杉为义父，到树下三叩首之后，给大树系上一根红丝绳见证。现在树身系着20多根红丝绳，说明大树已收下20多个义子。

瀑　奇

百漈分布在一条1000多米长、落差300多米的峡沟上。“百”寓意多，“漈”是当地人对瀑布的俗称。百漈沟以八大瀑布著称，由下往上分别是：水帘瀑布、龙缸瀑布、珍珠瀑布、天坑彩虹瀑布、人参瀑布、双狮瀑布、白龙瀑布、三叠泉。

所有瀑布都很内敛，深藏不露，就如一位大领导当年评说永泰“养在深闺人未识，撩起面纱惊八闽”。所以，你想领略她的风采，必须走近她，撩起她的面纱，同时打开自己的通感，才能阅尽天姿国色。

水帘瀑布高达45米，最适宜在洞内欣赏，当你认为自己身临其境于花果山水帘洞，便找到了当一回猴王的感觉；当你认为在凉意沁心的洞府，最适合听一曲“一帘幽梦”，这就是视觉与听觉的通感。

龙缸瀑布恰似一条小白龙从深潭跃出，向山顶飞去，龙尾甩下无数水滴。相传龙王三太子在山中修行，发现缸潭直通东海龙宫，故常常往返于此。

珍珠瀑布就如无数珍珠跳跃在宽大石壁上，每一粒都晶莹剔透，大珠小珠落深潭。

双虹瀑布更为奇绝，只要晴天，每天中午至午后两三个小时，必然出现两道色彩斑斓的彩虹。瀑布之下的水潭，状如鲤鱼，水面波光粼粼，恰似鱼鳞，瀑水落入鱼眼，彩虹显于鱼背，那是一条正在跃龙门的七彩鲤鱼。

人参瀑布是一株活脱脱的千年老山参，肥硕的根茎又白又嫩，细细的根须还在悄悄地生长。

双狮瀑布因为有了隔岸相守的两只雄狮，吓得长长的瀑流不敢发出一点声响。

白龙瀑布有如一条白龙跃入深潭，与龙缸瀑布的白龙一去一返，大概老龙王召唤三太子回宫了。

三叠瀑显然比庐山三叠瀑小一号，但形神兼备，足以让人会心一笑。

其实何止八大瀑布，许多小瀑布只是未加命名而已，百漈沟堪称瀑布博物馆。除了吸引眼球，还可享受一场音乐盛宴，有雄浑有柔顺，有急促有悠远，“大弦嘈嘈如急雨，小弦切切如私语”，是民族音乐大合奏，抑或西方交响乐曲。

面对一条条飞花溅玉的瀑布，还应该深深地呼吸，那沁人心脾的清新，便是深闺美女的体香；还应该伸出你的舌尖，品咂一下迎风飘落的水珠，如果有甜蜜悠远感觉，那就是水与岩石旷古相恋的滋味。

洞　奇

位于景区中段的天坑被誉为八闽奇观。

当你走进坑底，仰望天空之时，极容易想起一个成语“坐井观天”。那天，我体验着身体囿于狭隘井底，仰止天眼迢迢，却是浮想联翩，想起另一个成语“瓮中捉鳖”。确实，坑底直径约60米，万仞崖壁，怪石嶙峋，坑口直径才30米左右，就是活脱脱的一个“大瓮”，况且一道悬泉飞瀑，雪白耀眼，声响如雷，犹如一个巨人之手，探入瓮底，捉拿逃敌，让你感觉无处逃生，只有束手就擒。

坑壁连片分布着石泡流纹岩，石泡形似一个个鸡蛋，大小均匀，环状条纹清晰，红白相间，球心石英结晶体在又湿又暗的坑壁里闪闪烁烁，向你眨着神秘眼睛。坑壁布满大大小小的洞穴，其中蝙蝠洞也是一奇。当你悄悄走进洞中，可以闻到蝙蝠的气味，听到叫声，看到身影，不知为何，我面对这些精灵，总有恐惧感，但在中国传统文化中，蝙蝠象征富贵，许多古建筑雕刻着“五蝠临门”，“蝠”即“福”也。小陈夸奖蝙蝠喜吃苍蝇、蚊子，还是景区的清洁工。

金豹峡连接着天坑，两峡崖壁陡峭，互相轩邈，谷深幽幽，长达百米，岩壁洞穴密布，有圆形、椭圆形、菱形，大小不一，向下倾斜，那外形，恰似两只威武的金钱豹，蹲守天坑，蔚为壮观。

石　奇

石奇是大自然产物，也是思想的产物。

百漈沟的镇山之宝是一块奇石——心动石。奇石位于双虹瀑布旁，形状酷似人的心脏，就连冠状动脉也清晰可见，更为奇特的是，它还会有节奏地跳动，每分钟70次左右，与正常人心跳频率无异。

真是“世界真奇妙，不看不知道”。

与水相伴的奇石，连故事都带着水韵。一尊弥勒佛端坐莲花宝座，瀑水如花洒淋漓，称之“弥勒沐浴”。弥勒佛之下，一只石猿用双手捧着从弥勒肚脐流下的洗澡水洗头，石猿虔诚之极，它得到弥勒赐予的洗澡水，必定长生不老、聪慧无比，所以称之“石猿洗脑”。

“片瓦飞雪”为一块硕大无比的片石，斜靠在石壁上，形成一个可容纳20多人的石洞。进入洞中，可观看无数的小水珠从洞口洒落，纷纷扬扬，如雪花飘落。

“金豹饮泉”出自一面石壁形状，豹头凸显，俯首饮水，斑斑点点的小洞穴即是豹身金钱斑，连腿与身段都很匀称。

从守在山口的“蜥蜴觅食”，到核心景区的“河马戏水”“群象嬉戏”“嬉戏仙人耕田”，直至返程途中的“灵鼠观风”“天篷下界”，等等，奇石们无不惟妙惟肖。

返程途中，在高速路口看到一块巨幅广告牌：“清新福建，自然永泰。”不禁会心一笑：永泰不就是清新福建缩影，百漈沟不就是自然永泰的缩影吗！

2019 年夏

古堡沧桑　苍鹭翔集

濂澳村，望文生义：濂江之畔一个澳口村也。等到身临其境，遥望村外的罗源湾澳口，一座高山平平展展，矗立大海中间，犹如一道门帘，为背后的澳口与村庄迎风挡浪，应名“帘澳村”，才名副其实。我将自己的想法告诉同行的周先生，他颇为赞同，吟唱本地谚语附和：

一帘独挡江外浪，帘外江连东海洋。

周先生是土生土长的濂澳人，已近知天命之年，身材敦实，稳重精干，在本地澳口与人合股经营一家贝类种苗企业，事业红火；更难得的是，爱好乡土文化，对濂澳人文自然、历史现状了然于胸，如数家珍。碧里乡政府请他陪同我采风，我之有幸。

濂澳村的地标是明朝古城堡。有明一朝270多年，留给八闽大地上的遗产，大大小小的古城堡算是一笔。它们犹如散落在山海之间的一颗颗珍珠，光芒夺目，濂澳古城堡便是其中一颗温润晶莹的珍珠。八闽的古城堡，大都与抗倭相伴而生，濂澳城堡也不例外。嘉靖年间有民谚“嘉靖嘉靖，既不嘉又不靖”。周先生告诉我，濂澳古堡始建于明嘉靖三十九年（1560），是由当地村民募捐钱物，投工投劳所建，全长1000多米，为大石砌筑。城堡竣工之后，罗源县在濂澳设立海寨，军民联防，防抗倭寇。

濂澳古堡最著名的一场战斗发生在嘉靖四十二年（1563）五月，彼时戚家军在马鼻镇围歼滩头倭寇，为防止倭寇逃窜，戚继光遂派一把总领兵百余人，进驻濂澳城堡，并组织当地青壮村民，同仇敌忾，终将流寇二百多人全歼。据传，把总率兵驻扎濂澳城堡，借住堡内谢厝里大宅半月有余，大捷之日，把总所睡大床无故断裂，村人称奇，谓之天意，昭示班师撤军矣。把总为感谢全堡村民无私帮助和谢厝里房东热情款待，遂留下一杆令旗和一把宝剑作为纪念。遗憾的是，宝剑已于十多年前失盗，令旗也早已不存，所幸的是，石旗杆犹在谢厝里厅坪上矗立着，见证往日荣光。

据碧里乡党委游书记撰文介绍，濂澳村自古以来就是一个军事要地，早在北宋元丰七年（1084），永贞镇即设立在濂澳村，有官兵108人扼守南湾寨顶（今连江下官一带山上），负责巡视罗源连江可门湾至濂澳海口，名曰“南湾巡检司”。明朝濂澳城堡建成与抗倭大捷之后，军事地位更加凸显。至清朝道光九年（1829），罗源清军在此设濂澳汛，辖下廪、土港等7塘，配备大炮6门、哨船1艘与驻军。20世纪60年代，作为东海前哨的濂澳村设立民兵营，曾在陶澳自然村布袋澳抓获3名台湾派遣的特务，并缴获手枪、电台等，民兵营荣获集体三等功，有林朗朗等3位民兵荣立个人二等功。

濂澳城堡历经500多年的战火考验与风雨冲刷，至今残存近300米城墙，高度达2米至3米。东城门保存尚好，门内的一株古榕郁郁苍苍，犹如一位值守老军爷；古城墙藤蔓缠绕，青苔点点，斑驳陆离，夕阳映照之下，满目历史沧桑。周先生引领我走街串巷于古城墙内外，他说，城堡内叫“城里村”，城堡外叫“城后村”。城里有七八幢明清古厝，谢家厝尚在。在我的眼中，大石块垒砌的厝墙，突显闽东沿海民厝特色，古风悠悠。

如果说古堡沧桑是濂澳村沉默的地标，那么，苍鹭翔集则是濂澳村灵动的地标。而且，后者的历史比前者更加悠久。早在北宋时期，永贞镇的十景就有“苍鹭冈”；到了元代，有诗人王翰的《苍鹭冈》一诗：

斜日松林归千鹭，声声齐鸣应山谷。

冈下民居冈上鸟，共谐春风夕阳红。

这首诗所描绘的季节、时间，包括动静结合的画面，似乎专门为吾辈的濂澳之行定制的；大自然何等得神奇，让你在辛丑年初春的夕阳里，有机会看到500年前人与鸟和谐相处的情景，竟然与今天一模一样。

我兴致勃勃地跟随周先生登上后山观鸟栈道。那栈道被绿色的网围得严严密密，让你感觉钻入灌木丛中；原来观鸟栈道是在林业部门指导下修建的，目的在于游客不惊扰苍鹭。

苍鹭属于候鸟，每年在三四月份飞来，栖息繁殖，十月份飞走，现在只能看到几十只，它们是先头部队，等到清明节之后，越来越多，最多时可达上千只。苍鹭喜食小型鱼虾，觅食最活跃的时间是清晨与傍晚，它可以长时间一动不动盯着水面，一见猎物，立刻伸颈啄之，行动极为灵活敏捷。有时站在一个地方等候食物长达数小时之久，故有“长脖老等”外号。

伫立观鸟台上，眺望几株古松的树冠上，栖息着十多只苍鹭，有成双成对，有孑然独立，最有趣的是，见识到了“长脖老等”，那只苍鹭以一脚站立松枝之上，另一脚缩于腹下，长颈曲缩于两肩之间，丝毫不动，有如雕塑，真像一位高蹈之士。

数百年来，春暖花开之时，苍鹭便成群结队，到后山的松树林里安营扎寨，谈情说爱，繁衍后代。濂澳人也把苍鹭当成了家族成员，爱鸟护鸟成了这个村庄的传统，上至耄耋老人，下自黄毛小儿，从来没有人出于贪念去伤害苍鹭。每临台风暴雨之后，村民都会自发上山，将刮落的鸟巢拾回原处，将受伤的幼鸟带回家治疗照顾，等伤好恢复，便放归山林。前些年，曾有3名外地偷猎者趁着暴雨夜，前来盗捕苍鹭，幸被村民发现，立即报警，并协助警察将之拘察，当场解救了24只苍鹭。从此，村里专门成立了护鸟队，依法护鸟。德与法的结合，让爱鸟护鸟环境有了更好保障。

这些年市县开展了“清海”工作，近海网箱养殖大量减少，苍鹭的食物也骤减，落户濂澳的苍鹭开始减少。周先生为此担忧，认为村里应该加大投入，建几个投食台，保障苍鹭永续留恋濂澳村。周先生显然以自己家乡的自然生态人文景观甚具特色而自豪，并对她的发展前景充满信心与期望。

2020年春

渐行渐好佳洲岛

一

“关关雎鸠，在河之洲。窈窕淑女，君子好逑。”

这是中国有文字记载以来的第一首爱情诗，诗中描述的美好画面，如今在佳洲岛被再一次演绎。

2015 年 2 月 14 日情人节，云霄县政府主办的“爱在云霄”佳洲岛婚纱摄影活动在佳洲岛启动。十多对情侣用各种方式表达了浓浓的爱意，男方向女方献上玫瑰花，男女双方互赠爱情信物，情侣们互相鞠躬、碰鼻、拥吻。在返乡大学生志愿者簇拥下，情侣们携手共走漫长的“爱之路”，不时驻足在“心心相印”“天鹅之吻”“同心锁”等雕塑前，留下美丽的婚纱照。来自马铺乡的公务员小罗夫妇在镜头下笑得合不拢嘴。他们夫妇原打算去厦门拍婚纱照，得知县里组织“爱在云霄”婚纱摄影活动，便报名参加，想不到佳洲岛的景色如此美丽，如此与众不同。

2016 年的清明时节，我慕名来到佳洲岛，确实被这块佳洲岛的景色所吸引：清凌凌的两江之水在这里汇合，亲水的环岛栈道伸向远方，远方是浩浩荡荡的大海，海口的一角是郁郁葱葱的国家级自然保护区红树林，眼前是绿油油的菜地和新翻出泥土的水田，当眼光投及水田，把我们看得目瞪口呆：竟有上百只白鹭围绕着犁地的拖拉机，此起彼伏，抢觅新泥中的美食。然而不远处，几只白鹭悠立田头，绅士般地望着伙伴，不知是吃饱了还是望风。

那天，江南细雨，春风不寒。据说，春节期间，佳洲岛旅游异常火爆，每天到此观光的游客超一万人。而到佳洲岛拍婚纱照，已成了许多情侣的选择，他们将佳洲岛昵称为“爱情岛”。

二

佳洲岛位于云霄县东厦镇境内漳江入海口，是漳江下游南北溪流汇合之处形成的平原洲岛，面积12平方千米，距离县城仅5000米路程。共有佳洲、洲渡2个行政村，6个自然村，居住人口2003户，7800多人。拥有耕地6700多亩。土壤肥沃，无霜期长，适宜蔬菜、水果种植。

相当长一段时间，佳洲岛的传统农业主要靠天吃饭，以种植蔬菜为主的农作物产量受自然因素的制约，农民收入不稳定。2013年开始，有着得天独厚自然条件的佳洲岛，先后被列入漳州市级农民创业园和省级农民创业基地的示范区。设施农业在岛上发展迅猛，14家“农”字号企业和农贸专业合作社落户园区，起到了示范带动作用。

绿洲果蔬开发公司是佳洲岛乃至云霄县最大的一家现代农业企业。我在公司总经理林婕女士引领下，走进了她的果蔬大棚。只见一株株盆景式的西红柿藤蔓缭绕，整齐划一，犹如千军万马，身披绿甲戎装，列队方阵，集结待发。我笑称林婕既是总经理，又是“总司令”，那一个个大棚便是她精锐部队的军营大帐。林婕告诉我，设施农业最大的投资就是建“大帐”。2008年，她以每亩3000元的投入搭建起佳洲岛第一个竹架大棚，种植的甜椒在漳州地区一炮打响。2010年，她建起了每亩1万元投入的单体钢架大棚，规模不断扩大，生产红红火火。2014年，她又建造目前国际最先进的每亩成本4.2万元的联动水泥柱大棚。她每一次建大棚的举动都让云霄人惊叹和效仿。实践证明，只有高投入的设施农业，才能获得高效益。

树藤上一串串小小西红柿呈现出琥珀色，很是诱人。林婕伸手摘下，也不擦拭，直接放入口中。我们纷纷效法，那小西红柿果然不仅好看还好吃。这是从省农科院引进的新品种黄钻西红柿，口感细腻，甜酸适度，市场销路看好，可当高档水果出售。除了黄钻，还有红钻、黑钻、绿钻等各色新品种。其中培育的一种大西红柿，肉脆含汁，适合切片，已成为汉堡包的最佳搭档。现在这种大西红柿的产量，60% 供应给肯德基、麦当劳两家跨国公司的连锁店。西红柿的季节就要结束了，接着种植新疆哈密瓜。哈密瓜也像西红柿一样，一株株站立着，藤蔓向上，为了确保质量，一株只挂一个果。这两季收入，一亩可达 4 万元。此外，拇指大的脆黄瓜、空心菜、茄子、甜椒、西蓝花，等等，都是公司的品牌果蔬。

为什么佳洲岛生产的西红柿特别可口，果蔬特别受欢迎？林婕道出了其中三要素：品种、土壤和管理。为了改良土壤，每年七八月间，田地休耕轮种，种上玉米、水稻等作物，但不等成熟收获，而是绿油油时统统打成肥料。在管理上，公司专门成立了植保队伍，监管农作物生长全过程。他们还引进了国产水肥一体化、全自动穴盘点播机等先进设备，实现了全自动控水肥一体浇灌及全自动播种育苗。

我询问从事设施农业最担心的是什么？林婕回答：还是自然灾害。她回忆起 2010 年的鲶鱼台风肆虐佳洲岛，几乎摧毁了农场所有大棚，农作物遭受没顶之灾。但绿洲公司坚强地挺过来了，并在当地干部帮助协调下，走上了“龙头企业 + 专业合作社 + 基地 + 农户”的产业化经营模式，绿洲公司也转型成为股份公司，公司员工、合作社成员、当地农民，人人都可以入股成为公司一分子，共同关心和保护农田。2013 年，佳洲岛又迎来一场大台风，名曰“天兔”。这只天兔在佳洲岛上蹿下跳，极尽破坏之能事。但所有的股东心系农场，及时赶赴现场抢险救灾，15 天时间内就恢复了生产。

从2008年始，林婕作为一名中国水电八局的央企员工，辞职“下海”，来到佳洲岛，和她的妹妹一家，一起当上职业农民。怀着对生态家园和绿色农业的一份美好梦想，努力打拼，企业不断发展壮大，现在公司的基地已扩大到佳洲岛外 5 个乡镇了。绿洲公司名副其实成为云霄县一个现代农业示范区。

三

如果把“爱情岛”和“果蔬岛”结合起来，那么，佳洲岛就会朝着一个旅游观光岛的方向发展。云霄县提出，以佳洲岛和漳江出海口红树林天然景观为依托，以现代生态农业休闲观光为理念，打造集现代农业、生态休闲、旅游观光为一体的生态农业园区。如何具体打造？我在佳洲村找到了答案：创建富美乡村行动。

这个行动是漳州市近些年解决“三农”问题的一项战略部署和工作抓手，它提出了“生活富裕、环境优美、特色鲜明、民主和谐”的规划目标。佳洲村被漳州市列入 2015 年富美乡村建设示范点。那天，我在村委会主任林金发陪同下考察了佳洲村。

富美示范村确定后，一系列优惠政策随之跟进，佳洲岛企业享受用电优惠，整个园区实现了“田成方、渠相通、路相连”，并为生态观光农业配套了路网、节水灌溉、停车场、鹅卵石小道等。沿海田间的环岛慢道，已经开通了 3.5 千米，沥青路面，配备了太阳能路灯，适合于自行车骑行。两架荷兰式的大型风车矗立在油菜花田中，慵懒的风叶动也不动，虽然黄花盛季已过，但墨绿枝头零零落落的几朵黄花，仍使人感觉赏心悦目。已经建设好和正在建设中的戏水荷塘、垂钓亭台、农耕文化雕塑小品等景观和设施，引来不少游客休闲漫步。

林金发主任告诉我，近年来游客不断增多，人气很旺，佳洲岛的果蔬更加好卖了。现在很多家企业都精心打造以观光和采摘体验为主的设施农业。去年“六一”儿童节，一家企业开展了“亲子采摘，快乐体验”活动，几十对年轻的父母带着孩子，参加了亲子家庭采摘比赛。他们在西红柿大棚里，从品种辨认、采摘，直至包装，那场面真是你争我赶，激烈角逐，其乐融融。

村庄整理和改造围绕着“乡土气息，留住乡愁”的主旨而展开，许多老厝经过改造，不仅整齐美观，也改善了居住条件。难能可贵的是仍然保留着闽南传统的红墙燕尾脊，窗户加装了原木门窗套，透出传统风味。门前贴着红楹联，檐下挂着红灯笼。大门内架子上晾着萝卜干，幸好已经半干了。路旁的三角梅开得正艳，厝头厝尾点缀着花花草草，很是招摇。一条清澈的内河蜿蜒于巷道旁。蒙蒙细雨中，行走在巷道里，会突然冒出戴望舒诗情画意的《雨巷》：

撑着油纸伞，独自
彷徨在悠长、悠长
又寂寥的雨巷……

林偕春故居坐落于雨巷深处，古厝之中，是一个县级文物保护单位。村主任热情地邀请我去看看修缮一新的林太师公故居，他以家乡出了这么一位古代文化名人感到自豪。林偕春是明嘉靖四十四年（1565）的进士，官至翰林院检讨、编修，亚中大夫，湖广布政司右参政。其文章气节，深受后人推崇，民间尊其为“林太师公”，今闽南和中国台湾及东南亚一些国家尚存有其庙宇。云霄县里的太师公庙（云山书院）、林偕春墓和南屏书院，均被列为县级文物保护单位。我看到故居内有一张捐款名单，28 位村民的捐款达 40 多万元，林氏后裔居多，但也有方、黄、张、董等姓氏。这份名单让我感觉到林太师公的魅力和佳洲村民的和谐。

故居前厅摆放着一块雕刻着“云霄正气”的木牌匾，乃光绪年间的物件。村主任告诉我，这是块失而复得的文物。2014 年，这块牌匾因拆迁而遗失，后来被倒卖到厦门、平和等地，佳洲林氏裔孙得知消息后，自掏腰包 3.6 万元赎回。该牌匾据文物专家考证：乃光绪十一年（1885）平和南胜县丞潘阶第为明嘉靖乙丑科进士、乡贤林偕春所立，内容高度概括林偕春正气凌霄、直节惠民的气节风骨。

在村委会里，我参观了专设的农家书屋，藏书达 2000 多册，涉及政经、科技、文化、生活、少儿多种类，还有 10 多种报纸杂志和音像作品，同时还备有电视、电脑。我还从相片与资料上看到了佳洲村丰富多彩的文化活动。2015 年先后举办了纪念太师公林偕春 478 周年诞辰大会、龙舟赛、广场舞赛等活动。

最为小蔡津津乐道的是 2016 年 1 月 16 日至 18 日，云霄县红树林海鲜美食节在佳洲岛的举办。他说，虽然那三天天气阴冷，却丝毫挡不住游客的热情，厦漳泉、潮汕地区游客和本县市民几乎“挤爆”主会场，农家大院的美食摊位随处可见“长龙”。活动首日，游客突破三万人次。东厦文蛤、青蟹、巴非蛤、缢蛏、竹塔泥蚶、漳江口大蚝以及下河阳桃、淮山等地理标志农特产品，真是成就了吃货天堂。同时，充满田园气息的“爱情岛”“果蔬岛”又让游客体验了一番浪漫与休闲。

渐行渐好，风光无限佳洲岛。

2016 年春

厚重灵秀云洞岩

一

初识云洞岩，是在山脚眺望主峰。那尊由几块巨石重叠，犹如老子打坐的天然造像，不禁令人由衷地发出一声赞叹：真乃形神兼备，又是一个“老子天下第一”。

曾游历泉州清源山，拜谒老君岩，一尊我国现存最大的老子雕像。石像雕于宋代，高 5.63 米，宽 8.01 米，席地面积达 55 平方米。我国一位著名规划专家题赞之“老子天下之一”。

老子，姓李名耳，字聃，周朝春秋时期人物，是中国古代伟大的思想家、哲学家、文学家，也被尊为道教始祖，代表作《道德经》。据 20 世纪 80 年代联合国教科文组织统计，在世界文化名著中，译成外国文字出版发行量最大的是《圣经》，其次就是《道德经》。孔子曾数次向老子问礼、求道。于是，自古有“老子天下第一”之称。那位规划专家的题赞一语双关也。

但老子从不以“老子天下第一”自居。无论是清源山雕刻的老君像，还是云洞岩天然的老君峰，皆乃端坐如钟，须髯飘飘，超凡脱俗，和蔼可亲，全无一丝傲慢之气。大凡伟人都是“大音希声，大象无形，大言不辩，大智若愚”吧。

当代一位著名的篆刻家、画家，在山下端详老子的天然坐像，顶礼膜拜，感怀万千，用了 898 个印章，以阴阳文相配，遁五行之规，把老子 5000 多字的《道德经》刻入石章，形成独特风格，为云洞岩增添了不可多得的瑰宝。

二

走进云洞岩，便走进了厚重的历史文化长廊。这里素有“闽南第一碑林”称誉，从唐朝五代至近代，许多达官墨客留下摩崖石刻多达 200 处。文章道德之尽，诗词书法之秀，行楷篆隶草，琳琅满目。

最早的题刻为唐五代，仅留行书 8 字：“许碏寻偃月子至此。”刻于瑶台对面石壁上，字大近尺。据地方志记载，许碏，高阳人，累举不第，学道于王屋，周游名山洞府，到处于悬崖峭壁人不及处题云，人皆笑为狂，后插花作舞醉歌，升仙去也。吾辈近观其字，遥想其人，揣测：可属云洞岩神秘的“闽南第一洞天”的开篇之作？

最富名气的应为中国历史上的两位伟人——朱熹与黄道周。朱熹题刻有“溪山第一”“石室清隐”及五言诗三处。这位南宋大理学家于绍熙元年（1190）出任漳州知府，数次上云洞岩讲学。明嘉靖年间，有“云洞岩洞主”之称的理学家蔡烈，建朱子祠，崇祀朱熹。500 年几经兴废，2008 年重建，是一座仿宋建筑，祠内塑立朱熹雕像，匾额“朱文公祠”为厦门大学易中天教授题写。

黄道周曾撰写千字文《云洞游记》，成为传世之作。他是漳浦人，明末清初的民族英雄，也是儒家大师、书法大家。徐霞客评他：“字画为馆阁第一，文章为国朝第一，人品为海内第一，其学问直接周、孔，为古今第一。”黄道周是闽南人的骄傲，遗憾的是，山中摩崖石刻未见他的文字。如今，景区山门的一块大石上，管理者集黄道周“云洞岩”三个大字，镌刻于此，也算新添一道风景。

最具故事传奇的是一对心有灵犀的文友——蔡烈与丰熙。蔡烈是明嘉靖年间理学家，龙文蔡坂人，时任随州太守蔡杲的儿子。父亲官场显赫，儿子却一生无意科举，隐居于家乡云洞岩读经讲学，著有《读书录》若干卷，世人称之“鹤峰先生”。现山门处的蔡烈墓，保存尚好，墓前有鹤丘亭，亭中有碑，铭曰：鹤峰千仞，龙江数曲。中有一丘，其人如玉。为明朝正德年间进士林达所撰，褒扬了蔡烈人品。丰熙是浙江鄞县人，幼有异禀，明弘治十三年（1500）科举殿试第二，出掌南京翰林学士，后以议礼谪戍镇海卫。嘉靖丁亥年（1527），丰熙慕名拜访蔡烈。文人从来惺惺相惜，主宾两人相见恨晚，酒逢知己千杯少，话又投机不嫌多，丰熙竟乐不思蜀，寓居云洞岩一段时间，每日与蔡烈饮酒赋诗，登山赏景，不亦乐乎。从此，摩崖石刻留下了他 10 余处的墨迹，有“霞窝”“风动”“仙梁”“枕流”“孝妇冢”等。最长的一篇石刻《鹤峰云洞游记》，1160 字，也出自他的手笔。丰熙可不是等闲之辈，他的题刻有数则后来被选入清高宗御制《三希堂帖》。这可是国家顶级墨宝。

一夜月明星稀，两位文友喝得微醺，相携游山，忽见面前矗立着两块巨石，形若两个“月”字。丰熙问：你看这两块石头形状如何？蔡烈笑曰：朝前走，朝前走。丰熙才思敏捷，马上悟出了他的话暗藏玄机——是个字谜，朝字左边“卓”走了，只剩下“月”，“朝前走，朝前走”，不就是“朋”字吗？他捡起一块石头在巨石上划下一个“朋”字，思忖片刻，意犹未尽，便在“朋”字上面又写了一个“得”字。“得朋”两字，一语双关，既显示了巨石的形状，又表达了幸遇知音的喜悦之情。蔡烈与丰熙相视而笑。这种高山流水、志同道合、你知我知、天长地久的情谊，唯有“得朋石”可鉴证。

三

走进云洞岩，便领略了“闽南第一洞天”的灵秀仙葩。《漳州府志·古迹》载：“中有石室，深广丈余，天将雨则云出其中，霁则云复归焉，故曰云洞；相传隋开皇时，有潜翁者养鹤其中，故名鹤峰洞。”寥寥几十个字的地方志，让我读出了洞天福地的特征：白云的居所，清幽高雅之地。

云洞岩胜景40余处，应以千姿百态的洞穴为奇，以白云居所为最。但颇有趣的是，多处胜景冠名以“云”，却难以判定真正的“云洞”。进山不久，便见一座石桥飞架于怪石危岩之上，曰：渡云桥。接后进入两峰相倚的一个石门，上书“云洞”。一路而行，历经霞窝、云深处、月峡、石室清隐、云根洞等洞穴。那云根洞石穴深广，时有云气氤氲，缕缕可见，该是白云居所吧。但且慢，后面还有个千人洞，有俗语“不到千人洞，枉游云洞岩”。洞内悬岩怪石，摹形拟状，蜿蜒崎岖，忽明忽灭，洞中有洞，可容千人。丰熙学士诗云：“片石千人屋，天工太泄机。海风吹不破，应待野云归。”

原来大大小小的洞穴皆是白云居所。

出千人洞口，迎面而来的是一线天，古人诗云：“鬼斧神工劈山崖，岩洞一线冲天开。”徐霞客游历永安桃源洞一线天，曾评价之：“大而逼，远而整。”即高大狭窄、深远完整，借用形容云洞岩一线天，也一样贴切。

过了一线天，可直上绝顶天柱峰。峰顶悬着一块摇摇欲坠的风动石，形状可与东山岛的风动石相媲美，只需一人用手摇撼，便可觉察出轻轻颤动。但这块“弱不禁风”的巨石，已傲踞峰顶亿万年了。

伫立天柱峰顶，俯瞰九龙江西、北两溪相汇于此，浩瀚入海，隔江而望龙海白岩山，江海鸥翔船行，山麓烟云迷蒙。峰顶原有古亭，虽已毁，但石碑“天开图画亭”犹在。

洞天福地自然少不了神仙的故事。山中有个仙樵洞。相传古时有个樵夫对棋艺十分着迷，一天上云洞岩砍柴，忽遇一只野兔，洁白非凡，正欲捉它，白兔却跳入石洞。樵夫跟入洞中，却不见野兔，只见一老人，须发皆白，坐在一张石桌旁，桌面摆着一盘围棋残局。老人邀请樵夫对弈。樵夫一眼瞥见这是江湖上流传的七星聚会棋局，欣然应对，结果棋逢对手，下了个和局。老人站起来对樵夫赞许地一笑，眨眼间不见人影。樵夫追出洞外，只见一只白鹤向西方飞去。樵夫知道遇仙了，连忙下跪叩头，回望自己放在洞口的一担柴已经腐烂，回到家中，村里没人认识他，因为他在洞中待了两个时辰，岁月已流逝 120 年了。

"洞中方一日，世上已千年"的故事特别适合发生在云洞岩这个洞天福地。似乎为了映衬神仙的眷顾，樵夫洞不远处的一块巨石上，有个长 38 厘米、宽 15 厘米的五指脚印，十分清晰，旁有石刻"神仙曾到有遗迹，天地从来无此山"。

"山不在高，有仙则名。"云洞岩就是这么一座玲珑剔透的仙山，坐落于高楼林立的城市旁，闹中取静，让城市人为事业打拼之余，为生活纠结之际，随时走进仙山，放松调整一下，极目放怀一下，思索感悟一下……

四

作别云洞岩，又看到新的风景。

那天傍晚，采风团一行来到云洞岩山脚，导游是一位年逾花甲的老者，姓黄。黄老先生的工作激情与文化素养给大家留下深刻印象。次日，黄老先生又为我一人导游。3 个小时的游程，见他身手敏捷攀岩钻洞，听他如数家珍解读景物，令我赞叹不已。

云洞岩风景区筹建于 1983 年，当时年富力强的黄先生是筹建者之一。他说，想不到一干就干到退休，已陪伴云洞岩 36 年了，还想继续陪伴下去。我询问：您游山起码几百上千趟？答：数也数不清，应该有几千趟吧。更可贵的是，黄老先生不仅参与景区管理和导游，还勤于笔耕，撰写导游词和有关研究、考证云洞岩的文章，为云洞岩留下许多可贵的文化财富。

攀登云洞岩，山道旁有许多榕树，树龄以 20 年左右的为主，郁郁葱葱，为山石增色。那是一条从鹤鸣楼起步，沿西路拾级而上直至山顶，约 2000 米山道的“榕径”。1994 年开始，离休干部张老先生，有感于古人黄道周《榕颂》精神，决定为云洞岩植榕。张老先生与他的志愿者团队七八人，坚持至今，共植榕 1000 余株，认真管护，终使“榕径”成为树树连荫的绿色长廊。

从黄老先生与张老先生身上，让人看到云洞岩新的风景。终有一天，新风景成为老风景，一并载入云洞岩的历史画册。

2018 年春

探秘中国长寿之乡——诏安

诏安县于2014年被评为“中国长寿之乡”，这是福建省继柘荣县、泉港区之后第三个获此殊荣的县。

对于柘荣县与泉港区的“长寿之乡”情况，我曾做过了解，然而诏安与它们有什么相同与不同之处呢？这是我的好奇，也是此番采风选题的主要动因。

国际上一般将“长寿之乡”分为三种类型：一是自然生态型，其长寿主体因素是自然生态环境优良，以广西巴马县为代表；二是水土元素型，其长寿的主体因素是区域特殊的水土环境、矿物含量等养生能量因素，以新疆的南疆地区为代表；三是经济发展型，其长寿主体因素除了具有一般“长寿之乡”的许多共同要素外，最大特点是经济快速发展，积累了一定的社会财富，为全社会提供更多保障与福利，使得人们的健康水平得到提升，起到延缓衰老、延长寿命，以上海地区为代表。

颇有趣的是，把我省三个获得“长寿之乡”的县区进行比较分析，我以为，可以各代表一个类型，柘荣县为第一类型，泉港区为第三类型，诏安县为第二类型。当然，除所属类型赋予的鲜明优势外，也不可忽视其他方面合力促成的结果。

后发的长寿指标

据联合国规定，长寿地区的主要标准是每百万人口中要有 75 位以上的百岁老人。

“中国长寿之乡”是中国老年学会评选认定的称号。其评审标准规定 3 项必达指标：长寿代表性、长寿整体性和长寿持续性。此外还有 12 项考核指标，涵盖了经济发展、医疗卫生、社会保障、大气质量、生活饮用水、森林覆盖率等。

3 项必达指标即：每 10 万人口百岁以上老人达到 7 人（2013 年 7 月修改提升为每 10 万人口百岁以上老人达到 10 人），人均预期寿命达 75 岁以上，80 周岁以上老人达总人口 2% 以上。

从 2007 年至 2016 年，中国老年学会共评选认定了 71 个“中国长寿之乡”。其呈现出六大特征：一是“长寿之乡”南方多于北方；二是长寿老人乡村多于城区；三是“长寿之乡”贫困地区多于经济发达地区；四是长寿老人 80% 左右是女性；五是长寿老人少数民族多于汉族；六是长寿老人子孙普遍孝顺，老人心态好。

诏安县的 3 项必达指标不仅高于柘荣县与泉港区，而且持续向好，后劲更大。2013 年底，全县总人口近 60 万，百岁以上老人 67 人，10 万人口达 11.21%，即长寿代表性指标才超 1.21 个百分点。但到了 2016 年，全县总人口不变，百岁老人达到 117 人。两年内百岁老人数字几乎翻了一番，让人惊叹不已。这个数字，全省之最，全国排位前列。

在长寿整体性上，据第 6 次人口普查数据表明，诏安县人口平均预期寿命为 77.25 岁，高于全国水平 2.42 岁。

在长寿持续性上，截至 2013 年底，诏安县 80 岁以上高龄老人 11529 人，60 岁以上老人 73423 人。到了 2016 年，80 岁与 60 岁以上老人所占的比例明显增加。

珍稀的资源禀赋

2013 年，诏安县被中国营养学会授予“中国海峡硒都”称号。

大约 10 年前，中国老年学会开展“中国长寿之乡”评审活动，评审出我国“十大长寿之乡”，无一例外都处于富硒带上。2008 年，中国科学院地理科学与资源研究所，对我国“长寿之乡”土壤和食物调查发现，我国长寿地区土壤和食物中都富含元量元素硒，至此人们开始真正认识富硒食品的意义。

科学研究证明，硒是人体必需的微量营养元素，对提高人体的免疫力，对防癌、抗癌和降低心血管疾病及高血压、心脏病的发生率具有良好作用，被誉为“生命的火种”“心脏守护神”“抗癌之王”。

根据省地质矿产勘查局的调查结果，诏安硒含量为全省最高，富硒土地面积占县域面积的 39.3%。诏安人日常饮食中的青梅、茶叶、蔬菜、大米、鸡蛋中均含有丰富的硒元素，另外当地中草药观音串、伸筋藤、铁皮石斛、金线莲等都富含硒元素，这些农产品对于老寿星的健康功不可没。

八仙茶是诏安的名特产。1994 年 1 月，该茶种被全国茶树品种审定委员会审批为国家级茶树良种，是中华人民共和国成立以来唯一新选育的国家级乌龙茶良种。白洋乡汀洋村地处土壤富硒地的核心地段，所生产的八仙茶是名副其实的“富硒茶”。该村 2000 人左右，90 岁以上老人就有 11 人，其中一位 102 岁的茶农钟西九，在当地颇有名气。钟老的长寿之道概括起来是：喝茶养生，劳动强身。钟老一家耕种几十亩茶园并且办了 3 个茶叶加工厂，是村里公认的种茶制茶能手。百岁寿星了，还经常和儿孙们一起摘茶晒茶。每日三餐粗茶淡饭。如果说老人有什么特殊嗜好，即是几十年来每餐之后，必泡八仙茶喝，习惯雷打不动。这一喝，就喝出一个远近闻名的老寿星。

2014年，诏安县被授予“中国长寿之乡”时，黄娇娥108岁（110岁去世），还能自己拿着一只小凳子到户外晒太阳。她长期生活在梅岭镇玄钟村，77岁那年丈夫去世，与儿孙生活在一起。她的儿子将母亲的长寿秘籍归纳为三点：一是三餐必食蔬薯鱼，少一种，她就会给儿子提“意见”。玄钟村是渔村，不缺鱼，蔬菜和红薯是自家种的，极少用农药和化肥。前些年经检测，梅岭镇不仅土地富硒，连海产品也富硒。二是老人家爱玩爱动显童心。三是心态平和，生活有规律。

优良的生态环境

诏安地处福建最南端闽粤交界，北回归线以北不远处，属亚热带季风性气候，冬无严寒，夏无酷暑，雨量充沛，气候温暖，素有“闽南大温室”“瓜果之乡”之称。

全县森林覆盖率达65%，是天然绿色氧吧，空气质量优良，境内水资源丰富。特别是饮用水，诏安县主要领导对之推崇备至，几次谈及乌山脚下的亚湖水库是全县的饮用水源，集雨区内无人烟、无耕作、无污染，水不经加工处理就可达到饮用水一级标准，常年进行水质测试，合格率达100%。经检测，该天然水富硒并含有适量的锶、偏硅酸，长期饮用有助于保健强身、延年益寿，被评为全省最优质的饮用水源。我曾试问：是全省最优质饮用水源之一吗？得到回答明确与坚定：没有之一。

诏安县提出的发展目标“田园都市、生态之城、文化之都”，把自然生态文明理念融入城镇化建设全过程，这个规划为诏安县的科学发展、持续发展作了一个很好的定位。这些天，我们采风团走进诏安，如同走入一幅纤尘不染的山水画卷。这块1200多平方千米的土地，北枕巍峨乌山，南濒浩瀚大海，东连闽南金三角，西邻潮汕平原，名胜古迹繁多，旅游资源丰富。九候名山与悬钟古城，一山一水，相得益彰，既可感受大山之灵韵与梦幻，又可领悟大海之雄浑与博大。还有传统村落古韵山河、美丽乡村生态公园、明代石牌坊群、名家美术馆，等等，确实可以放松脚步，放下身段，充分享受这里的青山绿水和文化氛围。

厚重的长寿文化

据民国《诏安县志》记载，诏安县明清朝代就有百岁寿星8位，在当时也属凤毛麟角。其中乾隆年间的沈起龙夫妇寿终均为126岁，历代罕见，至今诏安乃至福建无人超越。

诏安古城遗存不少古牌坊和古祠堂，而其中的百岁坊和百岁祠更是难能可贵的长寿历史文化遗产。据记载，全县最早有褒扬百岁寿星建的牌坊5座，其中男性2座，称为“百岁坊”；女性3座，称为“贞寿坊”。

有一座建于明万历八年（1580）的百岁坊，坐落于圣祖街北段威惠王庙前，经历了400多年风吹雨打，至今保存尚好。牌坊坐东朝西，花岗石仿木结构，坊匾两面同为楷书“百岁坊”，坊额题刻“明万历庚辰秋为冠带寿民沈仲选立”。《诏安县志·人物》载：“沈仲选，三都人。冠带寿民，寿一百岁。万历间有诏建坊旌其门。”这位百岁寿星的后裔人才辈出。其中清光绪三年（1877）的武进士，四品带刀侍卫，后来成为民国少将的沈瑞舟，即是位文韬武略之士。他字苞九，号琴船，工花鸟画，会篆刻，留存下的作品现在仍被诸多书画收藏者所追逐和推崇。

为褒扬和纪念百岁寿星所建的祠堂有3座，现都保存尚好。名气最大的当属延禧堂，位于县城北关龙亭，系乾隆二十四年（1759）为百岁寿民沈起龙所建，乾隆帝亲自为这对126岁的夫妇题赐“期颐余庆”。西潭新春埔有一座五代百岁祠，堂匾为“七教堂”，系清嘉庆二十一年（1816）之后，为纪念太学生许瑞钟沈氏105岁，五代同堂而立的。还有一座百岁祠位于南诏镇东北街北门塘边，据说是沈氏子孙为纪念百岁祖宗所建。此外，金星乡湖内还有一座百岁楼，相传有一位男子78岁才娶妻生子，活到108岁，其子孙为纪念长寿老人而建。

乾隆年间的沈起龙夫妇均活到126岁，在那个朝代是否评上“全国之最”，不得而知。但诏安县获得“中国长寿之乡”的2014年，深桥镇仕江村的沈细龙，以112岁高寿获得了“福建省长寿之最”称号。在长寿这个群体中，历来是女性多于男性，甚至几乎达到“女性王国”的境地，沈公细龙可谓“鹤立鸡群”，为八闽男同胞争得难能可贵的长寿者第一把交椅。这也同样说明了诏安这块神奇的土地，长寿历史源远流长，一脉相承，奇迹频发。

就在那一年，《丹诏乡讯》记者采访沈细龙，沈老走路不用人扶，喝茶聊天，谈笑风生，毫无倦意。记者为之归纳三条长寿原因：一是早年劳碌奔波，为晚年健康打下基础。1938年，他的孩子没满月就被国民党抓了壮丁，后跟随军队去了台湾。20世纪60年代离开军队，四处打工，不管粗活脏活什么都做，吃苦耐劳练就了一副好体魄。二是顺其自然，随遇而安。孤身在外漂泊近半个世纪，他认定自己“命苦”，于是遇山过山，遇水蹚水，顺其自然生活，只期望有朝一日能回家乡与亲人团聚。三是回家心情好，常怀感激情。1996年回乡后，他看到老婆、孩子生活得很好，十分感激政府。回家后尽享天伦之乐，心情好，又为延年益寿创造了条件。

良好的生活方式

健康营养专家形成一个共识：生活方式在人的健康长寿中所占比例超过60%。首先，饮食与营养与长寿密切相关。诏安人的饮食特点是：低热量、低脂肪、低动物蛋白、多蔬菜类型，如传统小吃无米果、凉粉果、九层果、冷碱果、和合包等均属此类型。以最受本地人和游客青睐的猫仔粥为例，它以米饭、海鲜等为原料，经独到的烹饪技艺，聚于一碗，粥清见底，虾红、鱿白、鱼雪，色泽相映，数荤一素，清鲜醇美，风味独特，清淡而有营养。还有，诏安蔬菜品种繁多，又有“瓜果之乡”“青梅之乡”美誉。此外，全民饮茶成风。这些饮食长期搭配食用，延年益寿。

文化艺术熏陶也是诏安人长寿的秘诀。诏安是“中国书画艺术之乡”，古人素有“寿从笔端起”之说。据统计，书画家是公认的寿星中的团体冠军。那天，我们参观沈锡纯、沈冰山纪念馆。沈锡纯，号武夷山翁，国画大师，成就可与齐白石、徐悲鸿等大师比肩。他是“诏安画派”第四代宗师，擅画花鸟、草虫兼山水、人物，尤精画虎。他活到99岁，晚年画技愈加成熟。他的胞弟沈冰山，中国著名盲人书画家、全国自强模范、中外美术史上首位盲人书画家，也活到80多岁。纪念馆原是两兄弟故居，2015年后辈们遵循两位老人遗愿，无偿捐献给厦门大学，成立了“厦大诏安画派研究中心创作实践基地”“漳州画院诏安创作研究基地”。据统计，诏安县省级以上的美协、书协会员达258名，这也是一个“全省之最”。“书画艺术之乡”也推动了书画产业的形成，从业人员达3000多人。中国老年学会常务副会长赵宝华建议，请将诏安县书画家年龄做个普查，平均后与全县平均寿命进行比较，看看高出多少？这应该是个很具有说服力的数据。

那天，诏安县申报“中国长寿之乡”办公室负责人、原县文化局局长老沈陪同我去看望两位长寿老人、两位文化人，一位姓名陈月华，今年101岁，是位女医生。她耳不聋，眼不花，思路清晰，和我们聊起年轻时在厦门鼓浪屿上学，如何心无旁骛，读书学医，以此报效国家，后来成了诏安医院医生，外科、内科、儿科都做过，一直到退休，一生就做医生这一件事，觉得很有成就感。老人还是虔诚的基督教徒，气质高雅。与君一席话，如沐春风里。

另一位老人今年100岁，姓名杨月凤。走进老人的老厝，到处弥漫着书香墨韵，厅堂侧立着一台古钟，书架上摆着文房四宝和书籍，堂上高悬古匾额，厅柱挂着古楹联。最是令人惊叹处，大厅正中坐榻上，杨老太太正专心致志地钩绣一块台布。她飞针走线，双手灵巧无比，竟不戴老花镜，也不知客人走近前。我们只能屏声静气，悄悄观摩。老太太儿子 80 岁了，是诏安一位著名画家。他说，母亲的钩绣技艺远近闻名，他视之为艺术品而不是日用品。当我要求与老太太合影留念，老太太很高兴，但让我稍候，只见她用双手理理发鬓，拉拉衣角，又让儿子为她擦拭眼角汗渍，而后才同意开拍。让我们等候得暖意融融。

热爱自然、善良纯朴、知足常乐、休闲安适的品质和生活方式，也是诏安人长寿的原因。每到清晨夜晚，政府广场上、公园里、河道边，到处可见成群结队的男女老少在健身休闲。生命在于运动，长寿在于运动。但在农村，许多长寿者的秘诀，是率性自由、劳动为乐。104 岁的张阿雅是太平镇榕城村平凡的农妇，她与丈夫共生育三男二女，丈夫早逝，她拉扯大儿女后，选择单独生活。虽然儿女们都很孝顺，但她认为一个人生活自由自在，想吃什么就吃什么，想做什么就做什么，这样更快乐。百岁有余的张阿婆，依旧到田间地头干些简单农活，亲手种自己喜欢吃的蔬菜，一年四季，劳作不已。小菜园里，菠菜、荷兰豆长得翠绿、茂盛。她不仅锻炼了身体，也收获了快乐。

积极的老年事业

闽粤交界的分水关上，一座设计新颖的园林矗立于国道旁，那是刚刚落成的诏安县社会福利中心。该中心占地 50 亩，总投资 9600 万元，设计床位 376 张。整个项目已进入配套设施建设的扫尾阶段，预计 2018 年正式运营。3 年前在考核诏安县申报“中国长寿之乡”12 项参考指标时，曾有 2 项未达标，即全县养老床位数和卫生技术人员数。“诏安县社会福利中心”项目于 2013 年立项，2014 年动工建设，是否可以理解，是积极申报“中国长寿之乡”工作有力推动了老年事业的发展。

确实，今天的长寿是过去历史积累的结果，那么，明天的长寿靠什么，如何能保证“长寿之乡”的持续？对此，诏安县委、县政府有着清醒的头脑，除了进一步继承和发扬光大传统优势，必须加大民生建设和环境保护力度，发展健康产业，倡导尊老敬老的文明风气，不断提升人民群众的生活水平，打造可持续的长寿环境，实现可持续和谐发展。

尊老敬老在诏安已经成为一种风尚、一种习惯、一种自豪、一种荣耀。县委、县政府抓住“中国长寿之乡”品牌，加大宣传力度，形成更浓厚氛围。比如，每年精心组织召开全县老年节庆祝大会，认真开展“敬老月”活动，积极协调涉老部门开展丰富多彩的文体活动。2016 年 4 月，县领导带队参加浙江丽水市“中国长寿之乡”绿色产业发展联盟，学习借鉴其他“长寿之乡”的发展经验，就发展老年事业加强研究探讨。

进一步推进老年人优待政策的落实。出台了《关于城乡居民社会养老保险制度一体化的实施意见》和贯彻落实省、市《关于加快发展养老服务业的实施意见》《关于进一步加强老年人优待工作的意见》。2017 年就大幅度提高高龄老人生活补贴：90 岁至 98 岁年补贴 2400 元，99 岁年补贴 3600 元，百岁寿星年补贴 6000 元。同时做好关心慰问困难老人工作。

那天，我们还去考察了诏安县居家养老中心新辟的办公场所。何谓“居家养老”，即依托于在区，借助专业化服务组织力量，通过上门、日托等形式，为居家老人提供生活照料、康复护理、精神慰藉等服务模式。政府对困难老人的服务予以买单。

健康长寿是人类的终极追求。我们有理由相信，“中国长寿之乡”的品牌，将会不断增强诏安 60 万人民群众的幸福指数。

2017 年夏

一个医养结合的成功案例

——漳州正兴新来福养护院记略

一

中国老龄化速度快、规模大，举世罕见。官方统计数据公布，1999年60岁以上人口占总人口10%，2000年65岁以上人口占总人口7%，中国以此为标志进入了老龄社会。到了2017年底，60岁以上人口达到2.41亿，65岁以上人口达到1.58亿，而且以每年1000万的数量增长。党的十九大报告提出“积极应对人口老龄化，构建养老、孝老、敬老政策体系和社会环境，推进医养结合，加快老龄事业和产业发展”。2018年李克强总理的政府工作报告中10次提到“养老”。所以，我国社会快速老龄化既是挑战，也是机遇。

随着高龄老人队伍不断壮大，这些老年人整体健康问题越来越突出，对医疗与养老相结合服务的需求不断加大，医养结合成了一种最具有前景的养老模式。何谓“医养结合”？即是医疗资源与养老资源相结合，实现社会资源利用的最大化，实现“有病治病、无病疗养”的养老保障模式创新。一般养老机构只负责老人的护理以及日常活动组织，以一个社区或者公寓的形式存在。而医养模式则让养老机构注入医疗设施，老人在养老机构里得到的不仅是生活上的照顾，而且能够得到定期的医疗检查，生病了可以得到及时医治，并有专业护理人员进行照顾。

正因为“推进医养结合”被写入党的十九大报告，说明了这个养老模式的重要性。但如何立足本地实际，针对不同类别的老年人，探索一条接地气的医养结合养老模式，是各级政府和社会各界努力的方向。

二

漳州正兴新来福养护院的内墙挂着一块牌子，简明扼要，一目了然：

投资人：赖建辉

成立时间：2015 年 2 月 25 日

机构性质：民办非营利性高端养老机构

收治对象：失能、半失能老人

服务模式：医养结合

服务标准：治疗综合化、护理整体化、病房家庭化、管理智能化

建筑面积：6000 平方米，拥有前后 3000 平方米的花园

床位总数：168 张

赖建辉，漳州平和人，他与他的正兴车轮集团有限公司是个传奇：正兴集团成立于 2003 年 6 月，专业从事各型汽车车轮的研发、生产与销售，是中国车轮行业遥遥领先的龙头企业。2011 年 5 月 13 日，正兴集团在纽交所成功上市，是中国汽车工业第一家在纽交所 IP0 上市的民营企业。正兴集团以车轮为主业，业务板块覆盖教育、医疗、旅游、养老等第三产业，每一个产业均在区域市场占据较大市场份额。

2018 年惊蛰季节，我慕名前往正兴新来福养护院采访，陈臻院长带领我先参观正兴医院。这是一家新建成且正式运营 5 年的三级医院，占地 150 亩，现有病床 800 张（规划 1600 张病床），员工 1400 多人。

目前在漳州地区技术领先的学科有微创外科、乳腺外科、新生儿科、泌尿肾病科、肿瘤科、骨科、手足显微外科等。

正兴医院的住院大楼专门架设一条200多米长的全封闭长廊连接养护院，这条长廊也是养护院医养结合的宣传廊。陈臻院长同时兼任正兴医院副院长，一路为我介绍正兴医院与养护院的关系，我很快弄清楚了何谓医养结合的无缝对接。目前养护院收住168人，年龄最大的100岁，最小47岁（因车祸致残），平均年龄84岁，多为高龄失能性老人，平均患有高血压、糖尿病等8种基础病，35%—45%老人长年处于临床住院状态。针对这样老人，“老有所医”往往比“老有所养”更显急迫与重要。因此，这时医疗资源是否强大，就成了老人和家属最为关注选项。若只是由小诊所、小医院支撑，很多急、难、重症处理不了，而老人的急、难、重症又特别多。正兴医院将其老年病科直接划入养护院，由养护院直管，现有医师15人（高级职称3人、中级职称3人、初级职称9人）、护士43人、护工34人。这样老人住在养护院可以不换病床，只要切换电脑系统即可，最大限度地方便了老人和家属。所以此模式一推开便受到市场热捧，现已出现一床难求的局面，眼下预约入住的老人络绎不绝。

陈院长告诉我，养护院创建之初，正兴集团认真进行了市场调查，漳州500万人口中，60岁以上人群近70万，而这庞大老人队伍中，大都能自理，若无特殊原因，不愿意入住养老机构，只有失能、半失能型老人及家属，才渴望得到医养结合的救治和安养。但对这些老人，小机构收不了，大机构（包括大医院）不愿收。所以，他们选择从这里入手，建立面向失能、半失能老人为主要对象的养护院。并根据省内同行价格和漳州医院护工价格，确定以每月4100—6600元为主要价位的多元价目表，供市场选择，果然深受社会欢迎。

三

这是发生在养护院的真实故事：一个 89 岁老人坚持要上手术台。

林女士退休前是漳州卫校教师，医学专业学科造诣颇深。她与老伴 2017 年 2 月入住正兴新来福养护院，老伴患有阿尔茨海病，她自己患有高血压 2 级（属高危）、冠状动脉粥样硬化性心脏病、心房颤动、低蛋白血症等多种疾病，而且之前做过胃大部分切除、双侧卵巢囊肿切除、右侧人工股骨头置换三次大手术。日常行动需要轮椅代步。

林女士这一次胆囊炎发作来得凶猛，胆囊结石 3.5 厘米，卡在胆囊出口，吃不下饭，睡不着觉，浑身疼痛，药物已经控制不下。为此，养护院一次次邀请正兴医院呼吸内科、普外科、营养科、麻醉科专家们一起，共同研讨治疗方案，最后一致意见，除了手术没有更好解决办法，只是手术风险太大。林女士认为，比起死亡，更令她恐惧的是长时间的疼痛，她坚持要上手术台“搏一搏”。但林女士的想法遭到儿孙们反对，大家认为手术风险太高，老人很可能下不了手术台。可是林女士主意已定，说：活就要活得有质量，没手术不如死了算了。家人们只得妥协，决定冒险一搏。

前来参加会诊的微创外科主任李建国教授这次也碰上难题了，林女士的心肺功能和身体状况实在不容乐观，但是，作为一名讲责任的医生，李建国还是想为患者减轻疼痛，提高生活质量拼上一拼，这也是他的一贯作风。

决定要为林女士进行腹腔镜下胆囊切除术后，医院与养护院进行了无缝对接。首先，养护院将林女士的监护状态从“养老”模式调换到“医疗”模式，不需要转换科室和调整床位，即可完成相应的营养支持和术前准备。其次，正兴医院普外科、麻醉科等几个科室多次会诊、指导，待相关指征符合手术要求后，于 2018 年 1 月 25 日在普外科进行手术，术程顺利，术后恢复良好。全程不需要重复检查，不需要转院手续。两周之后，林女士转回养护院，待病情稳定后，监护状态又从“医疗”转为“养老”。

四

走进养护院，给我的印象是既像医院又不像医院。说它像医院，因为医生、护士、护工着装统一、整洁，房间的许多设施就是医疗设施，比如那张价值1万多元的可移动、可升降的专业用床。说它不像医院，养护院那幢大楼装修得如同星级宾馆，院子前后花园绿地，让人感到温馨大气。1000多平方米的大厅分为四大区域：餐饮区、休闲区、娱乐区、康复区，设施齐全高端。即使老人住房也是按照标准病房加上家庭元素、个人信仰习惯等布置，有的房间挂着毛泽东主席像，有的挂着“中国结”“福”字及家庭照片组合……总之，到处洋溢着居、养、乐相结合的快乐生活氛围。

我们随意走入一个房间，只见一对耄耋之年的姐妹躺在各自床上，手里各拿着一张稿件，相向而对，相聊甚欢。我凑上前问候，她们听说我是记者，就把稿件递给我“斧正”。原来是老姐妹唱和的诗稿，我连连称赞，并大声地朗读起来。这是5床的陈碧瑶女士写给6床方良英大姐的：

南下革命，人品特好；
海纳百川，广交朋友；
性情开朗，笑口常开；
助人为乐，子女孝顺；
幸福生活，安度晚年。

她同时写一首送给17床的章济川大哥：

南下革命，功绩显著；
思想开朗，助人为乐；
专做善事，夫妻恩爱；
福寿满堂，乐享天年。

方良英与章济川联名写一首为陈碧瑶老友贺新年：

青年闹革命，老时来住院。
坐地日行八万里，卧床“血战”不生气。
面线线面专业户，轮椅伴行靠自己。
钢铁意志巾帼心，活到百岁不封顶。

这3位老人都是离休老干部，又是老战友、老同事，他们邂逅在养护院，珍惜几十年的革命友谊，为养护院给他们提供了朝夕相处的环境感到高兴，对养护院工作是满意的。方良英老人还写词谱曲，创作一首《老人是个宝》的歌曲：

老人好啊老人好，世上人人都会老；
经历丰富阅历宽广，人人都有闪光点。
尊重老人爱护老人，养护院里大发扬；
院长医生护士护工，个个都为老人忙。
老人高兴住得安心，医生护士是亲人；
广交朋友健康长寿，养护院是大家庭。

护士告诉我们，今年养护院新年联欢会上，方良英老人还上台演唱自己创作的歌曲，不仅活跃了气氛，也鼓舞了养护院的医护人员。

五

人性化、个性化服务十分重要。陈院长介绍，养护院对每一位老人，采取了入住前登门评估，入住后全面观察，针对老人的家庭特点、性格特点、饮食特点、睡眠特点、用药特点 5 个方面，形成老人个性化护理方案。同时，制定了 24 小时护理工作流程及标准，将老人的洗脸、刷牙、更衣、梳头、喂水、喂饭、喂药、如厕、洗头、洗澡等等生活细节和下棋、唱歌、做手操等等娱乐活动，具体到点，落实到责任人，以保证老人得到全程无间断优质护理。服务标准达到“四无”（无压疮、无坠床、无烫伤、无跌伤）、“六洁”（皮肤、口腔、头发、手足、指甲、会阴部清洁）。

在管理上，始终强调“一岗双责”理念，即从科主任、护士长到普通医生和护士，都在责任区范围内负有医疗和养老两方面职责，老人若出事，当班医生、护士、护工都有连带责任。养护院的优质服务深受入住老人与家属肯定。2017 年 3 月 23 日，正兴新来福养护院荣获全国老龄工作委员会颁发的“全国敬老文明号”奖牌。同年，被省民政部门同业协会确认为“全省养老服务示范基地”“省养老行业协会副会长单位”。

今年 2 月，患者蔡先生家属特地向老年二科四区全体医护人员送来一面锦旗，上面绣着“敬业的团队 医养的楷模”8 个大字，以感谢医护团队半年来对病重老人蔡先生无微不至的照料，让老人在生命的最后，依然享受到尊严。

今年春节临近时，年轻的韩护士向陈院长上交了一个红包，请陈院长让红包“拐个弯”，存入住院老人胡爷爷的账户。红包缘由是胡爷爷的弟弟来看望哥哥，听哥哥讲韩护士工作认真负责，就像亲生孙女一样孝顺贴心，作为弟弟的他非常满意，便包了600元红包，悄悄塞给韩护士。还说回避了监控探头，只是作为奖金，过年了，表示家属的一点心意。韩护士推辞不过，只好上缴了。陈院长说，收到入住老人和家属的红包已经不是第一次了，于情于理我们能够理解，也十分感动，但是职业道德要求我们不允许收受红包，必须坚决禁止。我们坚持把红包退回去，但是这份感动我们记在心里。

六

失能、半失能老人需要更多的关爱，有时精神上的关爱尤显重要。我在娱乐大厅看到养护院每周日常活动的课程表：周一播放老电影；周三组织唱歌和做保健操；周六是手工才艺活动，有书法、拼图、剪纸等。陈院长告诉我，老人们喜欢这些活动，总是准时参加，从来没有出现冷场现象。每到春节，就举办“亲情年夜饭”，把老人家属请到养护院，让老人和儿孙一起其乐融融吃年夜饭。“六一”节与圣诞节期间，组织正兴学校的小学生来看望老人，举办“老少同享六一，忘年快乐游戏”活动、圣诞晚会，老少同乐。中秋节举办“月满新来福，小镇乐天伦”活动。漳州春天义演团、芗城青年汇文艺汇爱心人士，节假日也来为老人义演。闽南师范大学的学生志愿者，会利用节假日过来陪老人聊天。总之，每逢节假日，总有活动，让老人盼望节假日，享受节假日。

娱乐大厅有一面专栏，布置得十分喜庆，那是每月举办的“月寿星”生日庆典活动拍摄的照片和老人金婚、银婚、钻石婚的纪念照。鹤发童颜，仙风道骨，伉俪情深，幸福晚年。令人驻足观看，连连赞叹，不忍离去。

今年初，养护院开展了“幸福老人漳州游”系列活动，组织老人考察万达广场，游览“五湖四海”公园和红色遗址。那天，几十位老人、几十辆轮椅、近百名护士和志愿者组成的特别队伍，浩浩荡荡行进在漳州市区，成为一道亮丽的风景线，在社会产生轰动效应。主流媒体十分关注，进行了跟踪报道。自媒体作用也不可小觑，比如养护院员工用手机将活动发到朋友圈，引来纷纷点赞和转发，速度和影响有时比传统媒体还快还强，常常活动尚未结束，国外的亲朋就点赞了。

七

正兴新来福养护院通过 3 年的努力探索，成了一个医养结合养老模式的成功案例。目前，在漳州市与芗城区政府支持下，在养护院一侧扩大规模，征地 75 亩，正在建设一个面积达 10 万平方米、可容纳 2000 多名老人的养护院。

正兴集团更大的手笔是要打造一个集养老、医疗、教育、旅游与现代农业为一体的新来福小镇。小镇规划坐落于漳州高校园区北侧，紧挨着正兴医院和正兴学校。它与市区之间有一片树林，是城市规划绿地。小镇选址可谓得天独厚。

新来福小镇规划由 1 个社区、6 个村落、4 个层次组成，即小镇中心社区与医疗保健村、教育文化村、田园休闲村、亲水文化村、温泉疗养村和生态氧吧村组成。正兴医院为医疗保健保驾护航。正兴学校是漳州一所名校，有师生近万人，从小学一年级到高中三年级，采用全封闭半军事化管理模式。老人最喜欢孩子，孩子可以与老人进行情感互动，老人的孙辈可进入正兴学校就读。

4 个层次是根据老人生理的普遍特征设计的，60 岁以后生活大致可分 4 个层次：健康生活——机能衰退型生活——失能、半失能护理型生活——安宁关怀（临终关怀）。针对这 4 个层次，新来福小镇规划建设生态养生公寓——幽雅宜居养老院——舒适特护中心——临终安宁关怀中心。目前，生态养生公寓已建设 54 栋养老别墅和正在建设 2280 套养老公寓，其余的拟在正兴医院内和养护院里建设。

新来福建设理念可概括为：老人退休后在养生公寓过着舒心惬意、健康快乐的生活；随着年事渐高、身体机能逐渐衰退，需要协助照料时，可转至环境幽雅的养老院；当身体机能进一步退化，年迈体衰，行动不便时，便转到特护中心享受细致入微的陪伴与照料；到了人生最后那一段时光，则由安宁关怀中心负责，减缓病痛，感受人生最后的尊严。努力打造小镇会员成为“五有”老人：有健康、有快乐、有伙伴、有尊严、有安全。

我们有理由相信正兴集团的新来福小镇愿景顺利实现。

2018 年春

幽幻奇绝贡鸭山

一

贡鸭山的名字来自一个民间传说：

很久很久以前，当地出了一位草莽英雄，名叫石板坡，因不满朝廷腐败统治，隐入深山学法，得到仙人指点，功成之后，揭竿而起，拜授十大神兽为十大将军，率领千军万马，攻打京城。不料，起义大军经过草籽山（今贡鸭山）时，被一位坐月子妇人说了一句："怎么满山遍野都是石头滚动！"顿时点破天机，石兽们再也无法行动。贡鸭将军拼尽余力，冲至麒麟峰顶，化成昂首向天的石鸭，即是如今著名景点"鸭王出洞"。

后来，草籽山得名"贡鸭山"，十大神兽皆变成石兽，永远定格在贡鸭山密林之中。

2017 年大雪节气，我慕名走进贡鸭山，同行的有马坑乡党委宣传委员小黄、贡鸭山村党支部书记小邹女士。小邹途中讲述了这个传说。她从小生活在贡鸭山下，太熟悉这一方山水了。我询问十大神兽如今安在哉，可否带我一一拜访。笑答：那是当然，我们贡鸭山素有"石头动物世界"的美誉。

如果在贡鸭山评选十大石兽排座次，我一定赞同"天狗梦月"为魁首。此景位于贡神峰顶，一块乌黑巨石悬在半空中，极似一只中华犬，耷拉双耳，微睁双眼，紧闭着长长嘴巴，一副似睡非睡状。传说它本是天庭二郎神身边的吠天犬，偷偷下凡响应石板坡的举义大业，现在回不去了，只能在月明星稀之夜梦回天庭。后人有诗曰："贡鸭山上有天狗，万年景观它看守。狂风暴雨任西东，尽责尽心立山中。"

"天狗"旁的峰顶建有观景亭，海拔 1276 米，可在此小憩，拭去攀登 3000 余级石阶后的淋漓汗水，俯瞰千山万壑，郁郁葱葱，乌黑峰石散落其中，肖像肖物，令人不禁赞叹。造物主果真神奇，贡神峰顶有"天狗梦月"，而对面的麒麟峰顶则是"贡鸭出洞"，无限风光皆在奇崛险峰处。

贡鸭山的"石奇"特色还在于，这些花岗岩的奇峰怪石大都藏身于幽深密林之中。我们沿着十年前修筑的石道攀登，一路可欣赏"喜鹊高歌""醒狮回头""老虎屁股摸不得""鲨鱼张嘴""群龟赛跑""野猪出洞""金龟送宝"，等等，无不形神兼备。据说当年有一位摄影家进山采风，走累了，靠在一块石头旁稍作歇息。此时，万籁俱寂的森林涌来风声水声鸟声，似乎还夹杂着野兽的号叫声。他猛一回头，一头野猪就匍匐在身边，大惊失色，悲叹：吾命休矣！但过了好一阵子，野猪仍然一动不动，再定神观看，原来是一块石头，一块极像野猪的石头。这次经历，让他有了一回死里逃生的体验。

贡鸭山十大神兽和奇峰怪石皆乃大自然鬼斧神工之作，都可演绎出一个个动人故事。

如果你初次拜谒"观音坐莲台"，一定以为莲花台是人工垒筑的。你看面前巨大的石板，每块乌黑粗犷却方方正正，就像搭积木一样，底座用最厚重的一块，两旁各五六块叠加而上，中间留一个佛龛，更是方方正正，龛顶盖一块屋檐式的巨石。远眺，酷似一朵盛开的石莲花。皆是大自然的产物。山民们笃信，请来观音神像坐莲台，庇佑贡鸭山永远山清水秀享太平。

入山的小溪涧旁，有一处石刻，年代至今无法考据，1982 年被当地村民发现，起初以为是“仙”字，后据有关专家考证，该石刻为古闽越族蛇形图腾，为祈祷“和谐吉祥”而制。1985 年该石刻被华安县人民政府批准列入第一批县级文物保护单位。

二

贡鸭山为国家级森林公园，20 世纪 90 年代被认定是福建省除武夷山和梅花山这两个国家级自然保护区以外植物生态最完好的天然林，植物、昆虫、蝶类资源丰富，是国内罕见的动植物基因库、种源基地之一。

一踏入山门，便置身于林木苍苍、流水潺潺、深幽原始的画图中。绿色是主色调，就连大大小小的奇峰异石也裹着绿青苔。比如，那两瓣浑圆的“老虎屁股”，分明就是绿屁股。蜿蜒的石道也长满青苔，让你行走时小心翼翼。溪涧里的流水清澈见底，自然也被映衬得绿森森的。昂首只能从树缝中望见青天，有种万木刺天、天被树欺的感觉。一阵冷风袭来，寒意从后脊背往上冒。难怪小邹事先一再交代，最好中午之前进山，下午 4 点之前出山，否则，看不见回家的路。

石道旁有一对“夫妻树”，令人拍案称奇。两棵高挑的阔叶树并排而立，粗壮的一棵紧紧搂抱着娇小的一棵。神奇的是，他伸出的手臂已与她的身体融为一体，即两棵树的枝丫长为连体。真是十指相扣、肌体相连、天长地久、永不分离。小邹说，“夫妻树”下，是恋人们最喜欢留影的地方。

还有一处攀天藤与松树相拥相伴的景观。一根硕大的老藤根植于松树旁，十多米高，也不依附着树身，但生长到高处时，便与树冠缠绕一起，不分彼此。远眺，松树与攀天藤犹如一把弓箭，藤是弦，树被藤拉得弯如一副弓架，两者合作得天衣无缝。近观，它们是一对伴侣，既独立又缠绵的恩爱伴侣。我笑曰，这树与藤也应该是恋人们的楷模，亲密无间又不失自我。

看来，贡鸭山处处散发着“爱情”的气息，红豆也是特产。“红豆生南国，春来发几枝。”王维诗中描述的红豆树在这里很容易遇见，它是一种落叶乔木海红豆，别名“相思豆”，荚果木质、圆形、鲜红光亮，产果期间，青年男女成双成对前来采撷。

忽然，我们眼帘出现一只雪白的雉鸡，唯有长长的尾翎乌黑发亮，高高的鸡冠红得发紫，更反衬得通体洁白空灵。只见它踱着方步，一步一停，东张西望，朝我们走来。我们停止脚步屏住大气，惊喜地迎接贵客的来访。但很遗憾，当它距离我们十多米处，终究发现了闯入它们领地的不速之客，马上调转了方向，却也不惊慌，继续踱着方步，向远方走去。

在游客中心的展窗，我看到两片枯树叶并排一起，起初以为是什么珍稀树种，看了说明，才知道是蝴蝶的两只翅膀，那枯黄色翅膀上的经络与枯树叶的脉络简直没有任何差别。不由让人赞叹，蝴蝶的仿生学技艺才是炉火纯青。

奇山必出秀水。从贡鸭山滴水观音石壁渗透而出，滴滴细水，终成潺潺溪涧，流经山下村庄，当地人称之“观音溪”。出了贡鸭山门，风景并未结束，可沿溪而下，穿越两岸青山对峙，与或急或缓的溪水同步，俯瞰清澈蔚蓝、疑似九寨沟的鸳鸯潭、月亮潭，仰望飞流百米、势如大龙湫的九音瀑布。

古语“水至清无鱼”，观音溪却不屑此说。近些年，公园管理处引进新疆虹鳟鱼苗，蓄起观音溪水，精心饲养，大功告成。小邹告诉我，虹鳟鱼必须在清澈透明的冷水中饲养，不耐任何污染，甚至一勺油污也会使一池鱼全军覆没。虹鳟鱼饲养 3 年才长到 3 斤重，此时最受市场欢迎，营养价值高、口感好。尤其是生鱼片，切成后，白如薄翼，色香味俱佳。“游览贡鸭山，品尝虹鳟鱼”已成为当地一句广告词。

三

小邹为我导游途中，不时提起一位贡鸭山牛人，说她 15 岁那年还是中学生时，第一次“旅游”贡鸭山，就是跟着这位牛人进山的。这位牛人 30 年前就发现和跑遍了贡鸭山所有景点，至今估计进山已达一两百趟。牛人为贡鸭山拍摄了无以计数的照片，频频得到国家级奖项，如今游客中心展示的就是他的贡鸭山摄影专题览。而贡鸭山大大小小几十个景点的名称也出自他的绞尽脑汁的成果。他写了首《我爱贡鸭山》歌词，在华安县广为传唱……牛人为保护与开发贡鸭山，20 多年来坚持呼与鼓，不遗余力。

这个牛人叫李金城。当晚我像慕名贡鸭山一样慕名采访了他：一个身材瘦小，眼睛深陷，虽然年逾五十却热情洋溢、谈笑风生、充满活力的人。

李金城从小生长在与贡鸭山村毗邻的一个小山村。但他的生活与山村孩子所不同的是，有一个以照相谋生的父亲，能让他在一个老式相机的框架之中，发现了别样的天地。于是小小李金城，从喜欢当父亲的小帮手，到后来成长为国家级摄影家，不能不说是“祖传家学”之功。

关于李金城摄影成就的“光环”颇多，简录之：中国摄影家协会会员，福建省十佳优秀摄影创作者，漳州市第四批拔尖人才，漳州市摄影家协会副主席，华安县摄影家协会主席。先后有 4000 多幅摄影作品和文章在国际、全国各级摄影大赛中入选获奖和国内外 100 多家刊物发表。

李金城在华安曾任贡鸭山森林公园管理处副主任、县文联专职副主席、县旅游局副局长、县文化广电体育局副局长等职，现任职务是县档案局主任科员，兼任贡鸭山森林公园管理处主任。

从李金城前后任职履历看，他确实与贡鸭山结下深缘。有人说，是李金城发现了贡鸭山。但李金城说，是贡鸭山发现了我。确实，从他的笔名“贡鸭山人”，便可窥一斑见全豹。

那天深夜，我拜读了著名作家青禾20年前以李金城事迹写的报告文学《一座山和一个人的故事》。文章结尾韵味深长：

> 一个名不见经传的小人物把一座名不见经传的奇山带进世界。他带来的不是一座山，而是一个悠远的传说、一个执着的精神。

贡鸭山继续演绎着古往今来的故事。

2017年冬

“银幕将军”与“汤氏三杰”

一

大凡现已退休的老夫老太，回想少男少女之时看一场电影，就像过一个节日那么高兴。谁人没有几部电影烙印在脑海里，比如：《南征北战》《渡江侦察记》《红日》等等，吾辈不仅记住了这些电影的情节和主要演员姓名，甚至连细节，包括对话都记忆犹新，脱口而出。比如：“张军长，看在党国的分上，拉兄弟一把吧！”“不是我们无能，而是共军太狡猾。”

……

所以，今天来华安县的旅行者，特别是银发旅行团，看了世界文化遗产“二宜楼”之后，一定不要忘了去看看毗邻的“大地中心学校”，这座民国时期的建筑已辟为“汤晓丹纪念馆”。如果游兴愈浓，再驱车 5 千米到云上村，寻访汤晓丹故居。这两处景观，会让你沉浸在更多耳熟能详的电影世界里，会让你赞叹“银幕将军”的百年经历和文艺世家的“汤氏三杰”。

二

汤晓丹出生于 1910 年，6 岁跟随母亲漂洋过海到印度尼西亚爪哇茂物市，寻找到了父亲，而父亲在他出生前两个月下南洋，迫于生计，入赘侨商家为女婿。母亲只好在当地缝制衣服维生，母子相依为命。所幸父亲时有接济，汤晓丹上了一所英语小学。

汤晓丹自幼聪慧、用功，酷爱美术、戏剧、电影。母亲为他买了一个玩具式的小型电影放映机，他如获至宝，一次又一次地手摇机子，将美国出品的短片《火车大劫案》，播放在墙上。少年所为证实他晚年所言："电影是我的生命，我爱我所选择的电影道路。"

1924 年，父亲因躲债失踪，母亲带着汤晓丹返乡。16 岁时，汤晓丹接受家族公积金支助，考入集美农林专科学校读书，因参加爱国学生运动，被除名。他在学校时画过许多漫画，投稿上海《大众文艺》刊物发表，便给编辑部写信求助并得到应允，19 岁的汤晓丹孤身闯上海，结识了编辑部美编沈西苓和许幸之，成为好朋友，一起参加左联美协。

1931 年，汤晓丹进入上海天一影片公司任布景师，23 岁时被委以导演重任，拍摄了处女作粤剧《白金龙》，一炮打响，让公司挣得盆满钵满，从此一发而不可收，导演了《翻天覆地》《金屋十二钗》《天堂春梦》等有影响的电影。

抗战期间，汤晓丹在香港导演的《上海火线后》《小广东》《民族的吼声》，被誉为"抗日三部曲"。1941 年，香港沦陷，日军想让汤晓丹拍摄《香港攻略》，美化侵略行径。汤晓丹坚守民族大义，机智地潜逃回内地，继续从事导演工作。

三

汤晓丹纪念馆里悬挂着一张新中国成立后他所导演的电影作品名单，共 16 部，除了本文开篇提的三部外，吾辈一见如故的还有《怒海轻骑》《沙漠里的战斗》《水手长的故事》《难忘的战斗》《傲蕾·一兰》《南昌起义》《廖仲恺》等。

汤晓丹素以拍摄军事题材片见长，尤其擅长刻画战争环境中的人情与人性，以人的情感和人的心灵柔化了战争的残酷和坚硬。能把一个庞大繁杂的战争场景表现得明快流畅，充分显示了处理大题材、大场面的艺术才能。所以，这位布衣导演虽未曾领兵打仗，但在银幕上指挥了千军万马，不愧被冠以"银幕将军"美誉。

汤晓丹娴熟使用以小见大的表现手法，感动了许许多多观众。在《渡江侦察记》中，拍摄战士吴老贵为了掩护战友而英勇牺牲场面，他给人物精心配置了一个酒壶，不时让人物把酒壶拿出来嘬上两口，为剧情发展铺垫。等到表现吴老贵牺牲场面时，银幕上的特写镜头，推向那个掉落到了杂草丛里的酒壶，壶口张开，残酒汩汩涌出，让观众一声悲叹，睹物思人，印象深刻。

据《走下神坛的毛泽东》一书叙述：1976 年春节，83 岁高龄的毛主席观看新拍电影《难忘的战斗》，看得很投入，随着剧情推进，心情也跟随剧情起伏而变化着，竟然放声大哭，泪如泉涌。汤晓丹在 2002 年知道这个事情后，感动不已，忍不住放声大哭。

2004 年 9 月，年届 95 岁的汤晓丹获得第 24 届中国电影金鸡奖终身成就奖，成为获得该奖项第一人。中央电视台《电影传奇》栏目送来花篮，上书："九五之尊伴中国电影百年，甲申殊荣属金鸡大奖首座"。

四

汤晓丹纪念馆里还介绍了他两个儿子汤沐黎和汤沐海——驰名中外的油画家和音乐指挥家。他们父子皆因取得不凡的艺术成就，被坊间誉为"汤氏三杰"。

长子汤沐黎（1947 年生），1978 年考入中央美院研究生院，后入英国皇家美术学院深造，专攻西洋油画，是我国改革开放后首批公派美术留学生。1982 年被极具权威的彼得莫尔斯基金会评为当年英国最佳十二名画家之一（其中十一位是西方画家）。其作品被各国官方民间广为收藏。这里的两间展室里挂满了汤沐黎的代表作，喜欢油画的游客，一定会流连忘返。

次子汤沐海（1949 年生），1973 年就读上海音乐学院，后入德国慕尼黑高等音乐学院指挥大师班。1982 年，奥地利著名音乐指挥家卡拉扬邀请他签约指挥柏林爱乐乐团，成为第一位进入欧洲国家级歌剧院并担任首席指挥的华人指挥。2006 年成为瑞士苏黎世室内交响乐团的音乐总监兼首席指挥。2009 年被聘任为上海爱乐乐团音乐总监。2012 年为天津歌剧院艺术总监兼首席指挥。

汤沐海成功出演过许多世界经典歌剧。他的指挥风格以激情见长，非常富有感染力。2017 年 1 月 9 日，汤沐海率天津交响乐团回到华安故乡，在世界文化遗产地二宜楼，举办“海丝之路 · 福建华安”土楼新年音乐会，反响甚大。

五

汤晓丹故居增挂了“汤氏艺文居”横匾，内设“汤氏三杰”展馆，陈设有汤晓丹和夫人用过的冰箱、床铺、大橱、书架、文学作品等遗物，还有汤沐黎为他父母及家乡风光、故居所作油画、素描数十张，十分珍贵。

汤晓丹虽然长居上海，却心系故乡。2008 年 7 月，福建土楼申报“世遗”成功，时已 99 岁的汤老在病榻上题词“家乡土楼，耀祖荣国，世界遗产，浩气长存”。

而今，云上村最吸引人眼球的是一座崭新的圆形土楼，它是 2024 年 6 月 16 日落成的汤沐海艺术中心。揭牌的那天，汤沐海偕女儿汤苏珊和厦门歌舞剧院交响乐团一众杰出的音乐家和表演艺术家，为当地父老乡亲倾情演出“大地交响，乐动华章”福建土楼交响音乐会。

据悉，以其自有环状结构及声音聚焦效应的土楼，是最原生态的环绕立体音乐厅。汤沐海把高雅音乐带回家乡，助力华安文旅产业融合发展，助力乡村振兴。

2025 年 6 月

抗倭保家　镇海卫国

——龙海镇海卫古堡记略

与明朝抗倭相伴而生的，是八闽大地特别是海疆的兵戎城堡，遍布各地，有如散落在青山碧水间的珍珠。倘若把它们串联起来，就像一条盘山镇海的巨龙，构筑起八闽海疆的坚固屏障。

闽南镇海卫古堡就是一颗熠熠生辉的珍珠。

倭寇之患　由来已久

倭寇之患，始于北宋中叶的海患。公元 1059 年，福州知事蔡襄上书朝廷，奏请“沿海地方教习舟船，以备海盗”。大约过了 70 年，南宋辅臣李纲又奏请朝廷建立水军战舰，固守海疆，杜绝海患。蔡襄和李纲是历史上著名的文臣武将，又同为闽人，都有一颗保家卫国的拳拳之心。此时海盗的成分比较复杂。到了南宋末期，海盗侵扰，日益加剧，特别是倭人（日本浪人）屡屡侵犯我海疆。宝祐六年（1258），朝廷明令严禁倭人入境福建。

有明一朝，倭患愈演愈烈。他们横行海上，剽劫航船，侵犯城乡，烧杀掠夺，致使我沿海居民寝食不安，闻警失色。于是，防倭抗倭大计成为明朝第一等大事，时势造英雄，也就诞生明朝最有作为的将军——抗倭名将戚继光。他率领戚家军与倭寇在宁德横屿之战、福清牛田之战、兴化林墩之战，成为福建抗倭著名的三大战役，基本平定了闽海倭患，让福建人感念至今。

抗倭建堡　明初大兴

开国皇帝，总有雄才大略，朱元璋也不例外。他的抗倭方针是强力推行沿海建立卫所，“御敌于国门之外”，并出台《军卫法》，以确保长治久安。洪武二十年（1387），派江夏侯周德兴到福建实施卫所建设。不到一年时间，福建从北到南3000多千米海岸线就完成了福宁、镇东、平海、永宁、镇海5个卫指挥使司和下辖12个守卫御千户所的建制。同时还设有福州中卫所，43个巡检司，200个烽堠等。卫所建城，巡司建寨，又有星罗棋布的烽堠，可谓步步设防，固若金汤。并实行军屯制，规定官兵战时七分守城三分屯种，闲时三分守城七分屯种，一旦战事发生，所有官兵必须守备抗敌，无父即子从，均为世袭制。

卫指挥使司相当现在地级市军分区。比如，镇海卫辖前、后、中、左、右5个千户所于城内，并辖六鳌（今漳浦）、铜山（今东山）、玄钟（今诏安）3个千户所，各筑所城，兵员共计近万名。

明初兴建兵戎城堡，实施军屯制，成效明显，一时间军备充盈，倭寇望而生畏，不敢轻犯。

镇海卫城　戎堡经典

福建现存的抗倭戎堡甚多，但能列入国家级文物保护单位的凤毛麟角，镇海卫名列其中，有幸却也必然。当年，镇海卫城皆用石砌成，周长873丈，宽1.3丈，高2.2丈，女墙1660垛，窝铺20间，垛720个，设东西南北四个门，后又加设一个水门，实际共有五个城门。

据地方史料载，明正统年间（约1430年前后），卫指挥同知桂福为建署做出重大贡献。卫城亭台楼阁此起彼落，旗帜鲜明，兵丁穿梭，庙宇轩昂，经济发展，一派繁荣气象。成化年间（约1458年）卫指挥使张文上奏朝廷，请建儒学，后得以批准，镇海卫子弟可直接选送国子监太学读书，也可直接考选秀才，直接参加省考选举人。镇海卫兴学重教，名冠八闽。明朝从卫学中进士的就有35名，举人85名。如自号“漳州布衣”的理学家陈真晟，名宦周瑛，皆是受教于镇海卫儒学。

自明初建卫城至嘉靖二十八年（1549）倭寇抢掠月港止，160余年间，是镇海卫鼎盛时期。但随着时间推移，卫所体制到嘉靖年代已是蔽陋百出。屯田制崩坏，卫所饷源枯竭，军备失修，城防衰败。明朝将弁世袭，子弟养尊处优，一代不如一代，失去了战斗力。嘉靖四十年闰五月十三夜，倭寇从水门潜入，官军毫无戒备，镇海卫城随告陷落。之后，明末清初消极防卫国防的迁界策略，致使镇海卫和许多本作为海防屏障的城堡，顿时化为灰烬，留与后人一声叹息。直至康熙平台后，离开家乡的卫民陆续回籍，重建家园，镇海卫城才得以恢复生机。

幸好先人把智慧和技能托付给了不朽的石头，让石城堡、石厝、石井、石牌坊、石碑刻不负重托，成为重振镇海卫城雄风的基础和栋梁。诚可知，明万历年间卫人涂一棒撰写的“颂萧公祖鳌正祀典碑记”，描述了镇海卫的地理气势，设卫所的精确时间，给后人提供了重建家园的宝贵依据。

抗倭精神　历久弥新

乙巳谷雨季节，有机会寻访镇海卫，隆教乡宣传委员小游作为导游，引领我遍访古迹，登高望海，追昔抚今，感慨颇多。而感慨甚深的是，今人对古人的尊重，即对地方传统文化用心传承。

导游将镇海卫文化概括为卫所文化、战地文化、宗教文化、城隍文化、孔庙文化、海洋文化等，特色鲜明，让人印象深刻。

相传周德兴修筑卫城时，发现此处地形像一只头朝大海的龟，预兆其日后必兴旺发达，功高盖主。周德兴为了不让朱元璋猜忌，听从高人指点，在龟壳上打 100 个洞井以破风水。可是每挖到第 100 口井时，总有一口井会崩塌，所以只能保持 99 口井。而今留存的古井，依然井水清冽，波光照人。

镇海卫城隍庙有 570 多年历史，至今香火旺，名气大，所供奉的城隍爷是西汉刺史周苛。周刺史以清廉公正闻名于世，从人变成了神。庙里有多处藏头楹联，如："镇内镇外镇宇宙，海上海下海乾坤"（藏头镇海），"继承天地千年业，光照阴阳万载功"（藏头继光，赞其抗倭功绩），让人品读沉思，韵味绵长。

镇海卫大大小小的庙宇有几十座，土地爷庙数最多。《易经》讲水为财，镇海卫四个城门口都有土地庙，面朝大海，让土地爷镇守海量财富。

卫城的南门又称"瓮门"，设计巧妙：倭寇从城外袭来时，我军将之引入瓮城内，紧闭内外城门，来个"瓮中捉鳖"。瓮门之后竖立有"父子承恩牌坊"，是后人为了纪念明朝卫指挥徐兴、徐麟父子为抗倭做出杰出贡献所立。游客可在历经沧桑的牌坊前拍个照，背景还有一级级古朴的石阶，和镇海卫繁华的古街，寓意着步步登高。

卫城还是当年台海对峙前线，遗存着坑道、战壕、防空洞等战地设施。1955 年 5 月的一个夜晚，8 个国民党特务从海上潜入镇海卫，3 个解放军遭袭击壮烈牺牲。他们仨被安葬在村口山岗上，仍默默地镇守海疆。

2025 年是中国人民抗日战争暨世界反法西斯战争胜利 80 周年。斯年寻访镇海卫城堡，忽然感觉，贯穿这些富有特色文化的主线就是抗倭、保家、镇海卫国的精神。

2025 年 6 月

风动石动心不动

——巡礼东山岛三个地标

风动石是东山岛自然景观的地标。

东山岛导游告诉我，神州大地共有60多块风动石，各具奇、险、悬，异彩纷呈，但唯有东山岛风动石被誉为“天下第一奇石”。

斯石长宽高皆4米多，不同角度看，状如一只玉兔，又似一尊印玺，重约200吨，矗立在一块光滑的磐石上。风动石与磐石接触的面积仅10平方厘米左右，一阵海风吹过，奇石便轻轻摇晃，似乎摇摇欲坠。如果你仰卧在磐石上，用双脚使劲蹬它，可以感受到奇石来回摇动。但其奇妙在于，不管如何摇动，最终仍然恢复岿然不动。

二战时期，日军进犯东山岛。传说，日军被这块奇石所吸引，想把它搬到日本去，采用铁链捆绑奇石，连接钢索，套到军舰上，妄图将之拖到海滩。岂料，军舰开足马力，拖得摇摇晃晃，最终钢索拖断，奇石岿然不动。

风动石动心不动，即是风动石的定力。

而今，东山县作为福建省第二大海岛县（全国第六大海岛县），全域旅游远近闻名。县领导告诉我们，2023年中秋国庆节黄金周，游客达81.82万人次，旅游总收入10.97亿元。预计全年游客超800万人次。

风动石景区为国家4A级景区，由风动石、关帝庙、铜山古城、塔屿、九仙顶、马銮湾等组成。据统计，游客初莅东山岛，到此一游最多，于是有人“呼吁”：应该给东山岛风动石申请一个“上海大世界吉尼斯纪录”——与人类合照最多的一块石头。

黄道周是东山岛传统文化的地标。

黄道周出生于东山岛铜山卫所军营的一座石头屋里，那是明万历十三年（1585），早春二月一个风雨飘摇的日子。大概谁都料想不到，这个石头屋呱呱坠地的孩子，日后会成为一代大儒和一位民族英雄。

黄道周故居和他幼时读书的崇文书院，以及被列入全国重点文物保护单位的关帝庙，都坐落于现在的风动石景区。有意思的是，这座海岛孕育出千姿百态的石头，都成为黄道周的朋友与老师。黄道周从小就喜欢在石洞石室读书，寻觅一处幽静石洞，遥看星空闪烁，耳闻潮起潮落，面壁奇崛岩石，探究“修身、齐家、治国、平天下”道路，于是干脆自称“石斋先生”。

而今，这些被书香熏陶过的石洞石室，已成为后人祭祀这位先贤的祭坛和精神财富。东门屿的鹰嘴岩，一块巨石形似苍鹰，鹰嘴如钩，面对大海，展翅欲飞，岩下藏石洞，洞口镌刻“石斋”二字和星象图，相传为黄道周研读易经之用。

云山石室，则是由几块巨石纵横交叠，缝隙处用石片塞就而成的书室。洞内有石桌石凳石床，洞口的“云山石室”4个大字为黄道周亲笔题写。改朝换代后，清乾隆年间巡抚潘思渠立有石牌坊，牌坊横额两面镌刻“黄石斋先生读书处”与“高山仰止”，对联：

> 仰止高山已表儒林首出，
> 溯游学海群推道岸先生。

黄道周23岁首次参加漳浦县试，名列第一，直至37岁，这15年间，他或在漳浦私塾执教，亦学亦师；或到闽南粤东一带游历，结交天下名流；或在东皋治学著述，厚积薄发，终于在38岁那年考中进士，在京城为官，从此以敢于直谏、抨击时弊著称，官职也就随之起起落落。崇祯十六年（1643），他又因直谏被贬离京，毅然告老还乡，专心著书与讲学，终成一代大家。

清兵入关，崇祯皇帝吊死煤山。1645年，朱聿键在福州称帝，年号隆武（南明），任命黄道周为英武殿大学士（首辅）、吏部尚书兼兵部尚书。黄道周迅速招募士兵数千人，北上抗清，可谓面对危局，义无反顾，知不可为而为之，为大明王朝奏响最后一曲挽歌。

失败是注定的。黄道周在江西婺源兵败被俘，清廷惜才，多方劝降无果。黄道周于1646年3月在南京慷慨赴死，写下绝笔血书：

> 纲常万古，节义千秋；
> 天地知我，家人无忧。

临刑时，仰天高呼："天下岂有畏死黄道周哉！"

百余年后，清乾隆皇帝赞叹道："黄道周立朝守正，不愧一代完人。"为褒其忠节，改谥号"忠端"。又过数十年，道光皇帝下旨，将黄道周入祀孔庙。

徐霞客是中国历史上最伟大的旅行家，是千古奇人。有意思的是，他与黄道周的理想抱负志趣似乎都不在一条轨道上，两人却成为一生惺惺相惜的挚友。我以为，徐霞客对黄道周的评价之高，也是古今第一：

> 至人惟一石斋，其字画为馆阁第一，文章为国朝第一，人品为海宇第一，其学问直接周、孔，为古今第一。

黄道周曾立下誓言："如不为天下百姓，要此己何用？！"

黄道周一生践行之，风动石动心不动，心如磐石。

谷文昌是东山岛红色文化的地标。

2015年4月7日，《人民日报》头版刊登通讯报道《三十四年后的追寻，“四有”书记谷文昌》，追述了谷文昌心中有党、心中有民、心中有责、心中有戒的一生。

谷文昌，这位太行山的儿子，时任东山县委书记，他为了植树治沙，先后种过十多个树种、几十万株苗木，屡败屡战，仰天长啸：“不治服风沙，就让风沙把我埋掉！”木麻黄有幸，它选择了谷文昌。中组部原部长张全景曾在东山县几夜不能寐，奋笔疾书长篇通讯《人民的好县委书记——谷文昌》，其中一节这样写道：

> 1959年，连续三年，每逢雨天，有线广播即刻播送造林紧急通知，各级干部率先冲进雨幕，东山人民全县出动，在百里海滩上布满造林大军，歌声同雨声齐飞，汗水与雨水交流……

谷文昌在弥留之际深情地说：“我在东山干了14年，有些事情还没有办好。死后，请把我的骨灰撒在东山，我要和东山的人民、东山的大树永远在一起！”

此番有机会到东山岛学习考察，满眼风光，水碧、沙白、林绿、石奇，真是一座绿意盎然的生态岛、风光秀丽的旅游岛、底蕴深厚的文化岛、闻名遐迩的英雄岛、舒适宜人的长寿岛。走进百里木麻黄公园，只见一排排四季常青的木麻黄，经历一个甲子了，依然郁郁葱葱，昂首挺立，形成莽莽苍苍的“绿色长城”，恰如大作家冰心当年所赞：“一行行一排排地扎下根去，步步为营地与海争地，在海浪声中欣欣向荣地成长。”木麻黄把这座花园城市团团围抱起来，给她以甘露的滋润，以清风的抚慰，以无限的活力。

到东山岛，一定要去赤山林场，那里有谷文昌陵园和谷文昌纪念馆，坐落在茫茫林海中。陵园里有谷文昌的半身雕像，东山岛人说，谷书记生前种树，死后还回东山岛看护树林。如果是清明时节去，一定会看到一幕让你心灵悸动、眼眶湿润的场面，那就是东山岛人“先祭谷公，后祭祖宗”。

谷文昌纪念馆有一幅谷文昌手迹，书写着14个字：

不带私心搞革命，

一心一意为人民。

谷文昌一生践行之，风动不动心不动，心如磐石。

2023年10月26日

文化名山九日山

九日山，久闻其名，虽未见识，但山名就让人喜爱，还让人猜测，其中一定是有故事的。戊戌小满季节，有机会走进九日山，一块碑记告诉我最初的故事：“晋太康九年（288），山麓创建延福寺。衣冠南渡后，聚居晋江之中原移民，每逢重九，登高怀乡，因以得名。”1700年过去，悠久历史赋予九日山多少动人的故事，留与后人解读。

十分荣幸，南安的四日采风，我两进九日山，为我导游的是一位年已古稀的老人，九日山文物管理所原所长胡家其。据说，无论是普通游客，还是专家学者，抑或各级领导，只要听了胡老先生解读九日山，无不入耳入脑，拍手称好。我自是收获甚丰，于是于山于人，顿觉相见恨晚。

一

九日山是古代海上丝绸之路启航归航的桥头堡。

“山中无石不刻字。”九日山现完整保存着宋、元、明、清摩崖石刻共77方，其中13方海上交通祈风石刻更是我国绝无仅有的瑰宝，是我国古代海外交通史不可多得的重要物证，记载了宋代泉州（古称“刺桐”）海上丝绸之路商船遣舶与回舶祈风的千年历史，印证了十二三世纪我国宋代泉州港同东南亚、印度洋、波斯湾、红海和东非等地区的海上经济贸易和人民交往的史实。

胡老先生引领我们拾级而上，走近东峰山麓石刻群，解读何谓“祈风”：“宋元时期，泉州是东方第一大港，许多番舶船队出入港口，夏季御西南风而来，冬季则逐东北风而去。因当时的远洋航行专靠信风驱动，顺风顺水，安全通畅便是海上航行头等大事，所以每年阴历四月间与十、十一月间，泉州郡守或提举市舶主管官员，即率领有关僚属到延福寺、昭惠庙举行隆重的祈风仪典，敬祭海神。礼毕饮宴于延福寺或登临九日山，并刊石纪事。”

摩崖石刻群有两方并排的宋代祈风石刻，时间相隔 60 年，一方刻有“遣舶”，一方刻有“回舶”。胡老先生手指字迹，说：一处是欢送，一处是欢迎，充分说明了当年泉州港既是海丝之路的起始港，又是终点港。

13 方祈风石刻，最早的一方立于南宋淳熙元年（1174），最晚的一方立于咸淳丙寅年（1266）。此时的南宋王朝已风雨飘摇，岌岌可危，但祈风仪典尚不敢省略。

如今，东峰山麓石刻群崖顶生长着一株大榕树，树龄不过 50 年，形态却奇特，共有 99 根分枝，围绕着一根主干向上生长，枝条繁茂，参天蔽日；而向下生长的树根也有 99 支，围绕着一支主根，攀爬于崖壁之上，白色树根形成一张大网，庇护着摩崖石刻。那大榕树名曰“九九归一”。胡老先生告诉我，他到九日山工作之初，这株榕树才一人身高，30 年光阴，已长成参天大树，而攀爬在崖壁上的树根，长成网状则只有五六年的历史。

奇哉！“九九归一”大榕树。

77 方石刻中，唯有一方为当代所刻，也是胡老先生推崇备至的。那是 1991 年 2 月 16 日，联合国教科文组织海上丝绸之路国际考察团到此考察，留下了 30 多个国家和地区的外交官和专家学者联合签署的登游纪事碑。该碑中间镌刻着联合国教科文组织徽章，两边为中英文。节录如下：“在九日山最后一次祈风典礼之后七百余年，来自非洲、美洲、亚洲和欧洲的联合国教科文组织海上丝绸之路国际考察队员……来到这里，作为朝圣者，我们既重温这古老的祈祷，也带来各国人民和平的信息……为此，特留下这块象征友谊与对话的石刻。”

九日山祈风石刻，1988年被国务院公布为第三批全国重点文物保护单位，2017年1月被列入2018年“古泉州（刺桐）史迹”申报世界文化遗产南安申遗点。

二

九日山是闽南文化的发祥地。

与胡老先生茶叙是一件愉快的事情。他一开口便称：“先有丰州城，后有泉州郡。闽南第一个置县之地，始于三国吴永安三年（260），即现在九日山下的丰州镇。后历经晋安、梁安、武荣州、南安，辖今之泉、厦、漳、莆诸地，为郡、州、县治所最先。唐久视元年（700），府治才东迁16华里至今泉州。”

九日山历史悠久，文化底蕴深厚。南朝时，印度高僧拘那罗陀二度来延福寺翻译《金刚经》，为福建有文字记载的第一个到访的外国人。唐代，诗人秦系、名相姜公辅、学士韩偓、国子监欧阳詹，相继栖隐其间，后人称之为“四贤”。南宋大理学家朱熹两度登临讲学，创立九日山书院，并题山名。唐宋以来，九日山三十六景逐一形成，宋代遂为泉南游览及海舶祈风胜地。

九日山有东西北三峰，其形如钳，海拔最高处98米。我兴致勃勃，花费2个多小时，走遍景区。当然，这种走马观花式的考察，实在对不起有着1000多年文化积累的九日山。有文化的山是需要花时间解读与品味的。比如，静坐望江亭，俯瞰晋江，一江春水，波澜不惊，耳边响起胡老先生娓娓道来的解说词“晋人南迁，沿江而居，重九登高，始称九日……”，似乎有穿越之感。

半山腰有一块山中最大摩崖石刻，镌刻山名“九日山”，原为朱熹题写，后风化无存。现石刻为清乾隆三十二年（1767），福建军门提督马负书。为承先哲表彰圣地之至意，特地补题刊刻，附记于侧。山名3个字，字字大如斗，沉稳敦厚，可谓用心。读附记，更可读出这位军门提督举笔题写山名时诚惶诚恐的心态。

唐代先贤遗迹犹在。九日山东峰又称“姜相峰”，是为了纪念、崇尚唐代德宗年间宰相姜公辅的高风亮节。这位谪相从长安被贬来泉，在东峰隐居13年，死后亦葬于此。西峰则是唐代诗人会稽秦系隐居结庐之地，后人为了纪念这位高士长隐西峰25年，称西峰为“高士峰”，并建秦君亭。相传姜公辅是慕秦系之名来到九日山的，两人心有灵犀，多有诗文交往。颇有趣的是，秦君亭历代有重建与修缮，到了清嘉庆年间，其裔孙秦时中知南安县，重建秦君亭并立碑纪事，该碑至今犹存于亭侧。现在的秦君亭为20世纪90年代南安港胞捐资重建，造型颇佳。

位于西峰东南坡一块卧岩上，题刻“如此江山”4个大字，为元代福州人方麟所书。后人评价其意颇为神秘，可解读赞美眼前如此美好江山，亦可哀叹沦为异族践踏之大好河山。汉语言文字真是博大精深。

九日山的佛教文化也是博大精深。胡老先生说“北有白马寺，南有延福寺”，应有其依据。九日山现有多处佛教遗迹。位于东、西、北三峰山涧交汇处，有一池碧水，称“菩萨泉”，山泉汇成小潭，流经延福寺侧注入锦桥。相传当年延福寺重建之时，工匠民夫日食缺乏佐料，菩萨于心不忍，点化池水涌送出食物佐料。

西峰山腰有一座佛岩塔，花岗岩材质，形制古朴，是中国仅有的3座唐朝地面佛塔之一。佛塔之下有一大石，刻有“泉南佛国”4个大字，为元代题刻，记载着唐代延福寺高僧无等禅师坐洞盘禅44年不下山，圆寂九十有九的事迹。

石佛亭位于西峰顶，保存有闽南最早的佛雕造像，高7.5米，肩宽1.86米，太师陈洪进倡镌于五代末，成于北宋初的965年，原建木屋遮护，屡遭损毁。现存石室系康熙三十三年（1694）南安知县李延基重建。

三

九日山的忠实守望者胡家其。

胡老先生微信网名为“九日仙人”，我赞之很有创意，名副其实。他解释：原本拟定一个“九日山人”网名，不料已被人捷足先登，那就干脆在“山”之旁加个“人”，表示他这个“仙”，是与九日山长守望之意。

胡老先生已与九日山守望三十载。

胡家其早年是南安市高甲剧团一名民乐演奏员，1985年“下海”到厦门一家港资企业工作，当到了总经理，月薪1000多港币。1989年初，一纸调令让他回到南安。据说那年因为九日山摩崖石刻被列入全国重点文物保护单位，又要迎接联合国教科文组织的海上丝绸之路考察，上级组织高度重视，提出物色九日山文化管理工作人选的4条标准：一是本地人，二是想干事，三是能干事，四是能干成事。年富力强的胡家其很快被选中，虽然新岗位工资才50多元，才原先的1/20，但还是感到荣幸，因为得到了组织认可。

胡老先生告诉我，赴任之后，方知责任重大，说是官居文管所负责人，实际上全所上下就他一个人，只能身兼数职，管理员、保洁员、防火员、接待员、讲解员集于一身。那两年，仅迁移近当代坟墓于山外就达100多座，种植榕树达几百株。1991年，顺利迎来联合国教科文组织的考察，并让他们赞誉有加。接着，又致力于打造国家级风景区，经过多年努力，于2012年荣获国家5A级风景区称号。现在回想起来，真是“事非亲历不知难”，仍然有一种成就感。

胡家其进山不久就意识到，保护摩崖石刻是工作的重中之重，于是，清洗、涂漆、维护、研读成了系统工程。特别是研读，没有扎实的古代汉语文学和地方文史知识，是不能胜任的，只有通过刻苦自学，包括研读《南安县志》《泉州府志》等大量地方史料，提高自己的文化素养，做到准确地解读每一方碑刻内容，才能不辜负文管所所长这一职责。确实，许多游客听了胡家其对九日山的讲解，都以为他是一位专家学者。胡家其认为这是对他最好的表扬，说明他的辛劳没有白费，学识积累是自己最大的精神财富。

与胡老先生挥手告别之际，我回望九日山，特别想再看到那株根深叶茂、守望九日山的“九九归一”大榕树，可惜它隐没在满山岗的榕树群里，分不清是哪一株了。

2018年春

最美海岸　气象万千

你如果上了一定年纪，应该有这样的体验，早年间在中央人民广播电台，后来是在央视的海洋天气预报中，经常听到熟悉的播报：崇武以南海上风力 5 级，崇武以北海上风力 6 级。

为什么是崇武？

你可仔细察看一下福建省地图，崇武系泉州湾一个突出半岛，伸着长长的，像一条巨龙昂首跃向碧波万顷的大海。半岛位于喇叭形的台湾海峡咽喉位置，正处于我国东海和南海的交界地带。北面是两岸峰峦连绵的狭窄海峡，属于潮汐来复流、潮差明显的东海海区；南海面则豁然开阔，进入潮汐上升流、气候趋暖的南海海区。由于台湾海峡的特殊气流和太平洋副热带高气压流，从南北两个方向同时影响，使得这里的气象变化万千，南北部常有较大差异，中国气象部门遂以此为东海、南海气候分界线。

所以到崇武，一定要去看一看神奇的分界线纪念碑。它就矗立在全国重点文物保护单位、国内罕见的石头城崇武古城东南角的一块礁石上。古城东南夹角的城墙上，高耸着一座灯塔，塔身为白色方形标柱，高 33 米，建于 20 世纪 30 年代，为我国较早的民间灯塔之一，是船舶驶入泉州湾和崇武港的重要助航标志。

你若站在高高灯塔上，将眼光对准古城墙的夹角，再与气象分界碑三点成一线，便可将远方的东海与南海区分开了。

崇武南北气象变化真的那么神奇？

己亥春风时节，慕名来到崇武，我就这个问题请教导游小刘。小刘是土生土长的崇武人，旅游专业毕业后当导游五六年了。她告诉我，确实很神奇，只要遇上刮风的日子，你可沿着古城墙，从灯塔的南面行走至北面，当吹偏南风时，灯塔南面的风力比北面大；当吹偏北风时，灯塔北面风力比南面大。你完全可以感觉出来风力的差异，气象部门曾经做过测定，差异在半级与一级之间。

特殊地理，气象万千，鬼斧神工，钟灵毓秀。

2005 年，崇武海岸被《中国国家地理》杂志评选上“中国最美的八大海岸”第七名。这即是最好答案。

专家评语：惠安崇武古城海岸是一处集滨海风光、历史遗迹、地方风情于一体的特色海岸。最大特色是古城与大海一体。生活在这一方水土上的渔民给人们留下了深刻的印象，其典型代表就是惠安女。

那日傍晚，我独自登上古城最高处，将金沙碧水的“半月沉湾”和“西沙银蛇”天然海滨浴场尽收眼底，还可眺望港口渔市上忙碌的惠安女：黄斗笠、花头巾、银腰带、短上衣、宽裤筒，配上精巧艳丽的头饰，与蓝天白云、夕阳西照下的大海，构成一幅独有的人与自然的风景。

顷刻间感悟：崇武半岛的气象万千、最美海岸，其实质是人与自然的和谐相处。

此番采风，下榻西沙湾假日酒店，距离海滨浴场也就五六十米。这里的海水如此清澈蔚蓝，这里的沙滩如此洁净绵柔，令我惊叹不已。次日晨曦迫不及待地走进沙滩，但，莫道君行早，只见一对情侣更是早行人，他们踩沙踏浪，迎风沐晖，相依相偎，眺望大海。那是一道风景。

即使早餐，团友们也是挑选落地窗前的餐桌就座。如果说是慢慢品味盘中地方风味美食，不如说是静静欣赏近在咫尺风光无限的“西沙银蛇”。

为什么名曰“西沙银蛇”？原来有个美丽传说：那长达3000多米的沙滩原是蛇山石洞里一条修炼成精的白蛇娘子，想泅水到莲花峰繁华之地寻找意中人，受到守护在江口的石蟹阻挠。白蛇娘子登陆不成又不甘离去，即变成沙线在此等待时机，故称“西沙银蛇”。远眺西沙湾，细长的沙滩银光闪闪，确实像一条窈窕妩媚的银蛇。

西沙湾还有一处人文景观，被誉为“天下第一奇庙”的解放军烈士庙。1949年，中国人民解放军解放福建期间，在西沙海滩抗击敌机保护民众而牺牲数十人。1993年，当时受保护的新加坡归侨，为报答解放军救命之恩，发起扩建宫宇，遂成一处名胜。叶飞副委员长为之题写碑铭“为了人民，死得光荣”。

像这样犹如蓝天掉落水中、白云掉落岸边的沙湾，在崇武比比皆是，共计16.76千米，占海岸线长度58%。这些大大小小的沙湾，皆如一弯弯新月，古人称之为“半月沉湾”。多么富有诗情画意。

沙湾是度假休闲的好去处，海岸岩丘亦是。狭长的半岛，遍布着基岩裸露的小山丘，延伸入海成岬角，经潮汐和风雨长年侵蚀，叠峰垒石，磊落万状。“海门深处”最为奇特：在一片磐石巉岩交叠之中，天然辟出一道整齐划一、宽达四五米的石路，一直伸向大海，潮水退尽也看不到石路尽头。人们称之为“大海之门”。清末民间诗人五言绝句通俗且深刻，广为流传：

石瘦因风削，天长为水牵。
海门关不住，空设几千年。

近些年，一些荒凉岩丘也被点石成金，“问海”与“听海”，即是建在岩丘上的颇具新意的文创园与民宿。可徜徉休憩于此，坐观万顷碧波，海天一色；卧听飕飕海风，隆隆涛声。

如今开发风兴，保护风亦兴，两者经常争执不休。但我以为，只要遵循人与自然和谐相处的原则，开发与保护这对矛盾非但不是不可调和的，还可以相互促进、推动发展。

君不见，600多年前古人建造的崇武城堡便是一个典范。古城现为全国重点文物保护单位，是我国现存最完整的明代“丁”字形石砌古城池，周长2567米。它的建成生动诠释了我国古代朴素的服务全局与协调各方的指挥系统。古城墙负山控海，蜿蜒于峰峦礁岩，横枕在东海之滨，巍峨雄浑。戚继光曾为之题匾“锁镇海疆”；郑成功曾在此挥师东渡，收复台湾。

崇武、崇武，崇尚武备。600年的历史遗迹、屯兵文化就是最美海岸最厚重的一道风景。

鱼龙窟岩雕是今人的大气之作，堪称人与自然和谐相处之代表作。20世纪90年代末，著名美术家洪世清以古人诗句“孤城三面鱼龙窟”为名，以滩头、水中礁石及海岸岩石，雕刻海生动物150多件，和名人题写镌刻30多件。雕群既顺其自然又讲究结构，有铺垫、有跌宕、有高潮，既强调单个作品美，又显现群体艺术美。最壮观的是海门亭以礁石原形雕成的大海龟，涨潮时潜伏水中，退潮时渐露面目，人称“天下第一龟”。名人题刻有98岁的美术大师刘海粟的“天风海涛”，101岁老艺术家朱屺瞻的“天趣”等。

这是一种取礁石原生态，略加美术加工，留下余地让大自然冲刷，待人工味渐渐远去，重返原生味，便达到天人同构的艺术升华。岩雕被称为“大地艺术”。

我们有理由相信，崇武，这个气象万千的中国最美海岸，她终将成为整体的“大地艺术”。

2019年夏

雪浪花咬出的杰作

戊戌处暑季节，来到湄洲岛采风，下榻海景大酒店，惊喜发现，鹅尾神石园近在咫尺。次日清晨，独往游览，按照景区的指示牌线路，一个半小时遍览风景名胜，恍然大悟，海蚀地貌的经典作品皆称神石。

就如现代著名作家杨朔名篇《雪浪花》所言：“无数浪花集到一起，心齐，又有耐性，就是这样咬啊咬的，咬上几百年、几千年、几万年，哪怕是铁打的江山，也再叫它变个样儿。”

那日上午，湄洲岛旅游局小徐，陪同我再走一趟鹅尾神石园。他的精彩讲解，赋予自然风光鲜明的人文色彩，神石们更是栩栩如生了。

罕见与典型的海蚀地貌

鹅尾神石园位于湄洲岛最南端，三面临海，因为山形像鹅的尾巴而得名。经历4.1亿年以来的地壳活动、海蚀作用等地貌变迁，这里的岩石山体被地质专家称誉为“罕见与典型的海蚀地貌”“一座天然的奇石盆景园”。公园占地480亩，山顶海拔65米，是一处运动量适中，可供游人闲庭信步、扶老携幼、赏景休闲的风景名胜地。

何谓“罕见与典型”？原来著名的东南沿海地震带即东北走向的“长乐——汕头”断裂就从鹅尾山通过，同时，湄洲湾还有一条西北走向的“湄洲——郊尾”断裂也从鹅尾山通过。这种交叉且密集的破裂面切割，使得这座花岗岩体支离破碎，又经亿万年风浪侵蚀冲击，海蚀岩便逐渐成为一幅幅惟妙惟肖的天然艺术品。

公园有20多处景点，它们大小不一、形态各异、鬼斧神工、生动形象，有一心朝圣的“独行海龟”，有生死相依的“情侣青蛙”，有憨态可掬的“小象赶海”，有惊为天降的“飞戟洞”，有气势磅礴的“海之门”，有书堆如山的“妈祖书库”等等。景点比较集中，最远距离也就1000米左右，身临其境，确实有琳琅满目，目不暇接的感觉，名副其实的神石盆景园。

“飞戟洞”最为壮观。洞为双洞，主洞高5米、宽4米、长8米，副洞是滚落的巨石堆叠而成的，远眺之，形如古兵器戟而得名。主洞位于湄洲岛的东南岬角处，在岬角两侧激浪冲撞夹击下，经年累月，花岗岩体被掏空击穿，形成穿山洞，在地貌学中叫“海蚀桥”。穿越洞中，可以清晰看到洞壁上一条条平行整齐的节理破裂面。我们来访之日，正是东海低气压形成之时，风高浪急，惊涛拍岸，声如迅雷，浪花四溅“飞戟洞”，卷起千堆雪，成为难得一见的景观。

“妈祖书库”堪称奇迹。这是一处与众不同的海蚀崖的景观，犹如一本本棱角分明叠放整齐的鸿篇巨制，一堆堆摞在一起。这里是书的世界，是妈祖留给后人的书库。令人忽然想起有一座城市图书馆的造型，与“妈祖书库”如出一辙，那位设计者应该造访过鹅尾神石园，从中得到启发。“书库”的形成，是因为花岗岩发育中两组构造节理不同，在波浪长期侵蚀下，雕刻成一道道凹槽，状如一册册巨著、一页页无字天书。

“龙洞听潮”与“海之门”能让你领略海的博大与无疆。“龙洞”是海蚀崖上滚落下来的大块花岗岩堆砌而成，深达20余米，十分宽敞，洞内波涛汹涌，洞壁布满龙爪石纹，相传是龙王避暑之地。盛夏之际，游客进入洞内，顿感凉爽怡人，坐下来歇息片刻，听听海浪击打礁石的轰鸣声，倍觉心潮澎湃、壮志满怀。“海之门”是巨大的岩石被劈开一道裂口，形如一道通向大海的门，它是由于波涛侵蚀，致使花岗岩中的辉绿岩脉崩塌形成，属巨大的海蚀槽沟。伫立于此，仿佛与尘世蓦然隔绝，唯有等候一叶扁舟，乘你漂洋过海。

“朝圣龟”与“情侣蛙”令你感悟信仰与爱情的力量同样可以地老天荒。导游小徐把公园景点分为序幕、主体、尾声三大部分，“朝圣龟”为序幕，“情侣蛙”为尾声，看来颇有道理。那石龟心思专注，步履匆忙，抬头仰望天空，把虔诚礼拜形象永远留在朝圣路上。“情侣蛙”为重叠在一起的两块滚石，周身布满海蚀穴，目光炯炯，一起朝向大海，那种沧桑与坚定的形象，令你想起两句诗：“在天愿为比翼鸟，在地愿为连理枝。”可否再续一句：化石愿为情侣蛙。

神奇与神圣的妈祖文化

观赏鹅尾山的天赐神石，你不仅可以了解到丰富鲜活的地质科普知识，还可以分享到许多美丽动人的妈祖文化。

“海龟朝圣”讲述一个感人故事，说的是东海龙宫的一只神龟，耳闻目睹默娘风里来雨里去地为乡亲们行善，为其无私与仁爱精神而感动。公元987年农历九月初九，妈祖与天庭约定的下凡期限已到，善良的妈祖不愿惊扰大家，便妥善安排好一切，与众姐妹悄然离去。一向钦佩默娘的海龟冥冥之中有了预感，便急匆匆从海里上岸想为默娘送行。心急的海龟奋力爬行，但没等它爬到湄屿峰，就见主峰上五色祥云，妈祖在一阵仙乐声中驾云升天了。伤心欲绝的海龟只能抬头泪目相送，所以一直到现在，海龟石依然是湿漉漉的，即便干旱天气也泛潮，后人认为这是海龟千年伤心泪未干的缘故。

山中有圣泉井两口，水清澈甘洌，即使大旱季节也不干涸。据《天妃显录》记载，有一年，海岛瘟疫肆虐，百姓缺钱少药，苦不堪言，妈祖托梦给乡人：“取井中之水，饮之可驱疫。”乡民赶紧按妈祖指点去做，很快就让病人痊愈、瘟疫消除，从此这两口井被称为“圣泉井”。虽然现在岛民早已用上自来水，但民间仍保留这种习俗，即家中有人患病，家人会到圣泉井取水回家服用，以期望得到妈祖庇护，病人早日康复。

圣泉井附近有紫金菜圃，盛产一种野菜。据《敕封天后志》记载，湄洲岛地少且贫瘠，常闹饥荒，妈祖便在此遍植紫金菜，供百姓度饥荒，故得名。直到现在，岛民还会饶有兴致地到此采摘紫金菜，用来丰富餐桌口味和养生保健。

“飞戟洞”与“斧劈崖”的传说是，东海鲤鱼精时常神出鬼没，制造风浪，祸害渔民，妈祖派左右大将千里眼和顺风耳前往降服。千里眼挥起大斧，将一座石山劈出了高约15米、长40米的崖壁；顺风耳操起方天戟从空中扎下，扎出了两个大窟窿，这窟窿就是“飞戟洞”。至于鲤鱼精下场如何，再去看看“鲤鱼十八节”景点，继千里眼和顺风耳之后，雷公也来助战，雷公威力无比，一锤打下去，鲤鱼精断成十八节，现在有一处山崖，看上去就像一条被砍为十八节等待下锅的大鲤鱼。

“雾海寻灯”景点现为一座四角卷起的石亭，矗立于山岗上，可将浩瀚大海尽收眼底。相传每当台风来临之前，大雾弥漫之际，来往船只看不清方向之时，妈祖便在此点亮神灯，为航行避风指明航向。清代诗人白冠玉曾赞之：

烟消岛屿千帆集，日照苍冥一镜开。

“雾海寻灯”最能诠释妈祖生前身后扶危济困、慈航普度的大爱精神。

出世与入世的金山古寺

名山多有名寺，鹅尾山也不例外，山腰上有一座始建于清嘉庆年间的古寺，名曰“金山寺”，与中国民间故事中的“水漫金山”，即现在镇江的金山寺有着相同的寺名。民间故事中金山寺里的大和尚法海，是一个令人讨厌的角色，他苛刻地把持佛教出世的清规戒律，视世俗七情六欲为邪恶，活生生拆散人间一对有情人，把白娘子镇压在雷峰塔下，永世不得翻身。然而，鹅尾山金山寺恰恰相反，这里的尼姑，身居古寺，却积极入世。

说来又是一件奇事，明明是寺院，为什么当家的是尼姑呢？原来湄洲岛上以前重男轻女风气严重，许多人家生了女婴便遗弃，金山寺和尚慈悲为怀，把弃婴一一收养到寺院，时间长了，力不从心且多有不便，就请尼姑前来帮忙，弃婴渐多，尼姑也渐多，金山寺后来就由尼姑当家了。

这种传统一直保留至今。小徐告诉我，曾在寺院长大的一位女婴，前两年已经到岛外一个尼姑庵做当家了；寺院还抚养一位男孩，现就读于山下一所小学，放学了就回寺院。

前些日子，在微信群里看到一张感人的照片，是108个10岁的少年在罗汉寺前合照，照片下方有一段文字介绍：

> 汶川大地震发生，四川什邡市妇幼保健院严重受损，院长向罗汉寺方丈素全法师求助，希望能将产妇暂时安置寺中。院长心中忐忑，做好了被拒绝的准备，没想到素全法师不仅应允了，还默许产妇在寺内办小灶、吃肉等，寺院“能破的忌讳都破了个遍”，僧人们还挤出自己食物，为产妇补充营养。在产妇暂住两个月时间里，有108个婴儿出生，他们的家长从自己孩子的衣服上剪下一块布，拼在一起为素全法师制作了一件袈裟。
>
> 素全法师说：“见死不救是最大的忌讳，其他的忌讳都不重要了。”
>
> 于是有了108个“罗汉娃”汶川地震10年之后在罗汉寺前的合照。

这个故事让我感动，鹅尾山金山寺的传统也让我感动。

2018年夏

富有的梁野山

一

武平的梁野山地处武夷山脉最南端，与广东南岭山脉最北端的交会点，2003年被列入国家级自然保护区。主要保护对象是大面积的国家一级重点保护植物南方红豆杉种群及其良好生境，以及栖息于这里的珍稀动植物和观光木林、野生兰科植物、钩栲林等稀有的原生性森林生态系统，还有重要汇水区。保护区总面积达14365公顷，分为核心区、缓冲区和实验区。

红豆杉是古老孑遗植物，世界珍稀树种。在全世界11种红豆杉中，中国有南方红豆杉、东北红豆杉、西藏红豆杉、云南红豆杉、红豆杉等5个品种。各种红豆杉均被列为国家一级重点保护植物。南方红豆杉一般树高15米至20米，胸径可达80厘米或更粗些，树干挺直，树皮灰褐色或红褐色，树形秀美，树叶螺旋状排成两列，青翠欲滴，果实入秋如红豆，通体红艳。许多产地的林农喜欢将成熟果实泡酒饮用，说是强身健体。

红豆杉还是癌症患者的希望之树。20世纪末，人们发现了可以在红豆杉树皮中提取治疗癌症的活性物质——紫杉醇。自从紫杉醇制剂泰素在美国批准上市后，临床上对癌症治愈率很高而引起轰动，成了目前世界上公认的治疗癌症的最好药物。

南方红豆杉遍布八闽大地，树龄几百年的几乎每个县市都可寻觅踪迹。据林业部门资料介绍，福建省最大一株红豆杉位于永春县横口乡福中村。该红豆杉种植于宋代，距今近千年，树高 35.5 米，胸径 192 厘米，树冠庞大，其腹已中空，形成的大树洞可容纳 3 人至 4 人，古树仍枝繁叶茂、生机盎然。

如果将南方红豆杉种群的规模大小排座次，梁野山应坐八闽大地第一把交椅。它的天然分布面积达 1 万亩。据初步调查，胸径 76 厘米以上的有数百株，最大的一株胸径为 173 厘米，被誉为梁野山“红豆杉之王”。在这红豆杉群落里，从幼苗到王者，均郁郁葱葱、长势喜人，种群天然更新良好，为国内外罕见。这种相对稳定的生态系统，对研究南方红豆杉这一古老濒危物种的自然更新演替，有极高的价值，对抗癌良药紫杉醇的开发利用也有重要意义。

此番陪我考察梁野山的是保护区管委会的石君。石君 20 世纪 90 年代毕业于福建省林校，一直在基层从事林业工作，可谓梁野山的“活地图”。他说，深入红豆杉群落，得起早摸黑跋山涉水披荆斩棘方可一睹风采。他每次踏入红豆杉群落都犹如朝拜高人部落，那一株株古树名木皆如隐者名士，或孑然独立，仰天长啸；或三五结伴，谈经论道，密林寻访，就如听取智者贤达的教诲。

梁野山孕育了丰富的生物多样性，成为天然的物种基因库。据初步调查，这里有维管束植物 199 科 1742 种，占福建省植物种类的一半左右。这里还有国家一级保护野生植物钟萼木，二级保护野生植物金毛狗、黑桫椤、闽楠、花榈木等 21 种，兰科植物 28 种。石君告诉我，在 20 世纪末的科学考察中，还首次发现了观光木原生性群落，面积达 150 亩。观光木是木兰科常绿大乔木，为纪念我国植物学家钟观光而得名。因花具芳香，又名“香花木”。亦因木材名贵，故又名“白花梨”。

在建瓯万木林内，有一株最大的观光木，胸径135厘米，树高32米，树冠浓荫，树龄370多年，为福建省之最。观光木作为中国特有的木兰科植物，极少形成群落。但梁野山观光木群落平均胸径达71厘米的大树达10多株，最大的胸径115厘米，为中国罕见，当然也为世界罕见。

被誉为“天然绿色基因库”和“野生动物避难所”的梁野山是一座富有的大山。

二

2016年寒露季节，我第一次来到武平，梁野山给我的见面礼却是富有的水，是一条长达十多里的山涧瀑布群。今年8月5日，福建省旅游景区质量等级评定委员会发布公告，授予梁野山景区为国家4A级旅游景区。景区位于国家级自然级保护区的实验区地段，围绕着瀑布群开发而成，享有“闽南九寨沟”之称。

那天下午，石君为我导游，我们花费四个多小时，沿着陡峭的山涧上上下下，遍览瀑布群，竟不觉得疲倦。究其原因，一是几十条姿态各异的瀑布，绵延十多里，穷尽人间飞瀑之美，赏心悦目，美哉乐哉，完全沉溺于山水国画之中，忘记了攀爬之累。二是木栈道修得实在好。石君介绍，木栈道用材为加拿大铁松，经脱脂防腐处理，保持灰黄自然本色，随山涧曲折蜿蜒而上，与山色瀑水和谐相处。我们踏阶而行，柔和轻松，哪里感觉出筋骨之劳？

于是我想，大山深涧，清新山野，飞瀑之美、之趣，如果没有现代技术开发，大概只有“养在深闺人未识”，或者像徐霞客等奇人勇士方可领略的风景，对于普通百姓，难得有此福分。所以，不能一味否定许多自然景区的现代设施，它让万千大众享受到难得一见的奇景，关键在于现代设施如何与大自然和谐相处、相得益彰。

我有幸游历过国内外几处著名瀑布，北美尼加拉加之阔大，南美伊瓜苏之雄浑，藏布巴东瀑布群如大峡谷中的隐士，黄河壶口则万千气象一壶收，贵州黄果树是不能复制的壮丽，九寨沟诺日朗似树丛中的织锦，等等。与这些大腕级瀑布相比，梁野山瀑布似乎不够级别，但我认为大可不必谦虚，大千世界，瀑布之多，各有千秋，梁野山瀑布群就如青黛密林中的一条银白色飘带，飘飘扬扬，从天而降，神秘又清新，娴静又野性，标新立异，独树一帜也。

石君告诉我，梁野山瀑布群共有大小瀑布五六十级。我说应该有个准确的数字吧？他说，实在不好意思，我曾三番五次用心计算，但每次数字都不一样，越算越糊涂。确实，这是我见识过的一条山涧瀑布数量最多的瀑布群，就如一条银白色飘带串起一粒粒珠光宝气的珍珠，让人惊艳无比又眼花缭乱。武平人真够大气，从景区游览示意图的标识可窥一斑，他们给予冠名的瀑布仅金龟瀑、飞云瀑、披云瀑、飞鱼瀑、通天瀑、神牛瀑 6 级，其余统统忽略不计。

金龟瀑为现已开发的最高一级瀑布，木栈道就架设到它的脚下，瀑水顺着一块乌青的岩石呈 30 度飞花溅玉而下，源头被茂密的阔叶林遮蔽。栈道旁木牌上题有一诗：“石兽虹吸水，神眼炯炯辉。龙宫御驾至，王子变神龟。”石兽、神龟均是惟妙惟肖的岩石，在这里演绎着一个故事，像此类故事各地民间高手都可编撰得丰富多彩又大同小异。

石君说，再往上就进入梁野山自然保护区的核心区。循着崎岖小路，再攀登三四个小时，可达梁野山最高峰古母绝顶，也是武平县的最高峰，海拔 1538 米。绝顶一块 100 多吨重的石头悬于 100 多米高的石壁之上，仅被 3 块石头顶立，临风欲动，每每摇摇欲坠，却屹立天地之间千万年。

通天瀑位于瀑布群的中下段，应是观瀑的高潮处。仰面而望，瀑水从与蓝天相接的一个垭口垂天冲下，气势磅礴，形成数十米范围水沫烟雾。伫立观瀑平台，置身于迷蒙细雾之中，在阳光照耀下，彩虹忽现，幻影绰绰，奇妙无穷。通天瀑名副其实也，此时，只有吟咏“飞流直下三千尺，疑似银河落九天”似乎才过瘾。其实，通天瀑的壮美不亚于庐山瀑布，只是李白的诗写得太好了，庐山瀑布才誉满神州。如果李白走了一趟梁野山瀑布群，应该会惊叹，哇！山外有山，瀑外有瀑。

梁野山瀑布历史上也曾有位大腕为之赞赏，那是宋朝宰相、抗金名将李纲。李纲于宣和元年（1119）谪监福建沙县税务，兼摄武平知县。他有词曰:“茫茫银海，万丈蓬壶今何在？拟泛轻舟，一到金鳌背上游。”如今距通天瀑不远处有一巨石如金鳌出水，清水漫其背面，冠名“独占鳌头”，便是李纲当年游历处。

神牛瀑是五六十级瀑布的收官之作。一块乌石，酷似一只卧牛，将瀑水分为两道，流入深潭，至此悠悠向南，穿城而过，由下坝河注入梅江，与韩江汇合，流归南海。

三

梁野山又称“梁野仙山”，自古以来就是武平的象征，拥有深厚的文化财富。

“深山藏古刹。”在海拔1200米的一处山岗，建有一座宋朝古寺，谓之“白云禅寺”，为临济宗一脉，这在我国南方实属罕见。由于古寺坐落于梁野山自然保护区的核心区内，不宜修建盘山公路，也就难得保持了古道、古寺、古风。

那天清晨，石君陪我驱车一个多小时到中堡镇大绩村，由此登山。古早时留下的石阶道已被岁月侵蚀得溜滑光亮、坑坑洼洼，攀登十分费劲。所幸古道两旁竹木郁郁葱葱，雨后新晴，风轻鸟啼，特有的森林芳香扑鼻而来，沁人心脾。途中巧遇县民宗局干部，陪同浙江与江西的几位僧人，专访白云禅寺，说是要拜谒临济宗初祖的舍利塔，我闻之肃然起敬。

一个多小时的攀爬，大汗淋漓，白云禅寺终于出现面前。令人震撼的是，小小的古寺门前竟有一个大大的放生池。这个放生池大有来历，据清康熙年间重修的《武平县志》记载：“梁野仙山，在县东三十五里，险峻迭出，绝顶有白莲池。”白莲池呈椭圆形，面积达3000多平方米，清水涟漪，鱼龟相伴。环顾四周，既不见如练飞瀑，亦不见山涧流水，不知一池碧水来自何方？石君带我察看池旁一口清澈见底的仙人井，原来此井便是白莲池的“源头活水来”。有神话相传，仙人井与汀江相通，早年修建白云禅寺，那大殿前至今仍完好无损的两根石柱，便是定光佛在上杭紫金山打磨好后，放入汀江从仙人井浮上来的。

古寺为花岗石建筑，古朴厚重，门楣上刻有“梁野山白云胜地”。寺中祀奉定光古佛。定光佛是客家人的保护神，深受一方百姓虔诚信仰。

古寺旁有临济宗初祖的舍利塔，为花岗石垒砌的灵塔，苔藓斑驳，沧桑古拙，有乾隆十四年（1749）的碑刻，上书：临济正宗十方堂上历代老少诸位尊灵塔。临济宗为禅宗五个主要流派之一，唐朝临济义玄大师为初祖，后为中国日本禅宗主流之一。

石君告诉我，古寺距顶峰古母石还需攀爬一个多小时，途中有一处古迹仙人洞，相传是定光佛修炼之所，洞前尚存唐朝白云寺遗址。我很想继续向上，领略极顶风光，礼拜古母石，但由于时间关系，只能作罢。

回程途中，几次眺望梁野山巅，古母石在云雾缭绕中忽隐忽现。那块造型独特的古母石，独立极顶，亘古不变，阅尽人世沧桑，早已雕塑成梁野山的魂魄、武平的标志。

再见了，令人神往的古母石、富有的梁野山。

2016 年冬

一佛一仙　结缘狮岩

据说八闽大地诞生的大佛与女神数量之多，名列神州之首。然而一位大佛与一位女神都诞生于一座山头，应该也可位居八闽之首。这座山头名“狮岩”，一佛一仙乃是定光古佛与何仙姑也。

癸卯闽西四月天，万木葱茏，鲜花遍野，风和日丽，满目风光。我有机会走进狮岩，拜谒大佛与女神，幸得景区管理人员钟老师陪同与解读，让我深深领悟，这一方风水宝地，果然名不虚传。

武平县岩前镇，有一座岩山，高不过五六十米，坐落在一块平原之中，形如卧狮，昂首长啸，威风凛凛，故名“狮岩”。想来是先有狮岩，后才诞生岩前镇。狮岩山为石灰岩地貌，其间溶洞通幽，石柱笔立，钟乳垂悬，如同仙府，而“狮盆大口”处，正是均庆寺定光古佛的佛龛。

穿越溶洞，从后山拾级而上登顶。极目远眺，闽粤边界，山水相连，青绿难分，厂房整齐，园区气派；俯瞰近前，田园平旷，屋舍俨然，阡陌纵横，生机盎然。钟老师有些遗憾地告诉我：“这里原先可以看到前方有一个天然泉水湖，名‘蛟湖’，清澈如镜，‘蛟潭涌月’是岩前有名的夜景。可惜现在新屋越建越多，被挡住了视线。”我笑曰：“屋舍多，人气旺，民众安居乐业，定光古佛不看蛟湖也高兴。”

定光古佛确有其人，他的一生诠释了“从人到神”这个有哲学意义的命题。据林国平（《文化台湾》主编）等专家学者考证，定光古佛原名郑自严，同安县人（父任同安令），生于后唐同光二年（924），卒于北宋大中祥符八年（1015），享年82岁。他11岁出家，17岁后足迹遍及闽、浙、赣、粤等地，31岁来岩前募化，看见何大郎的开基地狮岩（又名“南岩”）石洞，四周山清水秀，洞内鬼斧神工，是做道场的理想之地，于是求助于何大郎。何大郎有心允诺，但子孙不同意，特别是他修道的女儿何仙姑坚决反对。郑自严不气馁，用自己的诚意与能力，不久就成为何大郎忘年之交。何大郎终于说服自己儿孙，捐赠出所有家产物业给郑自严。郑自严从此在狮岩设道场数十年，一心弘法利生，名气渐大，终被百姓视为一方保护神。

郑自严和尚在世时，民间就流传着他许多神通广大的故事。一是除蛟龙伏虎害。岩前镇自古至今就有一个村名“伏虎村”。相传该村有耕牛被老虎伤害，郑自严闻讯后，直奔伤牛现场，立一块木牌，写上偈语，次日猛虎就死于路中。二是疏通航道，寻找泉水。三是祈雨求阳，确保丰年。四是为民请命，神通广大。相传宋朝抗金名将李纲在沙县遇到一个老和尚，与之相聊甚欢。老和尚写一偈语送李纲，偈语曰：“青著立，米去皮，那时节，再光辉。”起初李纲不明偈义，到了靖康元年（1126），金兵包围开封府，李纲应诏入朝，出任尚书右丞，翌年任宰相，偈语预言（青著立寓靖，米去皮寓康）得以验证，才知道老和尚是定光佛化身。而今狮岩洞壁上还留存李纲题刻：“灵洞水清仙可仿，南安木古佛洞居。”

郑自严和尚在世时就受到民众爱戴，被亲切称为“和尚翁”。圆寂后，很快被民众奉为神灵，尊称“圣翁”。宋真宗封狮岩为“均庆院”，使之成为闽西历史上第一座朝廷赐名的寺院。北宋绍圣四年（1097），郑自严被朝廷敕封为“定光古佛”。

明清以来，定光古佛影响进一步扩大，特别是闽西、粤东北、赣南的客家地区，把定光古佛视为客家人的保护神，寺院遍达数百座，有的寺院名气之大甚于均庆寺。如创建晚于均庆寺47年的汀州府定光院（20世纪70年代初长汀县为兴建电影院而将其拆除）。据专家考证，当年因位置中心，又受到汀州府最高决策者重视和推广，使之成为定光古佛信仰辐射周边的中心。又如清流县灵台山定光大佛，是21世纪初兴建的全国最大的定光大佛铜像，高达45.9米。再如沙县淘金山的定光卧佛石像，由天然巨石雕刻而成，长38米、宽10米、高11米，号称“华夏第一卧佛”。

明清朝代，福建尤其是闽西民众迁居台湾，把定光古佛香火带入台湾建寺供奉。发展至今，台湾供奉定光古佛的寺院有数百座，他们皆认定岩前均庆院为祖庙。

何仙姑也是从人变成神的。“八仙过海”的神话故事在中国家喻户晓。我小时候就知道八仙里有唯一的女神仙何仙姑，尚不知晓定光古佛。此番拜谒狮岩才知道，这里真正是何仙姑最初的山头。在狮岩的“腰身”上，矗着两尊汉白玉石雕：何大郎坐像居中，一袭士绅衣装，有趣的是，何老先生架着二郎腿，一副悠然自得状。旁有仿制的龙头牌，上书：“唐赐进士敕授文林郎任宁化县事檀越主何太郎禄位。”右侧是何仙姑双手捧着果盘的立像，真是仙风道骨，飘飘欲仙。

据《何氏族谱》记载，何大郎曾任宁化知县，定居在宁化石壁村，后唐天成元年（926）迁居狮岩（又名“南岩”），后晋天福二年（937）生女何仙姑。何仙姑自幼喜清静，不饮酒，不食荤，隐遁狮岩，专心修道。自从郑自严看上狮岩，何大郎有心助其之时，何仙姑起初不答应，说：我生于此，长于此，岂能舍岩他住？有一天，何仙姑外出，郑自岩乘机入岩趺坐，何仙姑归来见大蟒、猛虎盘伏在郑自严周围，十分驯服，便将状告父，同意将狮岩捐献给郑自严修建寺院。

何大郎父女谦让狮岩与郑自严的故事，让我赞叹不已，颇多联想。道教发源于中国本土，起源于春秋战国时期的尊崇黄帝和老子的黄老道教，如西汉前期因推崇无为而治的黄老之学，造就了“文景之治”的盛事。而佛教最初是“舶来品”，洛阳白马寺是公认的中国第一座佛教寺院，被国内佛教弟子尊为佛教祖庭以及释教发源地。白马寺始建于东汉汉明帝时期，距今近2000年历史。所以道教源远流长，早于佛教。中国历史上，道佛之争情况固然不少，但两者和谐共存是主流。君不见，现今神州大地不少寺院，释道共存，甚至儒释道共存现象皆可见到。这就是中国传统文化有容乃大的可贵之处。

何仙姑的可贵之处，还在于她信服郑自严的能力在自己之上，于是毅然让出了山头，从此留下了一佛一仙结缘在狮岩的千古美谈。

改革开放以来，均庆院逐渐成为海峡两岸定光佛文化交流的重要基地，这里每年都举办定光古佛文化节，海峡两岸同胞相聚一堂，祭拜定光古佛祖庙，研讨定光古佛文化，品尝客家美食，游览闽西风景名胜，同时也推动了两岸科教、农业、经贸等方面的交流合作。2017年，中共中央台湾工作办公室与国务院台湾事务办公室联名，将均庆寺确定为“海峡两岸交流基地”。钟老师就在基地办公室上班，他送我一本社会科学文献出版社2014年出版的《千年定光古佛》一书，我十分高兴，迫不及待翻阅，读到福建省政府原副省长、时任全国台联会长、全国人大常委会委员汪毅夫的学术论文《定光古佛与伏虎禅师》，受益匪浅。

狮岩的一佛一仙已成为武平文化的重要元素，经常显现在风景名胜之间。次日，我们到梁野山下仙女湖游览。沿着环湖栈道行走，犹如走入如诗如画、如梦如幻的意境。湖畔有一面石墙，左右各镌刻着何仙姑与定光古佛画像，中间镌刻《仙女湖记》：

仙女者，南岩何大郎之女也。诞于后晋丁酉之岁，年一百五十而登仙，世称何仙姑。宋有自严法师募化，欲造兰若；尽出田舍，与之，得宁洋。法师遂卓锡南岩，得道而成定光古佛。自是仙佛常驻武邑，保境安民。

仙姑怜梁野之秀奇，每潜修其间……

此时脑海突然想到著名诗人臧克家诗句：

有的人活着，他已经死了；

有的人死了，他还活着。

……

他活着为了多数人更好地活着的人，

群众把他抬举得很高，很高。

2023年春

永远的叔衡

一

初闻何叔衡，约半个世纪前，那时知青之间传阅一本《革命烈士诗抄》，其中何叔衡一首：

身上征衣杂酒痕，远游无处不销魂。

此生合是忘家客，风雨登轮出国门。

诗作是 1928 年何叔衡受中共党组织委派，赴苏联学习，途经哈尔滨时所写。笔者当年尚不知该诗有意套用南宋诗人陆游《剑门道中遇微雨》诗句，只是感动于革命先驱一杯在握，浪迹天涯，风雨如磐，琴心剑胆，舍身忘家，心忧天下的形象。革命知青总是无限景仰革命先驱深沉与博大的情怀。

何叔衡诗作的注释也让人留下深刻印象。原来他是毛泽东的亲密战友，还是出席中共一大总共 13 名代表中的一位。毛泽东对他的评价：是一条牛，是一堆感情。因此特别惊奇，感情可以用“一堆”来形容，毛主席修辞手法了得。

2017 年盛夏，赴闽西参加“重走中央红色交通线”采风活动，有机会游历上杭县院田村。这里是中国朦胧诗派“女皇”舒婷知青年代插队的村庄，如今被誉为“闽西最美古村落”，也成了舒婷诗院和朦胧诗展示馆所在地。

真羡慕48年前女诗人所居住的清代古厝，和她在阁楼上推窗可见、卧床可闻的清澈见底、淙淙作响的溪流，那溪流名曰“儒溪”，溪畔有一株新种不久的橡树。

不知为何联想：如此得天独厚的耕读环境，女诗人一定四处寻书，手不释卷，于是应该也读过《革命烈士诗抄》。她的那首成名作《致橡树》，所洋溢的勇气、正气、大气、浪漫之气，正是与《革命烈士诗抄》一脉相承。

二

革故鼎新不是青年人的专利。

1913年的湖南第四师范学校（后并入第一师范）报考现场，来了一位身着长衫、佩戴眼镜的老夫子。校主事看着乌泱乌泱青年人的队伍，那位老夫子尤为显眼。老夫子迎着校主事不解的眼光，平静地开口：“深居穷乡僻壤，风气不开，外事不知，急盼求新学。”他就是何叔衡，时年37岁。

这位年纪最大的学生与比他小17岁的毛泽东同学一拍即合，成为终生挚友。他们一起组建了不久就声名远扬的青年革命团体新民学会。1921年7月，他又与毛泽东一起赴上海参加中国共产党全国第一次代表大会。

从师范学生、新民学会会员，直至中共一大代表，何叔衡都创下年纪最大的纪录。

何叔衡赴苏联学习时，已是50多岁的人了。与他一起学习的徐特立曾说：“在莫斯科，我们几个年老同志，政治上是跟叔衡同志走的。”

在中央苏区，何叔衡、徐特立、谢觉哉、林伯渠、董必武被人尊称为“五老”。

而名列首位的何老，不仅是革命老者的模范，也是革命青年和全体革命者的模范。

当今，“将改革进行到底”是中国共产党人的庄严宣誓和不竭动力，要树立敢为人先的进取意识，要张扬敢于啃改革中“硬骨头”的非凡胆识，我以为，当年何叔衡勇当改革闯将、老当益壮精神，仍将激励着改革者们前行。

三

脾性是一条忍辱负重、大智若愚的牛。

早在新民学会工作期间，何叔衡就是会员公认的勤勉有加、处事干练的执行委员长，毛泽东对他的评价是“叔翁办事，可当大局”。

1927 年何叔衡到上海从事地下工作，临时党中央某位领导人认为他带有旧式文人习气，派他到街头开展宣传鼓动工作，美其名“加强历练”。何叔衡毫不介意上级对他的偏见，仍是热忱细致，有的放矢投入街头工作。由于不会讲上海话，对当地环境不熟悉，不幸被捕。警察局官员在审讯时，觉得眼前穿着旧式长衫、一副学究模样、又老又笨之人，不像是热血青年，便试探地问：“你知道什么是共产党，什么是国民党吗？”何叔衡故意摇头晃脑对答：“吾乃学者，岂能不知？共产党三民主义是也，国民党五权宪法是也。”接着旁征博引，讲起《论语》。审讯官不耐烦了，大喝一声：滚！何叔衡不紧不慢地走出警察局。当审讯官得知放走的老学究是中共元老之一，其头颅值上万元悬赏之时，已是望尘莫及，后悔不迭了。

1931 年，何叔衡化装为海外商人，从上海经中央红色交通线到达瑞金，参加了第一次工农兵代表大会，被选为中央政府执行委员，并在政府的9个部门中兼任了其中3个部门的主要职务，即中华苏维埃中央临时政府检察部部长、代理内务新部长和临时最高法庭主席。他是中央苏区检察、审判机关的创始人。

1933年初，“左”倾冒险主义统治了苏区，党内搞肃反，大批优秀的同志被诬陷为AB团而杀害。何叔衡心情沉痛，挺身抵制极“左”肃反政策，被诬为“右倾主义”，撤销了全部职务。面对错误的批判和撤职，何叔衡心情极为沉重，但他多次声明：在政治上我从来没有动摇过。

“俯首甘为孺子牛”，是何叔衡一生的写照。也说明了“旧学问一经和革命学问相结合，即和最新的学问——马克思主义相结合，蔚蓝发出奇光”。

四

感情是一堆家国情怀。

何叔衡26岁考中秀才，不愿留在县衙做事，回到沙田老家（湖南宁乡县）种田教私塾。他与妻头胎生育一个男儿，不幸夭折，之后接连生育3个女儿，举家上下和亲戚本家都劝他纳妾，以求生个男儿续香火。他回答斩钉截铁：“谁说我断了后，有女就是有后！”他为女儿取名何实懿、何实山、何实嗣，这名字除了与何氏家族同辈中排行十一、十三、十四谐音外，还有深意。“实懿”乃女中典范，“实山”为实在厚重，“实嗣”即实际继承人。

何叔衡打心眼喜欢3个宝贝女儿，以父亲的慈爱和师长的严厉培育她们成长。早期有两件事颇有意思：一件是他坚决不允许给3个女儿裹脚，把家中的裹脚布统统砍烂，还作《放脚歌》一首：“……走起路来像残疾，摇摇摆摆出洋相。快学何家闺女样，大手大脚好姑娘。”此举不仅保护了女儿，也在当地产生积极影响。另一件是鼓励女儿，不必受封建礼训“话莫高声，笑不露齿”束缚，要敢说敢笑，他甚至和3个女儿并排坐在一起，比赛谁的笑声最大。那欢快笑声，引起村人惊叹。

何叔衡的大女儿早嫁，后因病29岁去世，二女儿和三女儿包括女婿在何叔衡引导下，20世纪20年代相继走上革命道路，历经腥风血雨，他们都成长为党的高级干部。

何叔衡的妻子袁少娥，是个目不识丁的缠足女子，比丈夫大两岁。他们虽然是旧式婚姻，但夫妇感情笃厚，老而弥坚。何叔衡1927年“马日事变”后被迫离开家乡，从此未归。他在莫斯科学习时给妻子的信中说：“我的老妻，你如果活到60岁，我或者与你有见面之日，但你的生，要在拾柴、栽菜、喂猪的生，不要去求人的生。我是要永远对得起我的骨肉和您的呀！”在苏区时，有的同志见他年纪大还自己洗衣、缝补时，想为他在当地找个伴侣，被他严词拒绝。何叔衡对老妻一往情深，至死不渝。

何叔衡一生赤诚热烈、光明磊落，广为称道。凡是接触过他的同志都称赞：何胡子是一堆感情，不是一堆骨肉，热烈的感情四射着，触着就要被他感动。又评价他的感情“是统制在高度的正义感下面的”。

1934年秋，红军被迫长征，组织决定何叔衡留在中央苏区。1935年初中央苏区形势异常严峻，时任中央分局书记的项英指挥突围，委派邓子恢为便衣队长，带领数十名队员护送何叔衡、瞿秋白等人拟经闽西绕道赴上海。2月24日，在长汀濯田梅迳村遇敌围堵，何叔衡危难时刻高呼“我要为苏维埃流尽最后一滴血”，随即跳崖身负重伤，而后被敌杀害，壮烈牺牲，时年59岁。

五

遇难处诞生一座纪念馆。

濯田是一座千年古镇，也是毛泽东著名诗词“红旗跃过汀江”所在地。1964年，中共长汀县委、县政府在何叔衡殉难处，建立一座纪念碑，碑文由时任国家副主席董必武所书。

2016年是何叔衡140周年诞辰。是年底，何叔衡纪念馆如期开馆，位于纪念碑旁。不远的山头上，有一个纪念亭，亭内有碑，碑文“何叔衡烈士死难处”也是董必武题字，时间是1960年。

纪念馆具有浓郁的客家建筑风格，达600多平方米。展陈内容4个部分：中国共产党创始人之一、共和国法治建设先驱、为苏维埃流尽最后一滴血、濯田人民革命史迹。

序言厅摆放着何叔衡半身铜像，背墙镌刻着何叔衡的宁乡县沙田同乡、当年“五老”之一的谢觉哉题词：

永远的叔衡。

2017年夏

云卷云舒双髻山

双髻山最初打动我的是上杭文友手机拍摄的画面。我脱口而出："那不是黄山云海吗，那不是云南石林吗！"此番有幸参加闽西采风，便有机会攀登了一趟上杭境内最高峰，海拔 1441 米的双髻山。

双髻山地处蛟洋镇贵竹村，因其两座山峰状似一位妇女头上的双发髻而得名。贵竹村党支部书记老华告诉我，当地有谚语："高在双髻山，梦在双髻山，登在双髻山。"虽然现在通往山上的盘山公路越修越好，但徒步登山的人却越来越多，更能说明双髻山的魅力在"登"。近些年，村里花了很大气力，挖掘、修复早已湮没在密林与茅草之中的登山古道，此举深受赞誉。我们闻之，坚持下车徒步一段古道，果然两旁茂林修竹，古道蜿蜒，静谧悠远，新挖掘出的石板路还带着被泥土掩埋的气息，踏石而行，仿佛踏过沧桑岁月。

己亥冬日，阳光灿烂，我们登上高高双髻山，离天三尺三，手可摘白云。蓝天下的白云舒展自如，那一团团飘来荡去的，有如天马行空；那一条条若隐若现的，恰似蛟龙出山。我明白了，"梦在双髻山"，一定与迷幻流云或澎湃云海有关。

山顶有座古寺，寺名"通宝"，门前对联写道："无点善心难得到，有些诚意可来朝。"当地人说是清代李光地所书。李光地是安溪人，也是上杭李火德后裔，康熙九年（1670）考中进士，深受康熙皇帝信任，曾位高权重，政绩卓著。相传这副对联是他中进士之前，为了入京赶考，专程登临双髻山祈梦有所得而书。此事真伪虽然无从考证，但“梦在双髻山”如一句谶语，源远流长。

古寺前有一口半月形大池塘，池水终年清波荡漾，不溢不涸，相传池底有泉眼，直通汀江。过去汀江两岸流传着一首民谣：“汀江十八滩，滩滩鬼门关，行船要平安，祈求双髻山。”有一年通宝寺住持欲修建古寺，苦于木料难酬，一夜忽梦仙人指示：汀江有一大户木排被洪水冲散，现将散木送到通宝寺前池塘，助你建寺。次日，果然一根接一根大杉木从池塘泉眼冒出，住持用之修建好寺院，柱、梁、桁、椽，用料不多一根，不少一根。此后，池塘长满午时莲。该莲花每年春夏两季，中午时节准时绽放，花如金钱，荷叶浮水，花瓣洁白，芳香四溢，午时过后，含羞闭合，故名“午时莲”。此花无种自蘖，移地不长，乃双髻山一胜景矣。

古寺旁有块巨石，巨石下有个古迹“流米穴”，至今犹在。相传很久之前，通宝寺僧人梦中得到仙人指点，石洞有“流米穴”，穴内流落的大米可供僧人与香客食用。僧人寻获之后，果见每天来了多少食客，流落的大米便刚好果腹，没有多余。天长日久，僧人起了贪心，将“流米穴”凿大，妄图多多大米，结果一粒米也流不出了。从此，只留下徒有其名的“米穴”。诸如“米穴”“盐穴”的故事，神州大地许多地方都有类似遗迹，这说明不贪不占、勤俭为本忠厚为人的理念，是被中华儿女普遍接受的。这其实也是与当今提倡节约资源，戒免贪婪，坚持可持续发展规律一脉相承。

奇峰异石是双髻山的主角。越往山顶，越能看到那一座座、一丛丛、一支支灰黑色的石峰、石柱昂首苍穹，直指蓝天。如果徒步上山，半山腰即可一睹“猫头鹰守山门”的一块巨石，那威武值守的形象，惟妙惟肖。到了山顶，便是石头的动物世界，“雄鹰回首”“蟒蛇出洞”“鹦鹉学舌”“猛虎扑食”“猴子拜月”，等等，更是鬼斧神工、形神俱备。最有意思的是，临近古寺之时，必须经过一处狭小的山门，这是两块巨石相倚形成的洞口。老华笑着嘱咐：过山门一定要边走边说“太宽了，太好了”，便会顺利走过山洞，千万不能抱怨太狭窄、路难行，那么山门便关闭，把你夹在其中，进不了山也回不了家了。

冬日季节，两座山峰芦荻瑟瑟，峰顶各矗立一座高高细细的铁塔，在阳光照射下，有如花白的发髻插上一根银簪。冬季，双髻山是母亲的山。老华告诉我，春夏季节，山上草木青翠，各色杜鹃花竞相开放，大红的、粉红的、紫的，甚至还有罕见的蓝色杜鹃花。那时的双髻山，就如一位风姿绰约的少妇。我想，真是神奇的山，让你每年四季，都能看见一位母亲的形象，从美丽青春到白发苍苍；都能看见母亲一生的辛劳，还有始终不一的慈爱情怀。

双髻山堪称蛟洋母亲山。

伟大的母亲山不仅见证了今日的风和日丽、白云舒展自如，还见证了昔日的乌云翻卷、云海澎湃。

双髻山还是一座红色的山、英雄的山。

蛟洋是著名的革命老区，毛泽东、朱德、陈毅、谭震林、罗瑞卿、邓子恢等老一辈革命家在这里进行了伟大的革命实践。1934 年 10 月，中央主力红军开始了长征，国民党反动派反攻复辟。面对异常严峻形势，在谭震林、廖海涛（杭代县委书记）等领导下，组建了双髻山游击根据地，使之成为我国南方三年游击战争的重要基地之一。

双髻山最著名的一次战斗发生在 1937 年春节期间。国民党军黄涛部与钟绍奎部得知红军游击队在欢度春节的消息，即纠集两个团六七百人兵力，趁夜包围双髻山，想打游击队一个出其不意。岂知游击队领导人廖海涛、刘国宪、黄火星等早已森严壁垒，便将计就计，诱敌深入。以 200 人兵力居高临下，占据有利地形，打退敌人 12 次冲锋，致敌最终仓皇撤离。这一战，敌军伤亡约200名，我军仅几人，令敌师长黄涛哀叹：“这是自进剿闽西南以来损失最惨痛的一次。”

游击队打阻击战的那座山头叫“杀人岽”，一个充满血腥的地名。据说原名是“萨弥岽”，可能是客家方言谐音的缘故。这座山头形状像斗笠，悬崖峭壁，沟壑纵横，如今林木葱郁，充满生机，成为游客寻访当年战场遗址的红色景点。

蛟洋镇党委宣传委员小曾送我一份小册子《魅力蛟洋》，内容概括为“蛟洋六宝”：一山一树一画家，一阁一园一先生。上双髻山之前，小曾陪同我考察了“一阁”，那是建于清乾隆年间、现为全国重点文物保护单位的文昌阁，它曾是毛泽东同志亲自参加指导的中共闽西一大会址。我们还去拜谒了“一树”，那是历经千年的风雨轮回，雷击火燎，依然相依相偎、不离不弃的“夫妻银杏王”……

高高双髻山，呵护着脚下山川田畴，任云卷云舒，初心不变。

2019年冬

锣声悠远　古树长青

——连城罗胜村纪行

古代描述罗胜村的诗歌：“家住白云洞，乡称载雾洲，大弯弯三年，小弯弯三月……”让我读罢似曾相识，即想起家乡闽东，有一首民谣描述寿宁：“车岭车上天，九岭爬九年。”想来闽西与闽东，古代有人烟处，皆是蜿蜒小路，高入云端，连歌谣也异曲同工，很是亲切。

此番慕名探访罗胜村，有幸与吴尧生君同行。吴君是土生土长的本村人，曾任连城县委宣传部副部长、广播电视局局长等职。原本是个“文青”，极爱自己家乡，前些年退休后，回村改造老屋，建成一处别有洞天的桃花源，与妻（也是退休干部、同村人）一起陪伴着 80 多岁的老母亲，闲暇以搜寻赏玩奇石与写作书画摄影以及挖掘史料、编撰村志为乐事。2016 年盛夏，龙岩市散文协会与连城县文联等单位，在该村举行“罗胜览胜”采风暨吴尧生散文研讨会。来自龙岩、福州、厦门等地 30 余名作家参加，之后出版了《冠豸风》文学笔会专刊。我拜读了这期专刊与吴君散文集《胜地笔记》，而今提笔写命题作文，自然有“崔颢题诗在上头”的苦衷了。

但罗胜村确实太吸引人。那日，吴君驾着私家车，一路与我攀谈。小车在茂林修竹中穿行，“跃上葱茏四百旋”，直抵海拔 1200 多米、似乎长在竹梢上的古村落。吴君讲述着罗胜村名的由来，此间车外的风景与车内的故事同样充满云里雾里的诗情画意。问：“罗胜村姓罗吗？”答：“罗胜姓吴不姓罗。”据祖祖辈辈流传，宋代绍兴年间吴姓鼻祖十五郎公，从宁化、清流辗转迁徙至今曲溪同关寺居住。隆冬时节，常见屋檐冰凌有的像观音，有的像罗汉，十分诧异。忽一夜，梦见一位须发皆白的仙人飘然而至，曰：“此乃佛家胜境，让与寺院如何？尔可溯流而上，至锣声响处，足可安居乐业。”十五郎公醒来大悟，即引领家眷沿溪而上，行至十多里处的罗云寨，忽闻锣声不绝于耳，近前勘探，原乃流水叮咚，胜似锣声长鸣，于是择居溪畔，故以“锣声地”为名，后更名“罗胜地”，其意为勉励子孙奋发图强，建好家园，一代胜似一代。

途经同关寺，这座由十五郎公捐基捐田兴建的寺院，颇具规模，古风犹存，背靠万杆翠竹，面临百亩良田，溪水环绕，草绿花香，确实是一块风水宝地，现已成为闽西著名的佛教圣地。相传当年佛祖感念十五郎公捐献田宅之心虔诚，命土地爷挑来两担白银嘉奖吴氏家族。如今罗胜村直坑口的古道旁与将军山上，各留存一对已经被观音菩萨点化为岩石的“一担白银”，惟妙惟肖。

村口停车观景，一块2米多高的岩石矗立路边，上刻“罗胜村”3个行书大字，署名为原文化部部长高占祥。高部长乃诗文书法之大家，能求得他老人家墨宝，可见罗胜人“手”之长矣。吴君则热情介绍村口的明代建筑古廊桥——大安桥。古桥与水车以及一片古树名木组成“藏财纳气”的天然屏障，守护着古村落。

有着900多年历史的罗胜村，沉淀了厚重的文化遗产。吴君带我看了吴氏宗祠、明代书院式穀祠、明代石龙旗、清代大夫第、古寺庙等古建筑，又如数家珍说古道今，半日行程，收获满满。我以为，罗胜村的一副楹联、一块石碑、一座官亭最能概括其文脉经络。

一副楹联悬挂于吴氏祖祠前：“继先祖一脉真传克勤克俭，教子孙两行正路维读维耕。”

楹联堪为吴氏家族祖训。

一块石碑立于村口磐安庙旁，记述清代一位县令对罗胜的表彰，碑文："清雍正十三年，邑侯李公省方观俗，觏乡中上下有礼，男女有别，野无荒土，巷无游民，遂以'仁里'表旌。"

罗胜素以"仁里"为荣。

一座官亭坐落于罗胜通往姑田6里处的古官道上，是一座木质结构、方方正正、翘角飞檐、骑路而建的凉亭，犹如一顶古代官帽，故名"官亭"。据地方志记载，官亭始建于明代，是乡民为纪念乡贤吴琨而建的。吴琨，字良玉（1426—1515），少时在罗胜维读维耕，发奋图强，大器晚成，56岁那年以学行兼优入选贡院，随授七品京官，分拨南京龙江府任左衙经历，旋升直隶安州（今河北保定安新县）郡判。任职10余年，政绩斐然，两袖清风，孝宗皇帝欲起任他为御史，他以年迈为由坚辞不就，并告老还乡。时任安州学正史光昭在《赠吴侯荣归图序》记述了吴琨返乡时的动人场面："今吴侯解组而归，郡之老稚闻之去，依依忌失慈母之切不忍舍，拨辕辙恳留……"

罗胜更以吴琨为傲。

正因为有如此悠远清晰的文脉和经久昌盛的文风，罗胜成为远近闻名的"秀才村"。据不完全统计，宋朝以降，罗胜村出过文武举人3人、贡生25人、文武秀才23人；中华人民共和国成立至今，已有152人取得大专以上文凭（其中博士3人、硕士9人、本科生88人、专科生72人、高中级技术职称40人），占总人口900多人的1/6，成为连城县农村人口文化程度比例名列前茅的村庄之一。

到罗胜，不可不看"杉木王"，因为它是罗胜的地标。

跟随吴君，踏上光滑的青石板路，穿过古村落，向西北角走去，约一里地，便可仰望到那株"杉木王"。"杉木王"经历了一千多年的风霜雪雨，阅尽人间沧桑巨变，浑身遍布历史斑痕，依然枝繁叶茂、伟岸壮观。

树下石碑立于2009年，碑文：罗胜“杉木王”是国内单株材积最大、胸径排名第二的“杉木王”，胸径1.98米，树高36.8米，单株材积32.6立方米，树龄1003年。1998年列入福建省古树名木保护名录，保护级别为国家一级。

伫立树下，肃然起敬，“杉木王”集古朴、幽远、神奇为一体，凝庄严、凛然、壮美为一身，一种厚重旷达的禀性，一股浩然正气直面而来，此刻唯有屏息沉吟，语言似乎是多余的。

吴君告诉我，村庄还有两株古杉树，也形如巨伞，遮天蔽日，与“杉木王”三角鼎立，犹如三员虎将，护卫着古村。这块土地似乎特别适合杉树生长，林中有一处奇观，叫“七姐妹”，即七株孪生的杉树，相携相拥生长，株株风姿绰约，就像七位窈窕淑女。罗胜位于国家级自然保护区梅花山腹地，境内的将军山脉是“一水流三江”（闽江、汀江、九龙江）的共源点，有着得天独厚的生态环境。

所以，“山中常有千年树，世上难有百岁人”这句俗语用在罗胜已不适宜，因为罗胜是个“长寿村”。据统计，1949年以来，全村80岁的上老人129人，其中80岁至89岁104人、90岁至99岁25人、100岁以上3人；目前80岁以上健在者43人，其中80岁至89岁34人、90岁至99岁8人、100岁以上1人。

我们去看望103岁的老人郭美兰，搀扶着她到院子合照，沾沾福气，仰头即望见“杉木王”，真是老树老人相得益彰。老人家眼已不明但耳极聪，吴君当翻译，攀谈甚欢。郭女士是潮州人，日寇入侵时逃难至此，嫁与罗胜人，育有4个儿女，现已子孙满堂。问之养生秘诀，答曰吃肉喝酒吸烟，皆无顾忌。我赶忙递上香烟，老人家笑拒：“这几年不想吸就不吸了。”

想起一句名言：随心所欲不逾矩。

我省至今被中国老年学会授予“长寿之乡”称号的有3个县区：柘荣县、泉港区、诏安县。如按其3项必达指标，即每10万人口百岁以上老人达10人，人均预期寿命达75岁以上，80岁以上老人达总人口2%以上，罗胜远远超过这3个必达指标。但遗憾的是，评定“长寿之乡”最小单位为县一级。

那日中午，在吴君的桃花源中品茗，吴君妻摘来山中野果与大家尝鲜。甜中微酸的是野葡萄，形如释迦。糯而清香、状似猕猴桃的不知何物？吴君说它的土名实在难以启齿，叫“牛睾丸”。有人闻罢笑喷了茶，还赞：何等形象。

吴君侃侃而谈家乡的野果土菜“十三家老酒”，还有许多山珍，皆是罗胜村发展旅游的优势。我突发奇想，近来某个地区聘请临近退休干部回到自己村庄当指导员，为振兴乡村事业做好指导工作。这个主意好，何不也可聘请一些退休干部，比如像吴尧生这样的热心人。

2019年冬

彩霞落花生

初访上杭泮境乡，便有一种“似曾相识燕归来”的感觉，这大概源自近半个世纪前，我当知青的闽东一个乡村，名曰“泮洋”。它与泮境同一个“泮”字。但有趣的是，当地农民伯伯都不读“泮”，读“半”，半洋、半洋，即寓意两山夹一小溪的狭窄河谷，有一片半壁难得的洋面良田。东道主何大姐听罢笑答：无独有偶，我们乡人也读“半境”，境，径也。由于泮境是一个袖珍小乡，面积 51 平方千米，人口才 6000 多，地处上杭县中部，从前，东南片几个乡镇到上杭县城，必经泮境，而且刚好行走一半路程；而以泮境乡政府所在地的泮境村为中心，全乡所有行政村（共 7 个）皆分布在半径 5 里左右。

何大姐因此撰写一副对联概括之：

泮山泮水方圆五里，
境邻境戚半天工夫。

一

此番来访，巧遇泮境乡首届花生文化节在彩霞村开幕。以乡的名义为一个村的农产品举办文化节，我可是首次见识，采风团成员都成了临时嘉宾，怀着浓厚兴趣参加了开幕式。

龙岩盐酥花生闻名遐迩，不仅成为八闽大地节庆待客的佳品，甚至远销东南亚多国，我早有所闻。那天来到泮境，下车便落座何大姐老厝品茶，茶点是彩霞牌花生。何大姐介绍，彩霞村花生属后起之秀，这些年名声盖过龙岩盐酥花生，尽管今年扩种至900多亩，产量达30多万吨，但仍供不应求，现在是收获季节，至春节前，必将销售一空。所以彩霞花生只有两个特点：好吃、买不到。我们听罢赶忙品尝茶几上的烘烤花生，确实个个颗粒饱满、新鲜、清脆，带着一种独特的芳香，让你咀嚼起来韵味绵长，越吃越想吃。不由赞叹：果然名不虚传。

花生文化节自然也是花生品尝节，会场入口旁摆上了花生摊，水煮的、白晒的、烘烤的、焙炒的、含硒的，琳琅满目，任你品尝。于是熙熙攘攘游客中，我说水煮的软硬适中，你说烘烤的香脆可口，他说含硒的最好，不仅口感好还养生。总之，各表高见，不亦乐乎。

花生文化节形成一个墟市，也成了彩霞村和泮镜乡特产展示会。让人略感惊奇的是，彩霞村除了花生，还有自产的梅花鹿鹿茸、鹿血、鹿酒，祖家村的蜂蜜，院康村的木雕，泮镜村的红芋、竹笋、淡水鱼，等等。何大姐告诉我们，泮境乡至今仍然保持着传统的赶集日子，客家话称“应墟”，隔五天一次，农历逢一与六为墟市，很是热闹。今天的墟市是额外的。晚上我翻阅《净土泮境》文集，读到我的一位校友，元康村走出的伍博士写的一篇散文，文中一往情深地回忆泮境乡赶集是儿时的节日，它让一个山村少年见识了“外面的世界”。

花生文化节的民俗节目很是热闹，有八面威风的男子舞龙队，有风姿妩媚的女子广场舞，等等。这场面似乎可以解读为，走上小康之路的村民们，热衷于自娱自乐来表达畅快的心情。最受欢迎的是彩霞木偶戏，它是上杭现今唯一的客家高腔木偶戏班。戏班班主王荣昌系彩霞村人，今年65岁，宝刀未老，只见他率领弟子们在操场上搭起一个简易戏台，原生态的高腔一吼，提线木偶粉墨登场，生旦净末丑角色齐整，一场戏曲盛宴便在暖和冬日里开席。

山村的空气弥漫着花生蒸煮与烘烤出的香气。我们寻香而去，踏入一幢大厝，那是花生种植与加工大户王桂元的家庭作坊，一幅忙碌热闹的画面呈现眼前：刚从田野收获的花生小山一样堆着；男人们在水泥池旁使劲翻洗着花生，女人们将一筐筐洗净的花生逐个挑选，花生翻洗得发白耀眼，挑选得个个颗粒饱满；蒸煮用的大灶、大锅、大木桶，热气腾腾；最壮观的莫过于墙脚一字形排开的烘烤炉，全是竹编的特制篓筐，外形有如大字号老式火锅，煞是可爱，一篓筐可装四五十斤蒸煮后的花生，篓筐底部用徐徐炭火烘烤着，必须用时两天两夜，其间翻动多次，以保证炭火匀称烘烤。

我明白了，彩霞花生好吃的奥秘：一是新鲜，田野收获的花生不能隔夜，一定要带着泥土芳香制作完毕；二是纯手工技艺，每一道工序都杜绝机械，让指尖的气息融入花生的香气；三是用心，用心于每一道工序，用心于时间和火候，心与物会感应的，只有用心了，花生味道便更加鲜美。

二

彩霞村有一个梅花鹿养殖场。在闽西一个小乡镇可以观赏到梅花鹿，这是我们始料未及的。场长钟春香，一位朴实精干的中年女子，她引领采风团成员参观鹿园。大概因为好奇，大家提问五花八门，有养殖专业的，有家庭生活的，还似乎涉及营销机密的，钟春香有问即答，那一股坦荡胸怀、利索劲头，给大家留下深刻印象。

钟春香与丈夫原来是养猪专业户，前些年为响应政府号召，拆除了养猪场，治理污染源，因此萌发了建立符合生态要求的养鹿场。他们专程前往龙岩农科所，请教钟教授，认真学习养鹿专业知识，自认为有了三分把握，便从吉林引进了30只梅花鹿，经营起了鹿场。夫妻俩勤劳务实，按照科学养殖的要求管理鹿场，使“北鹿南养”一举成功。

参观完鹿场后，钟春香请我们到她办公室喝茶。办公室宽敞整洁，墙壁挂着一面视频和一张画图引人注目。视频原来是监控设备，可以同时展现五六个画面，观察梅花鹿全部活动情况。那张画图是梅花鹿的结构与功效图，即“鹿的全身都是宝”：鹿茸是珍贵的中药材，鹿血壮阳益精，鹿骨强筋壮骨，鹿鞭补肾壮阳，鹿心养气安神，鹿唇美容养颜……钟春香介绍起来如数家珍：一斤鹿茸价格 3000 元以上，鹿肉一斤达 90 元，一只成年鹿价值上万元，公鹿每年都可割鹿茸，母鹿每年怀一胎，一胎生一只小鹿。如今鹿园存栏数达到 50 多只。

梅花鹿看似温顺矜持，但却机敏灵气，很是可爱。我们隔着铁栅栏，用花生藤枝引诱它们。它们也不怯生，不紧不慢地走过来，但吃上几口，会用机灵的眼睛瞟你一眼，表明时刻提高警惕。梅花鹿是食草动物，泮境 2014 年被授予“国家级生态乡”，全乡森林覆盖率高达 81%，草的资源十分丰富，当地农作物玉米秆、地瓜藤和花生藤枝，都是养鹿的上好饲料。

钟春香和她丈夫不仅养鹿，还养鱼、养鸡、养鸭，他们经营的新型农庄面积已达近百亩，成为泮境绿色生态、精品农业的示范基地。

三

与王荣昌老艺人茶叙，实在是一件愉快的事情。老艺人的家是一幢蛮洋气的别墅，位于田野之上、森林之下，风景甚好。一楼的客厅与茶室即是木偶雕刻工作室，又是木偶艺术展示室，我们的茶叙便在这里进行。

王荣昌身材敦实，面如重枣，声似洪钟，额头轩朗，爽朗健谈。他 13 岁那年，就到白砂镇拜师著名民间艺人曾瑞伦学艺，跟随其木偶高腔戏曲团到闽粤交界一带表演，一直到 17 岁才回到家乡。不久应征加入中国人民解放军，23 岁退伍回乡，任过民办教师等工作，但始终有着木偶艺术情结，最后决定再次跟随曾瑞伦师傅学艺，认定木偶戏曲为自己一辈子的职业。到了 1982 年，他的表演艺术风格已独树一帜，便与师弟王荣洪组建泮境木偶戏曲团，收徒 10 多人，四处演出，名气渐大。由于他刻苦钻研和长期实践，不仅在提线木偶的表演艺术上出神入化，还在木偶的雕刻粉饰上改革创新，形成独特风格。

2006 年，王荣昌的高腔木偶戏曲代表作《三仙赠寿》授权深圳小蜜蜂工作室制成光盘，在市场引起热销；2008 年，荣获福建省第一批非物质文化遗产——闽西上杭傀儡戏（高腔）代表性传承人称号；2010 年，获得上杭县民间传统工艺能工巧匠称号。

四

花生文化节会场旁，立有一幅大型广告，上书“花生的品格”，内容摘录如下：

> 花生虽然其貌不扬，可它却深深地、深深地把自己的美蕴藏在心里，奉献给人类的是颗颗饱满而味道鲜美的内心。所以花生的品格是做一个不求表面荣誉，而是默默无闻、努力工作、对国家和别人有用的人。

这段描绘显然源自许地山名篇《落花生》。毋庸置疑，近 100 年前，许先生仅用 500 多字的叙事散文《落花生》，就将中国花生文化之美诠释到了极致。许先生后来干脆用“落花生”作为自己笔名，足见其用心所在——颂扬并身体力行着一种踏实质朴的生活态度。这篇短文曾收录我们这一代人的小学课文，相信也早已烙印于几代读书郎心中。今日斯地重温，一股亲切和感动的暖流涌入胸膛。

是的，那些辛勤耕种、精心制作彩霞花生的村民，那对勤奋好学、科学圈养梅花鹿的中年夫妇，那位精益求精、痴迷木偶戏曲老艺人，还有泮境乡许许多多脚踏实地、敬业创新、奉献自己人生价值的村民，都具有许先生笔下落花生的品格。

那天傍晚，我们在何大姐陪同下，再次走进彩霞村。西边的太阳快要落山了，映照起满天彩霞，也映照在田野一畦畦的花生地上。眼前美景让人冒出一个浪漫想法：

摘一朵彩霞丢落花生地，于是名叫“彩霞落花生”。

2017 年夏

郭滴人烈士故里行

初闻郭滴人的名字，便有了好奇之心："滴人"一定有着不俗的含义。确实如此，郭滴人原名郭上宾，1922年，时年15岁的上宾考入厦门集美学校就读，接触到新思想，阅读了《新青年》《向导》等进步书刊，一腔热血，倾向革命，毅然把"上宾"改为"滴人"。他告诉同学，其意为"要点点滴滴为人"。我以为，他可能是不愿意被他痛恨的不公平社会奉为"上宾"，认为自己只是大海里平凡的一滴水，对有志于改变社会、有志于对社会奉献的人，就应该从点点滴滴做起，融入浩瀚的大海，故反"上宾"词义而改名。

纵观郭滴人29岁短暂生涯，从倾向革命，到投身革命，并逐步成长为闽西苏区创造人之一，又参加了伟大的二万五千里长征，全身心投入革命洪流，历经腥风血雨，为中国革命呕心沥血、积劳成疾，1936年11月病逝于陕西保安（今志丹县）。他的一生确实践行了"点点滴滴为人民"的改名初衷。

一

2016年底的一天，我慕名寻访郭滴人烈士故里。

郭滴人的故居位于龙岩市新罗区龙门镇。该镇的龙门塔是一处远近闻名的名胜古迹，它与龙门桥一起建于明万历十四年（1586）。塔为六角三层空心的砖木楼式塔，高 10 米。应该说，明朝建一座塔本是寻常事，但不寻常的是把塔建在一座石拱桥之上，这是一个创举。历经 400 年之后，当代著名桥梁大师茅以升莅临实地勘察之后，大吃一惊，称赞它是“我国为数不多的桥塔结合的范例”。

龙门是九龙江上游的一个水口，汇集了龙门镇辖区内六路之水，滔滔不息，奔流至此，突然被狮山、象山夹持，人称“狮象把门”，河床陡然深陷，形成天然瀑布和龙门深潭。这里景色奇佳，惊涛、飞瀑、巨石、苍松，人称“龙门硿八景”。这里地灵人杰，人才辈出，有当地乡土文化研究者统计，龙门镇自民国以来，便涌现出闽西苏区创造人之一郭滴人，开国将军罗元发、郭成柱，编志大家郑丰稔与教育名人郑菊人父子，国民党中将、反“台独”名士郭达沾，“中国眼科之父”郭秉宽，中科院院士郭柏灵等名人翘楚。

穿越龙门桥，沿着一条蜿蜒巷道进入湖一村，郭滴人的故居四公厝坐落于一片民居之间。四公厝建于清嘉庆后期（约 1819 年后），原建筑为土木结构祠堂式平房四合院围屋，占地面积 450 平方米，坐西朝东，因建厝时先祖排行第四而故名。四公厝是郭滴人童少年时期居住和活动的主要场所，也是他从事农民运动和建立中共龙岩地方组织的重要活动地点之一。四公厝于 1929 年至 1933 年间先后 3 次被国民党军和地方民团焚烧，仅留存大门、围墙和厝基。

“不怕强盗不怕偷，不怕白鬼来烧楼！旧楼烧掉无要紧，革命成功盖新楼。”2007 年 11 月，新罗区人民政府拨款重修四公厝。

四公厝按原样复建，仍保留着清末闽西民居风格。厅堂上挂着一幅放大的郭滴人 19 岁时在故居院子里拍摄的照片，这也是一帧郭滴人唯一传世的留影，时年 1926 年 10 月。照片中的郭滴人脸庞方正，留着小平头，身着竖领布扣上衣，眉宇间透着一股英勃之气。此时的郭滴人，刚从广东的全国农民运动讲习所结业，接受中共两广区委派遣，以中国国民党中央农民部特派员身份，随北伐东路军回到龙岩，建立中共党组织和农会，开展革命活动。

郭滴人的半身像旁挂着一副楹联：蛟龙滚地风雷动，农友翻身做主人。这副楹联隐含着少年郭滴人的生动故事。

郭滴人生于1907年12月8日，其父郭荣章是个温厚勤俭的佃农，生育几个子女，因生活困苦而夭折，仅养活滴人、滴海（原名德海，曾是中央剧团出色小演员，后任新四军侦察排长，皖南事变中牺牲）兄弟二人。郭滴人天资聪颖，学习勤奋，在校成绩每每名列前茅。放学之余，总是帮做家务，或下田干农活。他还能写一手好毛笔字，村里每逢红白大事，常请他代书对联。郭滴人从小看到贫苦农民遭欺压，深感世道不平，不相信贫苦人是命中注定的。他读四年级时，就阅读了不少侠义小说，崇尚劫富济贫、扶危济困的行为。其时，县长来乡里催粮征税，地主豪绅在祠堂设宴款待，郭滴人邀集同伴，发动乡人闯入祠堂，抗租抗税，使他们无法畅饮。有一次，他还把烂污泥悄悄抹在官轿的座椅上，弄得县长狼狈不堪。地主豪绅骂他是“滚地龙”，声言要教训他，亲人们都为他担心。而郭滴人毫不畏惧，反而高兴地说：他们骂对了，我就要做“滚地龙”，要把家乡土地翻滚过来，让为富不仁的不得安生。从此，“滚地龙”名声暗暗传开，乡里的穷人都盼望郭滴人有朝一日能破土翻腾，带领农友翻身做主人。

果然，几年之后，“蛟龙滚地风雷动”，智勇双全的郭滴人回乡了，他将广州全国农民运动讲习所的理论和广东海、陆丰农民运动的实践经验带回乡，深入到农民中去，组织农民协会，开展减租减息运动。可谓“登高一呼，众山响应”，后田农协会会员多时达到五六百人，全县达十万之众，为武装暴动奠定了群众基础。1928年3月4日，郭滴人、邓子恢等革命者利用后田地主做“关帝福”时机，断然举行武装暴动，打响了八闽武装反抗国民党反动派的第一枪。之后马上开展土地革命，组建起闽西第一支游击队，从此走上武装斗争之路，为实行工农专政，建立闽西革命根据地开辟了道路。

二

湖一村的开明小学是一所百年老校，而在学校内保存着一座登龙书院，是龙岩现仅存的四座古书院之一。该书院建于清嘉庆二十四年（1819），坐南朝北，大厅面阔三间，抬梁式木构架，单檐歇山顶，大厅两侧为左右厢房，共五门八房。登龙书院木质匾额挂在大厅正中横梁上。

清宣统二年（1910），紧邻书院南边新建一座“凹”字形两层土木结构内通廊式校舍，为开明小学。之后学校不断扩建，书院便包容于学校之中了。2001 年，登龙书院被新罗区人民政府公布为县级文物保护单位，2013 年被公布为第三次全国文物普查不可移动文物保护名录。

郭滴人、陈庆隆等 4 位中共党员从广州第六届全国农民运动讲习所毕业，受党的指派回到龙岩，组建中共龙岩地方组织。1927 年 2 月，中共龙岩县总支建立，总支书记陈庆隆、组织委员郭滴人。同年 3 月，湖源乡、湖洋乡（今湖一村）农民协会成立，湖洋乡农民协会即设在登龙书院。郭滴人在书院举办农民夜校，组织建立农民自卫武装，领导农民同地主豪绅开展合法的“二五”减租减息斗争，登龙书院因此而成为湖邦区（今龙门镇）革命斗争的中心。

1987 年 10 月，龙岩博物馆启用登龙书院建立郭滴人纪念馆。

我们来访之时，湖一村党支部郭书记充当了纪念馆讲解员。馆内大厅中央安放着郭滴人烈士的半身铜像，上覆红色绸布。郭书记告诉我们，明年是郭滴人烈士 110 周年诞辰，铜像是新创作的，准备纪念活动开幕式那天揭幕。

郭书记自我介绍，他虽然不到 40 岁，但在郭姓中辈分高，称郭滴人烈士为远房堂兄，感到十分自豪。他认为作为闽西苏区创造人之一的郭滴人，是我党早期的知识分子，又能理论联系实际，擅长做宣传和思想工作；有胆有识，文武双全，一生只为革命。这是郭滴人最显著特点。参观回来之后，我认真阅读了中共龙岩市委党史研究室和新罗区党史研究室编著的《纪念郭滴人》专集，认为郭书记所言极是。

郭滴人从小爱学习、爱思考，小学毕业后考入免费的集美学校就读，如饥似渴地接受新知识、新思想。一年后，因学校闹风潮停课，回到乡里一所初小任教，仍苦苦追寻革命真理。机遇与幸运终于来临，1926 年春，中共广东区委派罗明到厦门招收第六届农讲所学员，郭滴人的老同事陈庆隆邀他一起报名。同年 5 月，他们同赴广州。前五届农讲所主办人是彭湃，毛泽东接办第六届，周恩来、萧楚女、林伯渠、恽代英、彭湃都是教员。毛泽东等著名农民运动领导者的讲授，使郭滴人大开眼界，受益匪浅。学习期间，郭滴人还实地考察了彭湃领导的农民运动如火如荼的海丰、陆丰等地。在农讲所里，他光荣地加入了中国共产党。这些经历，都使他后来成为闽西苏区创造人之一打下坚实的理论基础。

郭滴人善于做宣传和思想政治工作，在他的故里是有口皆碑的。许多老人回忆说：那时郭滴人虽很年轻，但大家都把他看作是亲密的长者。他待人亲切真诚，讲话很风趣，很会打比方，句句在理，大家都愿意听他的话。如发动农民开展减租减息运动时，针对国民党右派和地主散布的“农民要守本分”“农民是地主养活的”等观点，他当场予以驳斥，说：“农民整天辛苦耕作，吃不饱、穿不暖，卖子借债过日子。地主不劳动，手白脚嫩，作威作福，到底是地主养活农民，还是农民养活地主？”一席话使农协会会员豁然开朗，群情激昂。郭滴人还以农民贫苦生活为题材，编写山歌在农村传唱，还常比喻说：“石灰、泥和沙分开没作用，用水拌合起来成三合土，砌墙建屋非它不可；

一二根筷子一拗就断，一把筷子任扭不断。”这些通俗的宣传，如春风化雨，滋润到农民心田。

扎实的马克思主义理论功底和丰富的农民运动实践经验，使郭滴人在闽西革命关键时刻，力挽狂澜，制止了“肃社党”错误蔓延。1931年初，中共闽粤赣边特委和闽西肃反委员会的主要负责人，从主观主义推断得出闽西出现“社会民主党”打入中共内部，破坏革命。由于坏分子林一株把持闽西肃反委员会，几个月内，数以千计的闽西党的优秀干部惨遭杀害。开始，郭滴人鉴于闽西革命形势的严峻性，认为肃清反革命运动是必要的，但不久，面对不少优秀干部人头落地，感到运动被引入歧途。9月底，郭滴人与罗明、张鼎丞、萧劲光等统一认识，由郭滴人采取断然措施，严厉制裁了林一株等坏分子。同年秋，郭滴人和张鼎丞到瑞金向苏区中央局和毛泽东汇报了闽西“肃社党”的严重问题。毛泽东听了汇报后，非常愤怒地说：“这样搞法，不要敌人打，我们自己就会垮台。”立刻派郭、张回闽西迅速纠正“肃社党”错误，还拨款5000元作为善后救济费。闽西干部群众高兴地说：“好在毛主席派了郭滴人回来，不然，我们会被林一株杀光的！”

郭滴人的博学多才给许多战友留下深刻印象。1931年春，他以中共福州市委巡视员身份到连江巡视工作，主要传达中共中央六届三中全会关于纠正李立三“左”倾冒险主义错误的决定。由于他对“左”倾冒险主义的错误剖析批判透彻，对当前革命形势分析十分到位，特别是引用毛泽东同志“星星之火，可以燎原”、李大钊同志“试看将来的寰球，必定是赤旗的世界”等鼓舞人心的经典语言，让连江县委的一班战友消除了沮丧情绪，增强了革命信心。郭滴人还帮助连江县委举办党员训练班，并充当教员，他深入浅出、循循善诱的教学，使战友们几十年后仍记忆犹新。有的战友回忆，是郭滴人教大家学唱《国际歌》，并介绍歌词作者欧仁·鲍狄埃。因为大家是第一次学唱《国际歌》，那情景一生刻骨铭心。

二万五千里长征，郭滴人从湖南转入广西途中，参与做瑶民工作，他逝世前的遗作《广西瑶民》，就是他善于做宣传和思想政治工作的真实写照。而且文笔细腻流畅，体现了较高的文学造诣。

长征胜利到达陕北后，郭滴人被任命为陕北省委宣传部部长，后又调任中央局组织部干部科科长。1936 年 11 月 18 日，郭滴人由于积劳成疾，病逝于陕北保安县（今志丹县）。他逝世后，党中央、毛主席称赞他是“中国农民运动的优秀干部”。

三

闽西革命烈士纪念碑，坐落在龙岩市城西虎岭山上，是为纪念历次革命战争中牺牲的闽西 23600 余位革命先烈而建的，之后这里开辟为革命烈士陵园。纪念碑占地 1500 平方米，四周三层栏杆及地面均采用汉白玉和花岗岩铺设。碑高 25.35 米，全部用白色花岗岩砌成，上刻“闽西革命烈士纪念碑”9 个阴刻鎏金楷字。碑顶为浮雕月亮、云彩图案，碑座四面镌刻着邓子恢、张鼎丞、魏金水、伍洪祥题词。

郭滴人烈士墓园也坐落于虎岭山上，距闽西革命烈士纪念碑不远处。墓碑为一面长方形的黑色玄武岩，正面中央镌刻着“闽西苏区创造人之一郭滴人同志之墓”，为中共龙岩市委员会、龙岩市人民政府立，右上角刻着三行小字：“一九五六年十月十九日建，一九八四年四月十五日迁建，一九九九年四月五日重建。”背面镌刻“郭滴人烈士简介”。

时间过去整整 60 年，那是 1956 年 10 月 19 日的下午，闽西革命烈士纪念碑落成典礼暨闽西苏区创造人之一的郭滴人烈士骨灰迁葬仪式在虎岭山上同时举行。时任国务院副总理邓子恢、福建省人民委员会副省长魏金水亲临参加了这两个仪式。参加仪式的还有龙岩各级干部、烈军属代表、部队官兵、学校师生和群众近两万人。那天，龙岩城可谓万人空巷，虎岭山万头攒动，至今保存在闽西革命博物馆的黑白照片，让你体会到激情燃烧的岁月。在郭滴人烈士骨灰迁葬仪式上，邓子恢副总理作了《纪念闽西伟大的革命者郭滴人》讲话，该文稿长达5000字，比较详细地介绍了郭滴人革命的一生。

烈士陵园的入口处竖立两幅宣传栏，其中一幅是习近平总书记2014年10月31日来上杭古田出席全军政治工作会议时，接见闽西“革命五老”代表的照片和他的一段讲话。习近平总书记的手紧握着一位“革命五老”的双手，那位白发苍苍的老人便是郭滴人烈士的遗孤郭壮友，时年80岁。

郭壮友出生于红都瑞金，出生才40天，郭滴人就跟随红一方面军第三军团开始艰苦卓绝的战略大转移，即后来举世闻名的长征。临出发前，郭滴人将儿子托付给老乡战友张清海（留下坚持斗争的老红军），深情地对他说：“你是忠诚的共产党员，我相信你。我将要离开瑞金了，为国不能为家，拜托你把我的亲生骨肉壮友抱回龙岩抚养吧！”张清海深感责任如山，压力重大，双手接过孩子说：“滴人，龙岩已被敌人占领，白色恐怖严重，如有万一，该如何是好！”郭滴人抚摸着孩子的头发，眼睛湿润，但坚定地说：“清海同志，我相信你，信过我的老婆。我们这一辈人是架桥铺路，但愿下一代能过桥走幸福路！”

张清海不负郭滴人重托，为减轻经济负担，他将自己亲生女儿张妹仔留在长汀，托付一家贫苦农民抚育，抱着壮友，一路行乞回乡。他估计敌人会前来搜查，便把壮友藏在山寮里。不出所料，不久，敌人抓捕了张清海，施以酷刑，逼他交代地下党名单和郭滴人孩子行踪。张清海守口如瓶，宁死不屈。敌人恼羞成怒，残暴至极，下令烧了张清海房屋，把他的一个小女孩抓走卖掉，把他的父亲母亲押赴刑场枪毙。张清海弟媳妇抱着三岁的小孩赶到刑场求情，毫无人性的敌人竟将她与孩子也残杀了，此时她身怀六甲。这即是当年骇人听闻的“四尸五命”

惨案。

闽西红土地本是革命者和劳苦大众的鲜血染红的。

如今，虎岭山烈士陵园已成为闽西红色朝圣之地，也是龙岩市民的健身休憩的公园。我们来访的傍晚，天边一抹红霞映在高高的革命烈士纪念碑上，增添壮丽景色；青松翠柏之间，青年男女，老人儿童，成双成对，扶老携幼，漫步悠然，依偎呢喃，不时还传来一支高亢的曲调，那是地方剧票友的广场聚会。一派和谐祥和之景象。

下山之际，又看到宣传栏上习近平总书记那段充满感情的讲话：

> 闽西，我很熟悉。这是原中央苏区所在地，对全国的解放、新中国的建立、党的建设、军队的建设作出了重要的不可替代的贡献。许多革命先烈为了我们伟大的事业流血牺牲，闽西老区“二十年红旗不倒”，一直到我们建立新中国，这里走出了千千万万共和国的将军、元勋、共和国的建设者、创业者，所以我每次到这块红土地都怀着非常亲切的感情。

2016 年底

中央苏区共青团从这里诞生

永定汤湖村天后宫的广场上，矗立着一座中国共青团团旗雕塑，红艳艳的团旗高高擎起，风展如画。基座上镌刻着一段文字：

> 1926年10月，闽西第一个共青团支部在汤湖成立，赖际发当选书记，这是福建省第一个农村共青团支部，也是后来中央苏区第一个共青团支部。共青团汤湖支部高擎团旗，积极组织青年开展阅读进步书刊、对唱革命山歌、上文化夜校、加入农民协会、参军参战等革命活动。在共青团汤湖支部的影响带动下，其他地方也相继建立共青团组织，有力地配合党组织开展革命运动，在中国共青团史上留下了光辉一页。

汤湖，永定区合溪镇人口最多(3000余口)的一个村，建村近800年，以赖姓为主，被确认为“世界赖氏重要发祥地”，也是永定建县以来第一个进士赖先的故乡。现存上杭瓦子街“恩荣”牌坊，是为明代南京户部贵州清吏司郎中、汤湖人吴湘而立，其家族有着“一门三举子，祖孙十一衔”美誉。汤湖“赖氏家庙”牌匾由国民党元老陈立夫题写。

汤湖地灵人杰，古风悠悠也。

汤湖又是一块红色土地，赖际发是最具代表性的红色人物。他出生于贫苦农民家庭，16 岁那年加入中国共产主义青年团，并被推选为共青团汤湖书记。从此高擎团旗，投身革命。1928 年担任赤卫队长，参加著名的永定暴动，同年 11 月转为中共党员。1929 年参加红军，参加了中央苏区多次反“围剿”战斗。1934 年参加长征，任红一军第二师后勤部部长兼供给部部长。1937 年调任三十一军政治部民运部部长。中华人民共和国成立后，历任政务院重工业部办公厅主任、副部长，国务院建筑材料工业部部长等。中共中央第九届委员会委员。1982 年在北京逝世。

阅读赖际发革命一生传记，让我感叹之处甚多，其中三件事尤为深刻。

1932 年夏，红军独立四师师长龙普霖突然带领部队进攻南丰县城，并下令在一处无险可据之地构筑工事，准备与国民党军决一死战。这种反常的部署引起了三个团政委胡楚父、赖际发和李纯安的警觉。他们三人经过调查，发现龙普霖身边新来的副官李德贵形迹可疑，很有可能是国民党军派来做策反工作的。在红军独立四师生死攸关之际，三位团政委果断采取行动，控制了师长龙普霖和副官李德贵，迅速带领部队撤离险境。当他们回到瑞金后，经审问，真相大白，李德贵就是国民党军派来的特务，许以龙普霖高官厚禄、深宅大院和女洋学生做妾为条件，让龙普霖把全师将士带入国民党军包围圈，作为投名状。龙普霖和李德贵供认不讳，经苏区法庭审判，龙普霖被执行了枪决。

1956 年，赖际发已担任建材工业部部长，利用出差福建机会，请假回乡探亲。其时汤湖未通公路，永定县政府为安全计，欲派县中队护送并拨马匹以供骑行。赖部长拒之，即带秘书等随行，徒步返乡，朝行夕至，至时汤湖已掌灯矣。乡亲们得知赖部长还乡喜讯，奔走相告。赖际发亦感慨万分，唏嘘不已。他盘桓汤湖数日，走村串户，嘘寒问暖。返程之际，赖际发的一个侄儿在小学任代课教师，请他帮忙转为正式教师。赖际发不同意，认为不能违反原则，要求侄儿自己努力学习，通过考试，进入人民教师队伍。赖际发弟弟看到哥哥身边带着一些公物，很是喜欢，想将之留下，赖阿发也不同意，说："公归公，私归私，岂能占公为己有。"乡亲们听说之后，皆称赞赖公不愧是一名真正的共产党员。

相传，赖际发 1931 年任红十二军第三十五师第一零五团政委时，吴法宪曾经是他的警卫员。吴法宪中华人民共和国成立后被授予中将军衔，曾任中共中央政治局委员，可惜跟随林彪犯了错误。据说吴法宪不管官居何职，见到赖际发都非常尊重，必称"老领导""老首长"。"文革"期间赖际发受到冲击，有人提议去找找当时红得发紫的吴法宪，予以关照。但赖际发拒绝了。

赖际发 1982 年 73 岁在北京逝世，走完了他共产主义信仰坚定的一生。他的墓位于老家汤湖的一座小山上，建于 1987 年。墓前有一座四角亭，琉璃瓦顶，顶脊正中立一宝葫芦。亭中间树立一石碑，镌刻着徐向前元帅题词："赖际发同志的革命精神永存。"

1994 年，永定县教育局把合溪乡汤湖小学和汤湖初级中学合并，成立汤湖学校。时任中共中央政治局委员、中央统战部部长的王兆国，得知汤湖是福建省农村第一个基层团组织诞生的地方，便欣然题写"汤湖学校"校名。

从汤湖诞生的苏区共青团，在永定团史上，有许多可圈可点之处，足以载入中国共青团的光辉历程。

1931 年冬，周恩来同志化名伍豪，装扮成牧师、商人、画家，从上海党中央经香港、汕头等地，到达永定县，准备前往瑞金。适逢共青团永定县代表大会正在合溪乡石塘村的恰谷楼召开，周恩来在永定县委书记肖向荣和县苏维埃政府主席范乐春陪同下，和正在永定视察工作的闽西苏维埃主席张鼎丞一起，参加了这个团代表大会。

当张鼎丞在会上宣布请伍豪同志讲话时，七八十位代表以热烈的掌声表示欢迎。周恩来即兴发表演讲，报告了当前国内外形势、反“围剿”斗争和共青团工作，演讲了一个多小时，生动、风趣，让代表们如沐春风，心情格外舒畅、激动，掌声不断。周恩来在合溪住了两个晚上，第三天凌晨四点启程，向瑞金进发，团县委书记戴镜元等人送行。

戴镜元先后担任共青团永定、龙岩、连城县委书记。1934 年参加长征，任中央二局党支部书记。1936 年 2 月，随同李克农等到洛川与张学良商谈红军与东北军停止内战、共同抗日事宜。同年 4 月，又随同周恩来、李克农到延安与张学良再次会谈。两次会谈，戴镜元均负责机要工作。

1949 年 4 月，戴镜元参加了中国新民主主义青年团第一次全国代表大会，被选为团中央候补委员。

1950 年的一天，时任中央军委情报部副部长的戴镜元坐在周恩来的汽车里，周恩来还回忆他在合溪乡参加永定团代会时的情景，深情地说：“当时的情景真有意思。”戴镜元很受感动，佩服周恩来有着惊人的记忆。

永定县团史光辉历程里还记述了一位“全国十大少年英雄”张锦辉。张锦辉 1915 年出生于永定金砂乡西田村一个贫苦农民家庭，是张鼎丞的堂妹。在堂哥影响下，她参加平民夜校学习，思想觉悟迅速提高。她天生一副金嗓子，喜爱唱山歌，经常在群众大会上唱革命山歌，被誉为“红色小歌仙”。她 1928 年参加永定暴动，负责后勤供应和宣传鼓动工作。1929 年 5 月，红四军进入永定后，她白天送信、站岗放哨，晚上走村串户宣传发动群众。她还参加溪南区苏维埃政府宣传队，成为骨干队员。1930 年初加入中国共产主义青年团。

1930 年 5 月 12 日，张锦辉参加溪南区苏维埃政的宣传队到仙师乡西洋坪村东开展宣传工作，当晚因奸细告密，被地方军阀陈荣光率 300

多兵力包围，张锦辉等人不幸被捕。5月16日，正值峰市赶墟的热闹日子，张锦辉与两位同志慷慨就义于峰市下街尾天后宫前。张锦辉临刑前挺起胸膛，引吭高歌：

唔怕死来唔怕生，天下大事妹敢当；
一心革命为穷人，阿妹敢去上刀山。
打起红旗呼呼响，工农红军有力量；
共产万年坐天下，反动日子不久长。

15岁就义的张锦辉被称为“福建刘胡兰”。中华人民共和国成立后，她被共青团中央列为“全国十大少年英雄”之一。

弹指一挥间，从中央苏区共青团在汤湖诞生，至今已近一个世纪过去。可以说，汤湖是永定乃至闽西共青团组织发轫、成长和壮大的摇篮，同时见证了福建共青团组织蓬勃发展的光辉历史，并为中国共青团增光添彩。

汤湖的这一面团旗，时刻在昭示着一句名言：“青年兴则国家兴，青年强则国家强。”

2023年10月

齐天大圣祖山之旅

“山不在高，有仙则名。水不在深，有龙则灵。”

伫立海拔 1305 米的宝山之巅南天门，有如置身蓝天白云之中，俯瞰一条苍翠龙脊蜿蜒于脚下，自己仿佛乘龙而上，天庭近在咫尺。此时抒发胸臆的唯有开篇两句名言。

宝山的仙是齐天大圣，是厚重的文化积淀。

2018 年暮春，闽北万木葱茏，莅临顺昌采风，听取县情介绍，县委江书记谈及本县全国重点文物保护单位宝山寺，讲述了一个“文革”中的轶事：那年红卫兵进山“破四旧”，一个小头目领队在前，迈入寺院第一个门槛，跌了一跤，毫不在意；进入第二个门槛，又跌跤，心有忐忑；于是小心翼翼跨入第三个门槛，还是跌一大跤，大惊。抬头一望，佛龛上方赫然 6 个大字：当今皇上万岁！小头目幡然醒悟，率领部下落荒而逃。宝山寺有幸躲过一劫。

这个幽默又充满智慧的故事很吸引人，况且宝山 2009 年就被列入国家级风景名胜区，令人神往之。采风选题会上，我如愿以偿，争取到宝山命题。有幸的是，顺昌县博物馆馆长王益民作为导游。已过知天命之年的王君说，他这几十年登临宝山超过一千趟。让我听罢敬意油然而生。能有这样的专业人员陪同，我们岂能不识宝山真面目。

王益民职称为研究馆员，头衔荣誉不少，择其要：中国《西游记》

文化研究会常务理事、顺昌齐天大圣祖庙董事长、2008 年获得“福建省劳动模范”称号。王君长期坚持田野调查，于 20 世纪末，在宝山南天门考古发现齐天大圣、通天大圣墓，并在全县各地陆续发现大圣民俗信仰的物质和非物质文化遗存，引起了国内外媒体和学术界的广泛关注。中国《西游记》文化研究会会长丁振海［全国政协委员、《人民日报》（海外版）原总编辑］曾为王益民论文集《心系宝山》作序。

月梯岭是进山的古道。“月梯”，顾名思义是攀登月宫的梯子。这月梯为砂岩条石垒砌，陡峭险峻，3000 多米长度，历经千年风霜雪雨侵蚀和朝圣者虔诚步履的叩问，已是斑驳沧桑、古意盎然。这古意与山脚下千年银杏群一脉相承，20 多株古银杏皆乃铜身铁枝，霜雨溜皮，让你一进入山门就感觉踏上了厚重的文化之旅。

砂岩是宝山的特产，遍满山岗，随处可见，品位质地不如花岗岩和青石坚硬，很不起眼，但到了元朝至正年间，不知道哪一位民间工匠，慧眼识珠，突发奇想，把它当作木材来加工，建造起一座“举世罕见，国内唯一”（国家文物局专家评价）的殿堂——宝山寺。

应该把宝山寺当作一件独特的艺术品来鉴赏。你看，无论是大石柱，还是石斗拱、石雀替、石月梁，乃至石椽条、石瓦片，所有的构件都和木构建筑一样的加工、一样的造型。榫头、卯眼准确无比，契合严密，甚至连大石柱底部的四面，也各凿一个气孔，那气孔本是用于大木柱底部通气，以防腐朽的，石柱大可不必。是多此一举？不！既然是仿木建筑，就必须模仿得一丝不苟、精益求精。让你初见，面前仿佛就是一座木构建筑。

这就是大国工匠精神。

宝山寺大殿前有一座香炉，也是砂岩石材制成，据考证与大殿属同一时期文物。香炉外形古朴简约，普普通通，但镌刻的一副对联口气大得很：

纳九州贡，化万民愆。

即公然宣称：要向全国纳贡，并能化解芸芸众生的罪过。这种王者霸气，在一般庙宇几乎难得一见，成了留与后人的一道谜。这道谜与大殿基座使用当年建筑规制最高的须弥座，佛龛铭文“当今皇帝万岁”，供奉的三位主祀神是三济主师，两侧的二十四诸天塑像竟有托塔天王、哪吒、雷公、电母等等，都使宝山寺增添了神秘色彩。

晋太康年间的干仙寮，是宝山最为久远的历史文化遗址。主体建筑为一片巨石天然形成的“一片瓦”石屋，瓦檐上有古人留下的“干仙寮”三个阴刻繁体字，里面供奉神农氏。县志记载，晋太康年间道士陈紫干在此炼丹布道，民间称他“干仙”，在当地影响很大，宝山脚下大干、小干、干山等乡村地名都因他而得，沿用至今。

南天门上一片断垣残瓦，犹如圆明园遗址，给人一种历史沧桑的厚重感。屹立之中的是一座明洪武二十四年（1391）建造的双圣庙。这座庙其实是两兄弟的合葬墓，立有两块墓碑，刻着“宝峰齐天大圣神位”和“通天大圣神位”。据考古工作者考证，通天大圣是孙悟空原型，而齐天大圣原为孙行者大哥。双圣庙的发现和顺昌等地存在的大圣民间信仰习俗，起码比吴承恩《西游记》成书早两个世纪。王君曾在一篇论文中概述顺昌齐天大圣的“四祖”文化，即：顺昌乃齐天大圣祖地，宝山为齐天大圣祖山，双圣庙是齐天大圣祖庙，石猿神峰是齐天大圣祖身。

石猿神峰又名“宝峰猿祖”，位于宝山寺前往南天门的途中。一座山峰形状酷似北京猿人的头像，真是一尊上苍赐予宝山的石猿美猴王。许多年前，张纪中导演的新版《西游记》到宝山拍摄，孙悟空扮演者吴樾在开机拍摄前一天，携带“秘密武器”专程上宝山，祭拜石猿神峰。原来那“秘密武器”是三根像金箍棒一样粗大的高香。吴樾虔诚地把高香举过头顶，行三叩九拜大礼。礼毕，他登上南天门，只见云雾缭绕，当地随行人员说：可惜了，如果晴好天气，能看到宝山绝景神龙出水。吴樾自信地说：“我是属龙的，一定可以看到。”待他拜谒齐天大圣祖庙后，果然云开雾散，俯瞰一条青翠山脉，犹如一条青龙，蜿蜒而上，飞临宝山。吴樾大喜过望，连呼：“我见到真龙了。”

那日我们登临南天门，天高云淡，视野极佳，脚下起伏的山峦酷似一条弯弯曲曲的巨龙，出水于金溪，腾飞而来，气势夺人。龙首则匍匐在宝山山腰，一副顺服吉祥的神态。王君告诉我们，宝山自然风光中，他最欣赏这条“龙脊”。

我以为，宝山的“龙”，带着金溪的灵气而来，为的是俯首听命于齐天大圣的召唤，为大圣祖山忠诚值守千万年。

颇有意思的是，宝山的奇峰异石、洞穴古道，仿佛都是为了验证《西游记》许多情节曾经发生在这里。

南天门对面有一座奇峰，名曰“五指山”；奇峰压着一块异石，名曰“猴王顶针”。美猴王大闹天宫，无法无天，被如来佛祖的巨掌压在这五指山下，只能露出个头来，500年过去，压得筋疲力尽，只好用定海神针顶住下巴，望眼欲穿地等待西天取经人救他逃脱苦海。

相传从富屯溪上山的苍龙，原是要经南天门上天庭参拜玉皇大帝，请求御旨降水，为解宝山大旱。但吕洞宾使坏，把龙王点化在半山腰，致使龙口朝天像个八卦。此时，观音从云端下凡，正好站在八卦石上，吕洞宾故意撞翻观音手中净瓶，使瓶中圣水洒落到八卦石上，“轰”的一声，八卦石迸出了美猴王。如今从南天门眺望美猴王出生地，那八卦石中间的裂缝清晰可见，所以顺昌民间又称齐天大圣为“石魔空”，而不是孙悟空。

石猿神峰附近有两块奇石，一块是筋疲力尽、憨态可掬的神犬，相传是二郎神的哮天犬。它曾帮助主人一口咬住孙悟空小腿，眼看着主人就要大胜，不料孙悟空化身逃走，哮天犬于心不甘，终日寻山不止，搜寻孙悟空的踪迹，累趴在山岗上。另一块奇石是牛魔王，牛魔王被三济祖师和水母娘娘制服后，现出原形，卧在一处山头，睁着一对硕大的牛眼，一动不动地守护着与他结拜为兄弟的齐天大圣之墓。

宝山素有“五大洞穴”之称，最负盛名的是八仙洞，有俗语“不到八仙洞，不算登宝山”。《西游记》描绘花果山水帘洞外景色诗句“一条涧壑藤萝密，四面原堤草色新”竟与八仙洞口的景色十分一致。更奇特的是，八仙洞洞中有洞，深不可测，并有水帘洞与地下河。传说从洞口放入一群鸭子，几天后会从山下一个名叫“宝庄村”的小溪里流出。

在月梯岭古道旁，有一块“八戒思归”的象形石。说的是猪八戒在高家庄为了取悦高小姐和泰山大人，没日没夜苦干傻干，低三下四，还是讨不得高家人欢心，于是心灰意冷，月明星稀之夜，登上月梯岭，仰望南天门，思量在天庭当天蓬元帅时的风光，化成了思归石。真是无巧不成书，宝山脚下自古以来就有一个村庄，全村都姓高。张纪中拍摄新版《西游记》，便在此建个影视基地“高老庄”，现已开辟为一个景点。

闽北四月天的宝山之旅，山色秀丽，竹木苍苍，奇峰幽洞，云海飞瀑，自然是春意盎然的生态之旅。抚摸千年古银杏，穿越万亩毛竹林，耳闻松林间清脆鸟鸣，呼吸清新无比空气，如果运气好，还可一睹金斑喙凤蝶的风采，那可是宝山“三绝”（还有宝山寺、千年银杏群）之一。我们来访之日，杜鹃花满山遍野绽放，以粉红色居多，争奇斗艳，浪漫之极。王君专挑之拍摄，过后不久，便在微信上发了一组“宝山杜鹃盛开”的照片，引来纷纷点赞。

一个风景名胜区，特色鲜明的自然风光当然能吸引游客的眼球，但归根结底，真正抓住人心的是自然风光蕴含着文化底蕴。旅游最终应该靠文化征服游客。

宝山之旅让人兴致勃勃的是齐天大圣祖山之旅，是深厚的中国传统文化之旅。

前些日子，从媒体上看到国家旅游局合并到文化部。当中华人民共和国文化和旅游部挂牌之日，有一句点赞的贺词颇有意思：

> 诗和远方终于融合为一体了。

2018 年春

古陵园百阶冢

三明市三元区岩前镇岩前村，古称“十八盂”，真乃神奇之地：21 世纪初，万寿岩被国家考古队确定为华东地区第一个洞穴类型的旧石器时代早期文化遗址，把古人类在福建生活历史提前了 18 万年。颇有意思的是，这里还是唐末王审知三兄弟的开闽第一站。王审知一统八闽后，令人在万寿岩设营，倍加重视。其子王延钧称帝，感念岩前为创建闽王朝有特殊贡献，视为发祥地，重兵守护。

是否可以这么认为：

岩前是 18 万年前福建人类文明史的曙光之地；

岩前是 1100 多年前中原文化入闽的桥头堡。

王氏开闽第一站的遗迹，现有两处保存甚好，颇有名气，一处是王氏一门大宗祠开闽堂，另一处是百阶冢，均修建于元至正年间（约 1341—1368），皆为王审知第十代孙王九三杰作，距今已 700 余年。

戊戌冬日，阳光明媚，慕名来到岩前采风。该村 2400 多人口，其中一半以上姓王。三明王氏宗亲联谊会会长王本增是岩前人，已届知天命之年，是万寿岩古人类遗址化石发现先行者，对王氏宗族家谱和唐末王氏兄弟入闽第一站等历史事件研究颇深，是一位乡土文化执着守望者，向他讨教岩前乡土文化，请他陪同拜谒百阶冢，我则深感荣幸。

百阶冢原来在人们心目中只是一座大墓，由于墓冢前有 100 级砖石砌成的台阶而得名。但2006年之后有了新发现，大墓突然拓展为一座大陵园。

是年中秋时节，岩前村王氏后裔循例前来百阶冢祭扫，时任村党支部书记王本增，雇来一辆挖掘机，本想好好清理一下墓前的淤泥，那天只见挖掘机一铲下去，咔嚓作响，竟挖出一叠青砖。王本增见状，连忙喊停。他想起2000年自己参与万寿岩古人类遗址考古挖掘的过程，考古专家嘱托“以后有发现古文物遗迹，要特别注意保护”的言语，马上决定改为人工挖掘，自己示范，带领大家用锄头轻轻开挖，在五六十厘米深处，挖到竖铺青砖一截路面。于是顺藤摸瓜，不断拓展，从墓前一直挖掘到山坳出口处，挖掘出意想不到的奇迹：一条长达100米、宽2.8米的竖铺青砖道路，完好如初展现在人们眼前。

王本增及时请来省市文物专家考证。专家认为，这座百阶冢占地30亩，约2万平方米，100级台阶，再加上这条与众不同的竖铺青砖神道，综合其规模、形制、材料、做工等特点，可以确定，是福建省迄今发现的宋元之际最大的古陵园。2009年，省政府将之确定为福建省级文物保护单位。

当我步入苔藓斑驳的神道，当我仰望百级台阶的大墓，确实被震撼了。墓室呈圆弧形，位于最上方，面朝东北方向，四面群山环卫，古树参天。大墓依宋制而建，通堂石阶17级，登上之后，便是比较宽敞的肖生埕，设有享堂、坟凳等。而后再登须弥座砖阶83级，刚好100级，到达圆弧形的墓室前。100余米的神道之前还有牌坊、大埕和半月池等。整座陵园构思奇特、规模宏大、用料考究、做工精细，令人感觉到，有如缩小版的皇家陵园。

王本增介绍，神道挖掘恢复之后，王氏后裔无不欢欣鼓舞，他便与王源楠等有威望的宗亲商议，带头发动族人捐款30多万元，义务投工投劳3600个工日，对古陵园进行修复。专家考证，并提出牌坊之前、大埕之下应有泮月池。王本增便组织人员，寻找旧址开挖，果然如愿，并在池中觅得一股泉眼，清澈甘甜，四季不涸，恢复之后的泮月池给陵园增添了灵气。陵园修复过程，管理人员按照时间服从质量的要求，根本没有预先计划工期，但奇特的是，从动工之日到完工那天，竟是整整100日。还有更奇特的事：前些年发生了一起盗墓事件，大墓的墓埕被开挖一个窟窿，所幸没有挖到墓室，但几天之后，又被秘密修复如初。王氏宗亲会多方调查，终究不知何人所为，看来答案只有一个：盗墓贼良心发现或因某种原因不得不修复。

墓室由青砖平砌成扇面状箕形坡面，背围垅两侧相围成半月形，厚重端庄。墓室前坪（俗称"天池"）十分开阔，伫立此处可眺望远方九重山岭，一条高速公路在前面两山之间穿过，距大墓五六百米，恰似墓前的一张书案。王本增告诉我，各级党委、政府很重视文物保护工作，前几年规划高速公路时，为了百阶冢特地降低了路的高度，才有了如今满目绿水青山相协调的画面。

拜谒了百阶冢陵园和岩前王氏一门大宗祠之后，王本增邀我到他家喝茶，我就百阶冢留给我的几个谜向他讨教。

关于百阶冢主人的身份问题。据王本增考证，王审知传至三世王继鹏，闽王国因内乱而亡国，子孙避祸于闽西北等地，少有闻达人士。到了元朝至正年间，十世孙王九三（1228—1299，讳仕宁），靠经商发家，"俱以货殖闻""颇立产业"，斥资建墓莹葬其先祖，捐银80两修建永安清水乡龙吴村罗兜祠，祀开闽三王母亲徐氏（河间夫人）及三王牌位；捐银120两在岩前建王氏一门大宗祠，祀王潮、王审邦、王审知和王彦复牌位。九三公乐善好施，声名远扬，被选举孝廉，赐进士为连城县令，居县令官职达16年，留下清名。相传他相中岩前村"当豪坑"这块风水宝地，买下4000多亩山林和200亩田地，传衍后代，并为自己营造墓地。岩前村《太原王氏家谱》称："冢依宋制，砖砌数重，坟前砌阶百级，故呼为百阶冢。”

关于百阶冢从大墓变成大陵园之谜。2006年之前，岩前村王氏族人每年中秋时节，都会聚集百阶冢，祭祀九三公，打扫大墓，年复一年，就是没有人想到100多米长的气派的神道，被埋在厚厚黄土之下，因为从来没有听老一辈人讲过，连旧族谱也只字未提，待到神道重见天日，并发现神道之下的排水系统合理完善、施工考究，不能不认真思考一个问题：难道九三公建好陵园，故意将神道掩埋？答案是肯定的，这在神道挖掘过程已经得到验证，那为什么要故意掩埋呢？

笔者以为，最大的可能性是九三公为了防范“僭越”罪名。封建朝代等级分明，岩前王氏家族即使祖先曾经贵尊“闽王”，但历经400年，几番改朝换代，此时的九三公不过是举孝廉得来的七品芝麻官，建造一座形同王侯等级的陵园，显然有僭越之嫌，若以此定罪，那是要诛九族的。其实九三公的真实心思已隐藏在百阶冢的布局中，比如陵园的规模与设置，比如百级台阶两侧青砖镌刻着十个“王”字，寓意深刻，既可理解为闽王王审知第十世孙的身份，也是念念不忘先祖八闽称王的辉煌时代。

闽王王审知治理福建期间，史上称之盛世而千古流芳。九三公虽然没有先祖的辉煌功绩，但却以另一种方式，将700余年前的历史文化，定格在一座古陵园，让后人去品读，功绩依然不朽。

2018年春

瑞云山纪行

一

“山是一尊佛，佛是一座山。”

这是一句经典又时髦的解说词或者是广告词，神州大地好几处风景名胜区如是说，比如四川乐山大佛和辽宁千山弥勒大佛。乐山大佛是人工雕凿，本文不加叙说。千山弥勒大佛属全天然的，由巨石风化而成，净高 70 米，肩宽 46 米，头高 9.9 米，体态端庄，五官清晰，十分形象。据地质专家鉴定，形成于距今 400 万年前的古冰川时期。千山天成弥勒佛在国内知名度颇高。

但我以为，瑞云山大佛可与千山弥勒佛相媲美。瑞云山是一尊 1 亿多年前由火山岩积淀而成的天然大佛，净高 288 米，不论是时间久远还是巍巍壮观，在国内皆属罕见。远远眺望，酷似一尊身披黛色袈裟、稳稳安坐的大佛，一块巨大的裸露的百丈岩就是大佛圆硕的脸庞，微显皱纹的高高额头，轻轻眨动的长长睫毛，圆而高耸的端庄鼻梁，紧紧抿闭的厚厚嘴唇，微微露出笑意。岩顶一丛丛灌木极像大佛一圈圈发髻。大佛的左手轻轻按在自己的左膝上，从袖口伸出的手背，5 个手指清晰可见。大佛形神兼备，大气、富态、安然、慈祥，真是天公造化、鬼斧神工、瑞福之像也。

二

火山喷出的奇峰异洞怪石。

戊戌冬日，阳光明媚，走进瑞云山，首先领略的是奇峰异洞怪石。瑞云山管理处负责人小官告诉我，这种奇特景观是1亿多年前火山喷射所致。

令人震撼、叹为观止的景观有两处，一处为百丈岩壁。十分有趣的是，百丈岩壁即是天然大佛的脸庞，一条200多米长的栈道修在大佛脖子上，似乎让大佛挂上一条吉祥项链，游客从此经过，仰望百丈陡峭崖壁，俯瞰万丈深渊和苍茫林海，远眺三明市区鳞次栉比的高楼和蜿蜒而去的沙溪，惊险壮丽，让人胸臆舒然。

另一处是天马岩，海拔594.7米，为景区最高峰。一座乌青色的岩体酷似一匹骏马，回首顾盼的马头，高耸挺直的马鼻，弯曲温和的马脖，孔武有力的马背，惟妙惟肖，丝毫没有人工雕琢痕迹。让你感觉，这是一匹回首九天之外，腾越万顷林海之上的天马。当我战战兢兢走过三四十米长的马背，眺望千山万壑之时，脑海突然冒出一句古诗“天马行空，独来独往”。

小官介绍，天马岩可谓“无限风光在险峰”，岩下生长着成片的乌冈栎纯林，达100多亩，规模号称华东之最。乌冈栎耐旱、抗风、抗火，是防火林带的优质树种。每逢花季，峭壁上开满野生兰花。更妙的是，兰花还爬上乌冈栎，让整个山谷飘荡着沁人心脾的幽香。

最为奇特的洞穴也有两处，一处名曰“情缘古镜”：有个小石窟，石壁整体乱石嶙峋，但却镶嵌一块椭圆形且光影照人的石镜。之所以冠名“情缘古镜”，瑞云山有这么一个传说：宋代一妙龄女子路经此地，遇大雨，避于洞穴，罗从彦（沙县人，理学家，朱熹老师，闽学四贤之一）也匆匆忙忙到此避雨，却发现一女子在内，因怕“男女授受不亲”，不敢入内。那女子劝道：“这里面有一面镜子，照一照，坏人现猪头，好人现原形。”于是两人一起照镜，镜中出现两人形象外，还出现了一对鸳鸯。从此，罗从彦巧遇红颜知己故事流传至今。如今，男女恋人喜欢成双成对到此照镜，为的是更加情投意合。

另一个洞穴是避邪洞。自古以来，人们都希望一生平安，如有凶险，也能逢凶化吉。该洞壁有个凹槽，恰似一块大碗，一年四季盛满水，不溢不涸，清澈甘甜，小饮一口，即可避邪。所以，当你有忧愁烦恼、心绪不宁之时，可走一趟避邪洞，料可除去一身晦气，顿生祥光。

至于怪石，山中处处可见，如进山入口就有一块“神龟指路”石，它是一亿多年前随着火山喷发从山上滚落下来的，整个形状就像一只伸长脖子爬上山的大寿龟，相传是定光佛派遣到这里把守山门、迎接宾客的。又如“天然石门”“巨石压顶”“生命之门”“八戒偷情”等等，无不肖人肖物，讲述着传奇故事。

三

古藤流瀑编织着清幽世界。

瑞云山林木葱郁、怪石嵯峨、涧流潺潺、飞瀑缕缕，密林深处就如一张巨大的绿色网络，各种各样稀奇古怪的藤类植物，或盘根错节，或青丝如织，编织成了一个清幽的藤萝世界。

在一个石门石壁旁，紧紧攀附着一根碗口粗的古藤，那是景区的“镇山之宝”——将军藤，学名“星毛冠盖藤”，俗称“花藤”“猴头藤”，四季常青，八九月开白花，十月结果，直径30厘米，主干有15米高，是藤中“巨无霸”。据考证，该藤已有近600年高龄。相传明代农民起义军领袖邓茂七曾率兵驻扎于此，训练士兵们攀爬藤条，苦练攻城攀墙本领，后来连克八闽20多座县城，震撼朱明王朝。于是，这根劳苦功高的大藤，被士兵誉为“将军藤”。

金凤寨旁有一株老而弥坚的阔叶树，树干已中空，但仍展现出顽强的生命力。奇特的是，空心树洞里生长着一根长长藤蔓，郁郁葱葱。

那情景，使你看到了什么是母子情深，什么是老牛舐犊。

“千米古藤”又是一处奇观。此藤不见首尾，盘根错节，千姿百态，犹如书法家笔下狂奔不羁的草书，又似一群巨蟒青龙穿行而来。这里的藤缠树，树缠藤，藤树相生相依，简直难分藤与树，此景此情，唯有刘三姐的歌词最为经典：“世上只是藤缠树，从来不见树缠藤。”还有更直白的：“树死藤生缠到死，树生藤死死都缠。”看来瑞云山之旅适合爱情之旅，恋人们足可以见证地老天荒、亘古不变的爱情。

小官已在景区工作6年，参与了瑞云山2014年获评国家地质公园全过程。他介绍，近年来，区政府投入3000多万元，使这个4A级景区的基础设施得到很大的提升改造。登山伊始，我就领略到藤的序曲，那沿路的水泥钢筋护栏，皆是藤条编织的高仿，其形状、手感，足以以假乱真。我衷心赞扬景区管理者的用心，小官则深为感叹当年从广东请来一批工匠，他们的精益求精，让瑞云山老藤新蔓世界愈加丰富多彩。

“泉水石上流”，既是瑞云山的写照，也是登山途中相伴你行走的一道风景。山中的“幽谷飞瀑”最为经典，其色如雪，其声如雷，如银河倾泻，山鸣谷应，但隔着老树与古藤望瀑布，忽然有了泉鸣山更幽的感觉，对李白的“日照香炉生紫烟”也有了新解：你看，瀑布溅起的水花升腾为清纱般的薄雾弥漫，而旁边的一块香炉石上生长着7株大小相近的树木，如点燃的7炷香，紫烟袅袅，为游客祈福。

四

乡土文化增强了瑞云山的文化底蕴。

瑞云古寺在三明地区颇有名气，它坐落在一个形似雄狮张口的火山岩洞里，洞深30米、宽61米、高4米多。洞内木结构庙宇始建于宋代，供奉着如来、观音、定光佛、欧阳真仙、五显君。这样的奉制很有意思，提倡的是佛、道、民间信仰不分彼此，主旨在于和睦相处、和谐社会。

清朝乾隆年间，翰林院督察御史、十八学士官志涵因厌恶官场腐败，去官返乡，隐居于此讲学三年。现洞口上方留有他亲笔题写的“有容”二字。每逢雨季，洞口上方石壁便不断流水，如同一幅宽大的水珠帘，遮掩了洞中庙堂，官志涵为此撰写对联：“人在石中藏璞玉，客来洞口隔珠帘。”官志涵除了传授儒家文化，还编写了瑞云寺 64 支签诗，解释禅意，透析人生，民间传说极其灵验。小官为我讲了个故事：前些年，陪同记者 10 多人到此采风，大家纷纷去抽签，有一位记者抽了一签，对注释不甚满意，便再去抽一签，读罢新签注释大吃一惊，原来注释告知：你已抽过签了，不能再抽。我听罢，顿生好奇心，可惜已步出瑞云寺几里路了，否则，也会一试究竟。

瑞云洞周边奇石林立，有三块石头分别刻着“柴”“米”“油”大字，为何不见“盐”与“茶”呢？据说早年定光佛云游至此，见祥云缭绕，瑞气四溢，决定留在此地修炼，命随同而来的五个孩童各掌管柴米油盐茶。那掌管柴米油的三个孩童十分勤快，数年后修成正果，如今供奉在洞前方的小庙里；而掌管盐茶的两个孩童却懒散，定光佛认为他们失职，被贬下山，变成守护山门的两块石头，两孩童哭哭啼啼下山，避邪洞石壁凹槽里的泉水，就是他们伤心的泪水。

金凤寨古庙重修于“大清道光五年岁次乙酉庚申月”，距今也近 300 年，虽然残旧，却也古风悠悠，门口对联：“欲上山巅到此一半，能参佛像佑尔双全。”曾有一位黄埔军校毕业的老将军陈寒江晚年在此修身养性，相伴青灯黄卷度过一生最后时光，寺前的三块巨石重叠，如一方天然屏障，见证这时段春秋轶事。

由此上山的古道原是火山岩石铺设，岁月风蚀的路石锈迹斑斑，当年踏勘地质公园的专家说，这是有来头的，可诠释：黄金铺路，为了参拜瑞云山大佛。

2018 年春

攀登八闽第一峰

10多年前曾登临武夷山的主峰黄冈山，印象深刻的是，山巅立有两块石碑，一块署名福建，一块是江西。原来，海拔2158米的黄冈山属闽赣两省共有，皆称“第一峰”。2017年盛夏来访建宁县，当地人说，纯粹的“八闽第一峰”是我们建宁的金铙山，前些年已建成4A级景区，徒步登顶，风光无限。那天，我在景区工作人员小廖引领下，攀登“八闽第一峰”。

“五道”连贯　直抵巅峰

何谓“五道”？弯道、索道、隧道、石道、栈道是也。此乃小廖为我导游概说，颇具特色。

进了山门，一条公路蜿蜒而上，据说365个弯道，寓意着游客一年中的“弯道”，可在40分钟的中巴车程里“走完”，而后一年里皆乃平坦之路。这17千米弯道，让海拔上升至1200米的坪岗山（山门处海拔500米）。

金铙山索道是目前全省最长、海拔最高的索道，号称“八闽第一索”，全长2.1千米，从坪岗山直至海拔1650米的宝峰山下。索道上共有150个两人式的吊箱，单程用时32分钟。我们上山之时，漫天大雾，缆车缓缓而上，犹如置身仙山洞府，腾云驾雾，缥缈悠然；下山之时，云开雾散，阳光明媚，脚下山峦起伏，恰似乘一叶扁舟于松涛竹海之上，壮丽飘然。

下了索道，便走隧道。770 米长的隧道名曰“时光隧道”，原来是从一座高耸的宝峰山下洞穿而过，凿开了一块完整的花岗岩石。穿行其间，灯影迷幻，触摸石壁，让你似乎难以想象，这就是八闽最古老的一块陆地，26 亿年前的地质演变，从海洋隆起的一座山脉？

我们进隧道口时仍是云遮雾掩，出了隧道口却见朗朗青天，真是一山隔开两重天，已将云雾留在山那边。小廖高兴地说，今日天公作美，登顶定可一览众山小。前方映入眼帘的是八闽第一高峰——金铙山白石顶，它在蓝天白云之下，造型就像一只谦和的大象，甩着一条又大又白的鼻子，迎接来访的宾客。

此时，还需徒步 3000 米的石步道与 900 米的木栈道，方可登顶。石步道沿着一条山脊而上，是一条千年古道，大石铺设，光滑无棱，芳草青青，从石阶缝中钻出，古道名曰“青云步道”，寓意“平步青云”。步道两旁灌木茂盛，云锦杜鹃成为主角。小廖说，五月时节，杜鹃开放，绚烂似火，远处眺望，青云步道有如一条赤龙冲向山顶。

木栈道名曰“凌空栈道”，悬挂于白石顶崖壁上，盘旋而上极顶，它是金铙山最为壮观、最为亮丽的一道风景线。漫步其间，仰望是斧劈刀削的悬崖绝壁，俯瞰是深不可测的万丈深渊。木栈道还铺设了几处玻璃栈道，让游客体验一番“如履薄冰，如临深渊”之感受。

“五道”大都是现代设施，它既注重与大自然协调，又大胆创新，让普通游客实现了游览观景与攀登“八闽第一峰”的愿望。遥想 400 多年前的“游圣”徐霞客，远眺白石顶，无限向往地赞叹“武夷胜景甲天下，金铙东南第一窥”，却因山高水远、路偏峰险，难以成行，而吾辈今日享受了科技进步之便利，应是幸运。

峰秀石奇　人文厚重

白石顶宽阔如坪，中间立有一块大石，镌刻着“八闽第一峰”，旁有福建省测绘局监测的数据：海拔 1858 米。

伫立于此，天风猎猎，顿感身轻如燕；放眼四下，万山来朝，唯有慨叹一声“山登绝顶我为峰”。

蓝天白云之下，能见度极好。小廖为我一一指点，何处是建宁、泰宁、宁化、明溪、长汀等地的山川与城乡，无不臣服于此。远处的金湖，像一面镜子，在阳光下熠熠生辉，仿佛提示着，金铙山也列入我大金湖旅游区范畴。

金铙山原名“大历山”，又名“太弋山”。相传闽越王无诸，晚年载旗鸣铙，围猎于此，遗下金铙一只，寻找未果，当地百姓常于夜间，见山中金光闪闪，故称为“金铙山”。如今木栈道围绕山顶一周，远眺之，围出了一只金铙形状，不知创意者故意为之还是歪打正着。我为之喝彩。

山顶上一座五谷神庙让我兴趣甚浓。整座神庙全部用花岗石垒成，连屋顶都是用条石铺盖，没有一寸木头、一张瓦片，庙堂虽才十平方米左右，但规制大方古朴。小廖告诉我，现在神庙为清末建筑，不知始建于哪个朝代。我想，号称“闽地之母”的建宁，是中国漫长农耕时代的一个缩影，至今仍以特色农业闻名，而位于八闽巅峰的五谷神庙，更是缩影的缩影。只是神龛里供着的是一尊白瓷观音像，甚感遗憾，如果供一尊五谷神像，比如炎帝，应遂人愿。

临近登顶时，栈道从一块大岩石下穿越，那岩石形状如鹰嘴，鹰嘴洞内藏着一座龙王庙，也是花岗石建筑，有对联“虎为听经常拜佛，龙来归钵恰朝王”。有学者以此考证，金铙山曾是华南虎的栖息地。我以为，当年林深草密，是华南虎乐园并不足奇，然而，龙王庙与五谷神庙遥相呼应，皆乃农耕文明产物，更有意义。

最为神奇的是仙人池，它的高度仅低主峰十多米，位居一块四五十平方米岩顶上，一头尖，一头椭圆，如滴水形状的水池凹陷于此。水面十多平方米，水深不过三寸，清澈如镜，徘徊着天光云影，让你感觉深不可测。小廖 2010 年在山顶负责小火车站施工，驻扎山上一年多，经常晚饭后到仙人池旁望落日，也曾把池水舀干清洗池底，但就是找不出泉眼在哪里，好像从整个池底慢慢渗出，半天时辰又是一池清水。大池旁还有一个状似脚印的小池，称为“仙人脚”。那一池水约一大脸盆容量，他也为之清洗了几次，结果与大池一样，第二天又是一池清水。不论严寒酷暑，还是大旱年份，大小池水从未干涸。

从仙人池徒步至高山火车站才 5 分钟路程。这小火车仿效台湾阿里山的，于 2011 年 5 月建成通车。铁轨全长 1.7 千米，小火车车长 22 米，有 4 节车厢，可乘之去观赏石蛋群。

有一位作家为石蛋群写下一副对联：“一山屹立闽江源头，万千石蛋撒满山巅。”这等万千石蛋，球状、浑圆状、柱状，它不仅壮观美丽、妙趣横生，还是研究地质变化的珍贵实物。

大自然亿万年的鬼斧神工，造就了金铙山花岗岩地质景观，而在几千年古代文明社会中，便演绎出一个个生动的民间故事。如步云亭旁有两块巨石，刀削一般，伫立于石步道两旁，就像一座山门。相传，这是一块具有神力的磨刀石，磨三刀就能称霸一方。闽越王在此磨刀，可是磨两刀后刀柄折断，他一气之下用无柄刀将磨刀石劈成两瓣，于是成了现在的景观。

又如白石山脚的两块岩石，酷似两只老鼠，称之“两鼠逃窜”，它们是被金湖旁的猫儿山吓得逃窜于此。早年八闽鼠患严重，天庭金猫看不下去，私自下凡捕鼠，为民除害，玉皇大帝却怪罪它，派托塔李天王捉它问罪。托塔李天王向金猫连发三剑，就是现在大金湖的三剑峰。金猫虽被剑气点化成了猫儿山，但威风犹在。

林深草密　雌雄双瀑

登山的门票名称为“闽江源生态景区”，原来金铙山是闽江源国家级自然保护区与国家森林公园的组成部分。“秀起东南第一巅”的金铙山，绵延300余里，还是一个动植物的王国。

20世纪60年代，一位姓李的福州知青插队落户在建宁，对植物学兴趣浓厚，踏遍金铙山采集植物标本，丰富了我国植物标本资源，后被破格录取于中国植物科学院，遂成一代植物学家。

金铙山海拔从300多米至1858米，植被呈现出十分明显的山地自然垂直带谱和典型的生物多样性。如果你放弃现代交通工具，徒步上山，便可学习到什么是山地自然垂直带谱：先是山下青翠的毛竹林带，而后常绿阔叶林带，半山腰的针阔混交林带，而后是茂密的灌木丛、千亩杜鹃，最后是山顶的万亩草甸。一天时间似乎从亚热带地区走到寒带地区，一路植被变化，丰富多彩，美不胜收。并有机会看见山涧里的娃娃鱼与角怪（学名“崇安髭蟾”，与青蛙同类）等珍稀动物。如果运气好，有可能撞见华南虎。

山上的草甸，浓密油绿，登高放眼，很有“天苍苍，野茫茫”的景象。但那一尺多高的茅草，在山风吹拂下，翻卷着墨绿与浅绿的颜色，又让你产生奇妙的感觉。草甸是天然的大牧场。据说早些年，当地农民把几十只牛往山上一赶，便下山回家，几个月后再上山，唯一的任务就是清点一下多了几只牛崽，根本不用花费其他心思管护。

沿途见识古树名木，也是一道道风景。如投宿岗坪度假酒店，晨昏时间可步入周边的柳杉群落，深呼吸负氧离子极高的清新空气。那十多株柳杉树龄都有数百年，魁梧身材，沧桑苍劲，令人仰慕。柳杉是我国江南特色树种，属二级保护植物，十分珍贵，对环境要求高，主要生长在海拔1000米左右的山地，性喜潮湿，常与云雾相伴。

高峰古道旁生长着成片的南方红豆杉，达 100 多株，最大的直径有 136 厘米，树龄百年以上，是福建省罕见的红豆杉原始林。红豆杉为国家一级重点保护树种，被誉为植物王国“活化石”。漫步古树名木群落，仿佛聆听古代高人名士的教诲。

大际面瀑布与千层崖瀑布是金铙山瀑布群的代表作，俗称“雌雄双瀑”。雄瀑大际面，上平下叠，巨大的瀑流从悬崖绝壁轰然而泻，白浪翻卷，如蛟龙出山，雷霆万钧，气势磅礴，几里之外闻其声、沐其雨。待近前观看，那壮阔场面，让你的脑海一下子跳出“金戈铁马”“冲锋陷阵”“粉身碎骨”“九死不悔”诸如此类的悲壮词汇。

雌瀑千层崖，又名“七仙女瀑”，相传是七仙女私自下凡的沐浴之处。雌瀑高约 30 米，瀑水依偎着暗红色的崖壁飘逸而下，如烟如纱，窈窕妩媚；而瀑底一潭碧水，如一颗翡翠，晶莹剔透。不禁让人浮想联翩，仙女沐浴，忽而让柔美的瀑水冲刷胴体，忽而潜入深潭，如美人鱼游玩水晶宫，那婉约私密，风情万种，何等惊艳。瀑布与仙女，浑然一体了。

实在难以置信，相处不远的两处瀑布，呈现出的阳刚与柔和、雄壮与婉约，竟是那么分明，那么相辅相成。

称之为“雌雄双瀑”，再妥帖不过。这里蕴藏着老区人民的真性情。

2017 年夏

丹崖“三绝” 千古传奇

“丹山碧水”是武夷山的精髓。己亥芒种季节，有机会再度游历武夷山水，窃以为丹山石崖有“三绝”：船棺悬架空中，居所深藏崖洞，文库镌刻石壁。今概而记之。

船棺悬架空中

2018年底武夷山在中央电视台《魅力中国城市》栏目又火爆了一场，由市委书记林旭阳与超级游客大牛围绕“钻石线路”的一问一答画面，令观众眼睛一亮：

问：书记，那悬崖上面是什么？

答：那叫“悬棺”，是武夷山古越人的一个葬俗，距今有3800年历史了。怎么把逝者木棺运到上面，至今仍是个未解之谜。

每当游客乘竹筏，从九曲溪漂流至三曲时，导游便会让你抬头仰望面前的悬崖绝壁，只见五六十米高的岩隙间，纵横交错地伸出许多木板，木板上搁着形似小舟的棺材，那即是当地人称之为的“虹桥板”（承托船棺支架）和“架壑船棺”。

1978年9月，考古工作者对莲花峰崖洞悬棺进行发掘科考，发现悬棺为坚硬如铁的闽地楠木整根刳成，做工考究，棺形似江南乌篷船，全长 3.5 米，前高（68 厘米）后低（56 厘米），前宽（56 厘米）后窄（40 厘米）。经碳 14 测定，距今 3445 年 ± 150 年，约商代时期，确定为国家一级文物，命名“武夷一号船棺”。后经普查，武夷山古代悬棺有 18 处，地点分别在大王峰、幔亭峰、玉女峰、小藏峰、大藏峰、仙钓台、仙棺岩……

科考结论：武夷悬棺确凿无疑为迄今世界发现年代最为久远的悬棺，武夷山是世界悬棺葬俗发祥地，它已成为研究我国先秦历史以及消失的古闽越族弥足珍贵的遗迹。

“悬棺”一词出于南梁顾野王“半岩有悬棺数千”。这是最早的文字记载。也就是说，距今 1500 年前，武夷山悬棺达数千具之规模。试想，当年武夷山著名丹崖，岂不皆成了先人集结庞大船队，浩浩荡荡驶向天国的出发地。奇哉壮哉！

朱熹对悬棺考察很是认真，他在《武夷山图序》记述：“人迹所不到处，往往有枯杈插石罅间，以庋舟船棺柩之属。柩中遗骸，外列陶器，尚皆未坏。”又在《九曲棹歌》里长叹：“三曲君看架壑船，不知停棹几何年。”由此看来，朱熹对悬棺不仅逐一调查，有可能还深入现场。

徐霞客明万历四十四年（1616）游历武夷山，对悬棺发生浓厚兴趣，先是描述：“大藏壁立千仞，崖端穴数孔，乱插木板如机杼，一小舟斜架穴口木末，号曰架壑舟。”他远观不过瘾，便攀缘大、小藏峰，就近考察船棺：“已至架壑舟，仰见虚舟宛然，较前溪中所见更恶。”于是感慨唏嘘，引发生与死的联想，认为死后能置身悬棺，仰望天空，俯瞰深渊，莫大荣幸。

至于古闽越人如何把几百斤重的船棺放入千仞悬崖上，至今仍是个未解之谜。但也有人认为已经破解：福建博物院研究员林忠干通过实地考察和研究，证实古闽越人能够使用原始吊装机械，为悬棺吊装法提供了基本的可能性。这种方法许多年前在江西贵溪仙岩和龙虎山进行了模拟实验，已告成功。

居所深藏崖洞

行走在水帘洞通往大红袍母树的古道上，可遇见一块石碑，碑上刻着中国著名古建筑学家罗哲文题词“武夷古崖居遗构”。那天傍晚，我们一行人在此仰望丹霞嶂，夕阳照射在离地面 30 多米高的崖洞上，隐约十数间小木楼隐藏于洞中，悬楼吊脚，有柱无梁，上覆危岩，下临深谷，阳光把木构件染成金黄色，熠熠生辉，俨然一处空中楼阁。

导游老罗告诉我们，这即是武夷山现存最为完好的人文名胜之一，已列入世界文化遗产保护名单，俗称“天车架”。因构建时用天车（旧式辘轳）从崖底起吊木料至崖洞内，再倚洞势架设木楼、厢屋和贮藏厅等，洞内遗存架设天车用的架子，故得名。整个丹霞嶂古崖居长达 108 米，进深 3 米至 17 米之间，高 2 米至 5 米，总面积 1200 平方米。可分为防御、生活、储藏 3 个功能区。

虽说古崖居近在眼前，但要登临却不容易，必须绕道山背后，沿峭壁石坎、蹬道，拾级而上，经山门、悬梯、甬道，全程 5000 多米，而且“华山自古一条道”，一夫当关，万夫莫开。

相传宋代就有山民避难穴居于此。据地方史志记载，清咸丰七年（1857），太平军攻打崇安城，当地富绅“择险至此”而修建避难居所。考古发现洞内尚存 3 处石刻，共 100 余字，有灶台、石臼、谷碾和陶瓷木竹等日用品，还有木跟绣花鞋（三寸金莲）。考证表明，这里可容纳 50 人至 70 人，甚至更多人口居住。古崖居尚未发现人为破坏和搏杀争斗痕迹，说明崖居主人是有计划、有秩序地撤离并随时准备返回的。

冷兵器时代一处绝佳的避难居所。

久久仰望空中楼阁，心想，能登高临风，把酒世外桃源，何等惬意。导游老罗大约看出我的神情，便说，古崖居门口有一副对联："宁做太平犬，莫为乱世民。"令人恍然大悟，哦！那绝非神仙居所，不过是生逢乱世无可奈何的选择。

古崖居是今天居安思危的警示地。

文库镌刻崖壁

武夷山摩崖石刻堪称一座文库，它珍藏了1700多年的文史瑰宝。最早的一处题刻为东晋郭璞，历唐、宋、元、明、清、民国，计430余方。文体有诗词、歌赋、游记、题偈、楹联、榜书等，书法有篆、隶、楷、行、草，形式俱全，作者大多是蜚声华夏、驰名士林的风流人物。

九曲溪两岸犹如文库的一条阅览长廊，你若端坐竹筏，顺流而下，迎面而来的是一方方或大或小，历经岁月侵蚀的摩崖石刻，就像一位位饱读诗书的老者，为你解读一篇篇历史经典。朱熹对武夷山情有独钟，曾写下《九曲棹歌》十首，全部题刻于两岸，现尚存一曲、二曲、四曲、五曲、六曲、八曲六首。老先生毫无疑问已参透九曲溪之精华，这十首棹歌迄今仍引领后人去品味天人合一的自然界。

那天下午，我们从武夷精舍徒步至一曲码头，赏析岸边的摩崖石刻，密密麻麻、纵横交错的诗文，分明是一座小文库。朱熹的七绝《一曲棹歌》，字字珠玑，令人不禁齐声吟诵。戚继光《一剑横空星斗寒》："大丈夫既南靖岛蛮，便当北平劲敌，黄冠布袍，再期游此。"令人眼前浮现出戚家军在福建战场平倭的战火硝烟。

导游老罗告诉我，为武夷山留下最多摩崖石刻的是陈省，共计30多方。陈省，字幼溪，明嘉靖三十八年（1559）进士，以功升兵部右侍郎，史载"颇有政绩"。因"忤逆权佞"而解甲归田，于隐屏峰下筑草庐，并在四周镌刻"云窝""云崖""云路""云关""云台""留云""嘘云”“卧云”“云石堂”“栖云阁”“白云深处”等等。

此处莫非是“云”为科目的专题书库，抑或仰望陈大人“行到水穷处，坐看云起时”的绝佳地？

我的老友陈君，曾为武夷山市设计一本《武夷山摩崖石刻精选》图册。他告诉我，用心做了下来，居然还做出了兴趣，增长了知识，从中品味出古人的智慧、先哲的思想，从此不管游历何处，一看到摩崖石刻便肃然起敬。他对我将摩崖石刻喻之文库颇为赞同，认为其中一个科目甚是难得，即留存13方古代官府和乡民保护武夷山水与动植物的禁令刻文。据说这些刻文曾让联合国教科文组织的官员大为惊叹：那么早中国人就懂得保护自然生态和人文环境了，这不正是世界文化与自然遗产地该有的核心宗旨吗！

2019年初夏

峡阳古镇　悠悠乡愁

小满季节游览古镇，不急不慢的小雨淅沥淅沥，如泣如诉，如歌如酒，让你体验到的是烟雨迷蒙的凉意，是穿透岁月的沧桑，是根植于心的乡愁。

应积满老师，1980年毕业于南平师范专科学院，一直在峡阳中学任教，2014年在中学党支部书记任上退休。他是峡阳人，对故乡情结很深，热衷乡土文化研究，镇里几位领导都誉他为“峡阳通”。烟雨之中，应老师能为我导读古镇文化，我之有幸。

一

“两山一水谓之峡，山南水北谓之阳”，这便是玉屏山下、富屯溪畔峡阳古镇的地理形势。峡阳有悠久的历史，早在商周时期就有土著在此游牧、生息。唐虞时代“人烟三百，铁匠二十四炉”。唐朝开元以降，中原诸姓陆续南徙，峡阳的灵山秀水留住了他们的步履，遂有应、骆、张、范、连、梁六大姓，用勤劳与智慧续写千年历史。朱熹结精舍于此讲学授业，留下“鸢飞鱼跃”“天光云影”等墨宝。钟山川之灵秀，得先贤之教化，古镇人才辈出、灿若繁星。2013年9月，峡阳被列入第二批中国传统村落名录。

一个古村落竟有6座祠堂并峙，堪称罕见现象，它们是乡土文化最为凝聚的展示馆。百忍堂是张氏家族的宗祠，修建于明末，距今有400年的历史，其五斗三升建筑是明清时代保存下来的稀有古建筑，1995年被列为南平市级文物保护单位。

大堂为三开间，正中上方悬挂一匾，嵌着“百忍堂”三个大字，匾周边五条金龙环绕。据史料记载，唐代时，郓州人张公艺，九代同居，和睦相亲。麟德年间，唐高宗到泰山祭祀，路过郓州，问询张公艺义由。张公艺取出一张纸写下一百个忍字，唐高宗赞誉有加并赐号“百忍堂”。从此，张氏后人均以“百忍”为堂号。应老师让我仔细看看牌匾上的“忍”字可否写错了。确实如此，那“忍”字右上方多了一“点”，但这却是张氏老祖宗有意为之，乃是告示后人，百忍在于忍多一点。

百忍堂前门墙上的砖雕，分明镂刻着一个故事：三个青年才俊，神采奕奕，头戴官帽，身穿官袍，骑着高头大马，前呼后拥，吹着喇叭，鸣锣而行。应老师说，这应该是张家“一门三进士”衣锦还乡图。

峡阳现保存几十座明清古民居，俗称“土库”。高耸的马头墙，深邃的里弄，石板的巷道；四周高墙之内，全是木质材料构建，外低内高，呈阶梯层进式，庭院深深；房屋四面环合，宽敞通风，冬暖夏凉，结构有如北京的四合院。2005年，许多座土库被列入省级文物保护单位。

大衙建于明末，有三进及后花园，占地1000多平方米。厅堂宽敞，青砖地面为高低两层，栋柱硕大，高达8米，梁枋间为斗形托和鹰爪黍柱。门前有斗形墨石墩，其为明代文官府第标志。建造者骆天闲，为明代天启乙丑（1625）进士，后累官至礼部仪制司主事。这位骆主事可能没有想到，由于自己私宅的宏大气派，建成百年之后，于乾隆十三年（1748），峡阳设立延平分县，被征用于衙署。这便是“大衙”名号的由来。

如果论土库规模之大，当属大园，它始建于乾隆年间，历时数十年、祖孙三代才告竣工。大园占地4800平方米，取“八门图”结构，即前厅左中右、正厅左中右各一厅，东西两面各一厅，共八个大厅，房间近百间。正厅之前是一个大空坪，坪内有水井。屋后是花园。西客厅原悬挂一块“厚德延年”的寿匾，乃民国十五年（1926）福建省长萨镇冰赠予武秀才应虞典贺礼，可惜于2008年失窃。20世纪50年代鹰厦铁路开工建设，大园被征用为指挥部。之后建成的鹰厦铁路，铁轨便铺设在大厝的后花园。如今，经历了半个世纪的鹰厦铁路，风雨侵蚀得有如旧物，与古镇愈加和谐。

屏山书院可谓是峡阳的文化摇篮。道光二十六年（1846），杨应斗任分县县丞时，与峡阳诸士绅共募银两所创建。因背靠玉屏山而得名，占地20余亩，房舍51间，至今保存尚好。书院内设有四贤堂，供奉杨时、罗从彦、李侗、朱熹。峡阳曾列为延平“六邑之首”，朱熹往来讲学之地，屏山书院仿庐山白鹿洞书院教规，用“孝、悌、忠、信、礼义、廉耻”为教育内容，激励学生读书做人。

1905年屏山书院改为公立第一高等小学兼国民学校。中华人民共和国成立之后，成了峡阳中心小学校址。1969年，峡阳中学又创办于此。应老师曾是这里的小学生和中学生，后来又成了峡阳中学的教师，对屏山书院可谓一往情深。他颇自豪地告诉我，科举年代，仅应氏宗族就出了乡学文庠95人、贡生77人、举人12人。屏山书院现在不仅是市级文物保护单位，还是南平市爱国主义教育基地。

二

江汜村位于富屯溪南岸，与峡阳镇区隔溪相望，古村落整体保存尚好。三街六巷、大宅小厝、殿堂宗祠、木雕石刻、牌坊儒杆、码头青苔，无不记叙着昔日的繁华，那繁华皆缘于这条闽江上游的黄金水道。

光绪年间，江汜人将茶叶船运福州，经海上销售到苏杭地区，返程时运回绸缎布匹销往福州、南平、建瓯闽北山区，获利颇丰，成为殷实人家，村人称他们为“苏杭商客”。到了20世纪70年代，江汜人还在溪畔莲花山开垦了千亩茶园，办起了茶叶加工厂，制作出乌龙茶、绿茶和茉莉花茶，销往大江南北，并将茶庄开办到上海、江苏、北京等地。后来，“江汜西瓜”“江汜萝卜”“江汜蜜橘”又成了江汜农产品的招牌。特别是20世纪八九十年代，柑橘年产量达3000多吨，价廉物美，江汜村成立了南平市峡阳柑橘流通协会，把柑橘销售到东北三省等地，竟然占领了东北三省市场10%的份额，让东北三省等地的客商纷纷南下江汜采购。

江汜庄武王庙依溪高踞，高墙矗立，古貌犹存，俯瞰溪水。庙门外有3株百年柏树，枝干遒劲，枝叶黛玉，有如庙门值守将士。经专家对庙前石鼓和牌碑等文物鉴定，得出庄武王庙始建于唐朝的结论。

相传唐朝年间，有京城官船在江汜溪滩遇险，危难之际，江汜村某氏三兄弟入水相救，朝廷念其功封三兄弟为庄武大尊王。后人建庙供奉，常年香火不断。据村中老人传说，民国期间，土匪猖獗，但每当土匪入劫江汜，庄武王三兄弟即显灵于村口，吓得土匪马仰人翻，所以江汜村从未遭劫。每年正月十四日至十六日三天，村民们抬着三尊庄武王神像巡游，热闹非凡。

王氏宗祠建于明末，面积1200平方米，依山面水，古樟掩映，环境优美。宗祠堂号为“槐荫堂”，规模宏大，雕梁画栋，建筑精美。这座建筑还是“红色文物”。1933年秋季，以彭德怀为司令员、滕代远为政治委员率领的工农红军东方军一个连队，驻扎在江汜村。一个多月时间里，领导峡阳农民开展了如火如荼的反封建、反压迫、打土豪斗争，成立了中华苏维埃共和国南平江汜农会，会址设在王氏宗祠。江汜村青年黄土金等20多人就在宗祠报名参加了红军。

黄土金是江汜村的骄傲。他参加红军3个月就任通讯班副班长，翌年加入中国共产党，任侦察排班长。红军长征时期，他在攻打遵义城时身负重伤，被组织安排在当地老乡家养伤，伤愈归队不久被任命为侦察排副排长。强渡大渡河战斗中，他俘敌连长及数十名士兵，战功显著，晋升为排长。参加陕北直罗镇战役不久，调任军委四科副官，后又调回十三团任团部副官。抗日战争爆发后任连长，在指挥义县战斗中又身负重伤，伤愈后重上前线。解放战争时期任团长，参加西线战役。抗美援朝期间任志愿军后勤辎重二十八团团长。1956 年晋升为山东聊城军分区副司令员，1969 年 6 月 6 日病逝于任上。

阅读黄土金同志 54 岁一生的简历，印象最深的是他的戎马生涯，他亲历了土地革命、抗日战争、解放战争、抗美援朝等惨烈的大大小小战斗，究竟多少次，数也数不清。用“身经百战”“枪林弹雨”“死人堆里爬出的”等词汇来形容，最为贴切。

村口矗立着一座牌坊，为青砖垒砌，四柱三门，翘檐层叠，砖雕精美，蔚为大观。横幅刻有“永世克孝”“惠存汜水”字样，应为表彰孝道而建。牌坊建于道光二十七年（1847），现为市级文物保护单位。

牌坊前建有凉亭，名曰“思乡亭”。我们来访之时，凉亭内坐满老人，喝茶下棋聊天，其乐融融，和风声雨声融为一体。此处风景甚佳，可远眺五座山峰遥遥相对，谓之“三狮镇二虎”之形象；近观湖光十里，绿林万顷，洲岛漂浮。应老师告诉我，1995 年，由于峡阳水电站的开建，水位升高，富屯溪的这一段河面成了平静的一湖碧水。记得从前，溪水湍急，每当船驶出江汜村不远处的张宝港，因回流水急，船只都得往江汜村方向回划一段，然后再向东划出，顺流而下，通江达海，故张宝港又名“回望港”，离乡的船只至此必须“回望思乡”，乡愁便在回首一望中。可惜现在回望港已沉没水底，唯有思乡亭孑孓独立于风雨中。

三

初识溪中公园，感觉酷似毛泽东主席酷爱的长沙湘江之中橘子洲，只是袖珍型而已。溪中公园原是富屯溪中的一处鳌洲岛，四匝环水，绿树成荫，烟云满目，乃峡阳第一风水宝地。

岛上有一座唐朝始建的庄武王庙（与江汜庄武王庙名称一样，供奉的神也三尊，只是传说不一样），颇具传奇色彩。相传唐朝使节阎汝明，邵武人，生平忠义刚果，除暴安良。一日行舟至此，乐其山水之胜，曰："吾殁后，当庙食于此。"不久不幸溺死于富屯溪，尸身漂至鳌洲岛滞留，峡阳人将之安葬岛上，朝廷感其诚意，封为"庄武王"，立庙祭祀，俗称"灵显庙"。20世纪30年代，蒋介石提倡"新生活"，峡阳人将之改名"关岳庙"，塑关云长、岳飞神像。20世纪70年代，修建的峡阳大桥贯穿鳌洲岛，关岳庙大部被拆。1989年，峡阳群众集资20多万元，将庙宇向西平移30米修建。现在的灵显庙，前殿供奉庄武王，后殿供关岳，皆为忠义之神，香火旺盛。该庙为市级文物保护单位。

1990年，峡阳镇政府精心规划，将鳌洲岛建成公园，中央电视台曾经报道，称赞之"闽北第一农民乐园"。后来又经过几次的整修和完善，如今的溪中公园，名副其实成为峡阳农民健身、休闲、娱乐的乐园。应老师比喻，溪中公园白天像一艘航空母舰，停泊在湖光山色中，守候着守静祥和古镇；每当夜幕降临，就像一颗夜明珠，镶嵌在闽北的富屯溪里，熠熠生辉。

峡阳大桥为中界，将公园一分为二。园西庙宇殿堂，错落有致，名胜古迹，曲径通幽，古树名木，湖光山色，是休闲漫步的好去处。园东修竹绿茵，沙滩凉亭，迎面山隘里的招科塔，烟雨中忽隐忽现。儿童乐园，滑滑梯、跷跷板、荡秋千，皆是嫩声笑语一片；健身广场，宽敞气派，清晨黄昏时节，应属大妈大姐阵地。800米环岛跑道，不时有青春的身影疾步而过。

我在公园的橱窗里一窥峡阳的民俗文化：摆大碗、踩街、墟市、台阁，以及延续千载的寿庆嫁娶仪式，亦有独特之韵味。而战胜鼓、南剑戏、剪纸等民俗艺术更是精彩纷呈。应老师告诉我，公园的健身广场，是峡阳战胜鼓的训练基地。峡阳战胜鼓已列入省级非物质文化遗产。它发源于明末，公元1650年，峡阳人薛仁元曾在郑成功军中任旗手，善击鼓，参加了郑成功收复台湾战役。退役返乡后，将军中击鼓一套技艺传授乡人，流传至今。战胜鼓通常以24人、36人、48人组成。开场时，一面绣着“郑”字军旗领头出阵，4把令旗飘拂紧跟，队员一色古代士兵服装，在大鼓、扁鼓、手钹声中，箭步唰唰，进退对峙，贯穿交织，展现紧迫、威严、激进、气势磅礴之风貌。1958年，峡阳战胜鼓参加全国第二届民间舞蹈调演，荣获演出奖、创作奖。1990年9月参加中国第二个世界旅游日（福建会场）开幕式演出，1992年6月参加福建省纪念毛泽东《在延安文艺座谈会上讲话》发表50周年民间歌舞巡展，受到好评。

四

应老师写了一篇《舌尖上的峡阳小吃》，煌煌6000字，让我看得馋虫雀跃。峡阳饮食文化源远流长，源自汉唐、兴于明清、盛于当今，有着中原文化与闽越习俗交融的特点。有人考证，峡阳现在仍然盛行的宴请贵宾的“三鉴水”（主菜36碗，配以12碟点心），实则源自汉朝的“大宴”。峡阳每年正月十六庙会的“摆大碗”，118碗，即是满汉全席的翻版。相传朱熹在峡阳讲学期间，连日大雨，影响农事，朱熹挥毫写下“天光云影”4个大字，镇住了大雨，乡民得以及时耕作插秧。待到秋季丰收，朱熹又教乡民制作桂花糕，以庆丰年和祈福。峡阳桂花糕历史悠久，蜚声闽北，其特点是配料独特、油润不腻、甜中有咸、香里带凉。

峡阳蛋菇，色、香、味俱佳，曾在闽北风味菜肴比赛中夺冠。关于峡阳蛋菇，流传着一个孝道的故事。传说在明朝，有一户叫张保仁的人家，80多岁的老母亲卧病在床，不思饮食，一日忽然说想吃蘑菇。时值冬季，哪里寻得蘑菇，张保仁是个有名的孝子，愁得长吁短叹。他的妻子急中生智，即将猪小肠洗净，灌入蛋羹，待煮得半熟后，捞出蛋肠切成每节三厘米左右，再放入热水中焯热膨裂，就成了一朵朵“蘑菇”了。

“峡阳人肯吃，峡阳人会吃”，这是外地人对峡阳人的评价，也是峡阳人的自诩。逢年过节，各家各户讲究大菜，既有碗菜：如膀蹄煲、牛筋煲、薯羹牛肉汤、草根炖水鸭母等，又有盘菜：如卤鸭、醉排骨、米粉肉、鸡卷、炒什锦等。在寻常日子里，特色小吃成了主力军，如桂花糕、芋头粿、米豆腐、血羹、筷子面、豆浆面、油饼、仙草冻等，琳琅满目。峡阳美食的特色是食材正宗、烹饪讲究、风味独特、经济实惠。改革开放以来，善于经商的峡阳人，把舌尖上的峡阳美食转换成致富的门路，先是在集镇周边和316国道上开设峡阳饭庄，逐渐名声在外，继而走出家乡到延平、福州乃至上海开办峡阳饭庄。据统计，峡阳人在延城开办饭庄就达60余家。

那天下午，应老师陪同我去拜谒杜溪千年古樟。古樟树生长在村口，高约10米，树身魁梧，须8人手牵手才能环抱。与人身高处开裂个洞门，树洞内有一石桌，桌上摆着供品，以祀树神。树干镶嵌有古树名木牌，上书树龄2000年。相传1840年鸦片战争，古樟树枝叶凋零，为中华民族饱受外患、同胞生灵涂炭而悲愤。而1976年，树冠光秃，几近枯萎，古樟树为伟人去世而悲痛，但次年又勃发生机。这40年前的奇景他曾目睹。如今，老樟树树干苍劲、枝繁叶茂、浓荫匝地，蔚为壮观。

当地人敬重老樟树，将之视为乡村的保护神，每当新生儿出生，父母亲会抱着来到树下，让孩子拜老樟树为义父，佑其一生无灾无难、健康成长。

对峡阳古镇的乡亲来说，乡愁是一条富屯溪，是一座屏山书院，是一排老土库，是一道菜，是一声鼓……还有一株老樟树。

2018年春

探访天下第一剑山

湛卢剑，素有“天下第一宝剑”美誉；

湛卢山，素有“天下第一剑山”美誉。

《辞海》记载：湛卢：1. 古代宝剑名。相传为春秋时欧冶子所铸。见《越绝书·外传记宝剑》。杜甫诗：“朝士兼戎服，君王按湛卢。”2. 山名。在福建省松溪县南，相传为欧冶子铸湛卢剑的地方。

2017 年秋高气爽之日，我有幸探访“天下第一剑山”。

一

夏夜曾经宿翠峦，梦余身近玉楼寒。

——清·潘拱辰《湛卢上祠》

清凉寺，深藏于湛卢山上，海拔 1100 多米的松林间，距极顶湛云峰 130 米左右的高差。它是湛卢山保存最完整的古建筑，始建于唐神宗熙宁三年（1070），本是为纪念欧冶子而建造的，称“上祠”。南宋时扩建，改名“湛卢禅庵”。清末复建，又改名“清凉寺”。

寺庙颇具规模，为全木结构，有前殿、中殿、后殿三大殿，90 余间禅房。踏入寺庙，引人注目的是 272 根朱红楹柱，林立于殿、堂、廊、阁，厚重庄严；楹柱之上，斗拱精致，盘桓交错，又显轻巧灵便。

这座古刹曾被称为“松邑蕊珠”。

寺庙门前立有数块石碑，其中一块明代碑记述：湛卢山气候清凉，“暑月寒衣”。想来这是改名为“清凉寺”的生态环境缘由。当然，“清凉”在佛教里有它的哲学意义。还有一块石碑铭刻福建省委原书记项南1985年为湛卢山题词“欧冶子铸剑处”，项南同志那年到松溪调研留下的墨宝，很是难得。

“夏夜曾经宿翠峦，梦余身近玉楼寒。怪他土木同龛在，失却元符旧雨坛。”这首《湛卢上祠》作者潘拱辰系无锡人，清康熙三十六年(1697)任松溪知县。松溪县委宣传部和文联1998年编辑的《湛卢风情》一书，收集了他撰写湛卢的格律诗10首。300多年前的潘知县重视地方文化，曾主纂康熙版《松溪县志》，对湛卢山情有独钟，祈雨也上湛卢山。他的《湛卢上祠》诗，念念不忘的是铸剑祖师的上祠，浪漫地歌咏了清凉寺。

既然是清凉寺，主殿供奉的只能是释迦牟尼。值得欣慰的是，作为开山鼻祖的欧冶子，后人在右偏殿，留予一尊之席。这位铸剑祖师爷，虽端坐偏位，却也淡然安怡。他老人家应该认为，寰宇清凉，世界大同，和平与发展是主旋律；宝剑，虽国之利器，毕竟还是辅佐，位居偏位，足矣。

与右偏殿相对称的左偏殿为陈戬祠。陈戬是松溪城关人，南宋时期的抗金护驾名臣，也是松溪人引以为傲的一位忠义之士。

二

欧冶一去几春秋，湛卢之剑亦悠悠。

——明·佚名《湛卢山歌》

湛卢山号称十六景，大都与欧冶子铸剑的遗迹有关，如欧冶洞、铸剑炉、铸剑池、试剑石、炉坪、棋盘石等等。

“山不在高，有仙则名”，湛卢山的仙即欧冶子。相传欧冶子是越国宁波人，奉越王允常之命，携妻朱氏、女儿镆铘、徒弟及女婿干将，顺丽水瓯江而下，寻得松溪湛卢山铁英，共铸成五种剑：湛卢、纯钧、胜邪、鱼肠、巨阙。越王得湛卢剑后，在吴越争霸中战败，勾践将湛卢剑献与吴王阖闾，吴王视之国宝。后飞往楚国被楚昭王所得，后又传到南宋名将岳飞手中。岳飞遇害后，不知去向。

春秋时期，铁器的出现和使用，是科技发展的一大进步，是社会生产力提高的突出标志。松溪有学者提出，欧冶子的最大贡献，也许是他在湛卢山发现了用铁代替青铜。如果证据确凿，那么，欧冶子就是全世界第一个发现铁的作用和发明炼铁的第一人，湛卢山是全世界第一个生产铁的伟大的山。我以为，这样的学术探讨很鼓舞人心；这样的田野调查，很有利于开发建设湛卢山。

为我导游的是清凉寺的管理人员，一位75岁的老人，说他“老人”，可能“名不副实”，因为看着他登山越岭的背影，那利索劲与年富力强者无异。老人引领我们几乎看遍了湛卢十六景。

湛云、剑峰、玉女三峰并立，形如笔架，湛云为最高峰，矗立两侧的，是剑峰与玉女峰。剑峰巍峨奇崛，状似一柄宝剑直指青天，充满阳刚之气；玉女峰则是一位亭亭玉立的少女，端庄柔美。一座突兀眼前的石山，就像一只张口怒吼的雄狮，称之为“狮子岩”。一堆如累卵危耸的岩石，远眺如一串葡萄，被赐名“葡萄岩”。几株苍劲老松，长在一块平整的巨石旁，有如大伞华盖，遮阴蔽凉，巨石之上摆放着一块案几大小的天然方石，方石面上刻着象棋棋盘，据说这里是当年欧冶子与仙人对弈之地。

但令人遗憾的是，密林深处的剑池，却是一口钢筋水泥垒砌、四四方方的蓄水池，唯有角落那块镌刻“剑池”的石碑，斑斑驳驳的青苔，仿佛提示你，这是2500年前的古遗址。老人告诉我，20世纪50年代，湛卢山进驻空军雷达连，是部队在丰盈的泉池上方扩建为蓄水池，保障了官兵生活用水。我听罢，眼前的水泥建筑突然顺眼了许多，笑曰：它也是快一个甲子的文物了。

老人介绍，山上有多处古冶炉遗址，如今皆乃茅草萋萋。前些年，有一位专家来探寻古冶炉，从炉坪的乱石堆下掏摸出一把炭焦碎石，说这可能就是古籍记载的欧冶子铸剑的“炭烙遗存”，带回去鉴定。

我眼前浮现出一位闽北画家的《欧冶子铸剑图》，近处“炉火照天地，红星乱紫烟”，激情燃烧的生活；远处“白云千载空悠悠”，太久远的岁月。

三

卢峰一何高，上下不可尽。
我行独忘疲，泉石有招引。

——宋·朱熹《登卢峰》

朱熹与松溪结缘，皆缘于湛卢山。

朱熹之父朱松曾在政和县任小官，朱熹祖父朱森去世后葬于政和，墓地距松溪40里地，朱熹每年为祖父扫墓都经过松溪，曾慕名登临湛卢山。绍兴十八年（1148），18岁的朱熹荣登进士榜，但因补缺同安主簿一职，需等候3年。为此，朱熹决定在湛卢山腰建一间吟室，静心读书。

吟室遗址坐落在九曲岭旁，这是松溪城关经茶坪乡进入湛卢山的岑岩古道。朱熹一生喜爱山水自然名胜古迹，选中的吟室周围，就有“湛卢山十六景”中的好几景，如欧冶洞、香岩、陟岵等，其中的断碑最为著名。据考证，那是块唐贞观年间的石刻，记载着欧冶子在湛卢山铸剑一事。

年轻的朱熹于此选址建书房，距今已过去900多年，而当年他寻觅欧冶子铸剑遗迹，则是回首1500多年前的历史。人类的文明史，就是在一代代的精英和平民百姓回望中前行发展。

那天，当我攀登岑岩古道，大汗淋漓的同时，一种沧桑感油然而生，对朱熹的《登卢峰》诗倍感亲切，应该读懂了“我行独忘疲，泉石有招引”的含义：是年轻学者仰望先贤，胸中有志，是“十年磨一剑”，是“一剑起，光射牛斗之墟”。

古道入口处是吴山头村，是省级传统古村落与“美丽乡村”。该村海拔700多米，依山而建，保留了较为完整的古民居、古石道和古树名木群落；房前屋后的梯田、茶山也是一道美丽的自然景观。全省首个“诗歌村”在此诞生，被省文联授予了“一县一品”特色文艺示范基地。

那天，我们徜徉在村庄的风水林中。几十株红豆杉、香樟、马尾松，树龄大都在三五百年以上，有的高耸云天，掩映着古道；有的成双成对，相拥着岁月；有的独立坡顶，笑迎来往过客。它们历经沧桑，仍然生机勃勃。忽然想到，这些古树名木，其实皆乃朱郎去后栽，这更能说明文化传承的伟大力量。

四

> 人在半空立，江从万里来。
> 陬维举目尽，烟雾笑谈开。
>
> ——明·黄金《从登湛卢》

黄金于明嘉靖十四年（1535）任松溪知县，后人赞誉之任期内修城垣、纂县志、复湛卢书院，颇多建树。诗句描述其登湛卢山极顶所感。

从清凉寺出发，登500多级石阶可至一个山隘，隘口一座落成不久的双层翘檐石亭，古韵悠然，题名“湛云亭”。老人介绍，该石亭是一位松溪籍的女企业家捐资建立，颇受好评。

隘口的东面为湛云峰，西面为状元峰。状元峰上新立一块石碑，正面刻“状元峰”，背面刻“湛卢山状元峰下，古代建有吟室、下祠、湛卢书院，曾出了大批学者，而且有的成为国家栋梁和名宦，仅宋明两代就出过25位进士”。

湛云峰海拔1230米，为湛卢山极顶。山顶坪有一两亩地，古松挺拔，掩映着一座小庵。庵旁建有一幢两层的平台，据说是林业部门的防火瞭望台，现在成了最佳观景台。伫立于此，俯瞰四面，松溪境内千山万壑、阡陌田畴、村庄河流，尽收眼底，有如一幅瑰丽的七彩画卷，此时唯有朗读毛泽东主席的那首诗句，足以表达心境：

江山如此多娇，引无数英雄竞折腰。

老人告诉我，20世纪五六十年代，中国人民解放军在此设雷达站。1963年，该雷达站准确测报，我军击落了美蒋派出的U-2型高空侦察机一架，威名声震国内外，雷达站受到中央军委嘉奖。

当年的湛卢剑，国之利器；

当年的雷达站，国之利器。

湛卢山，不愧是“天下第一剑山”。

2017年秋

探秘佛子山

大约15年前，从周宁驱车302国道走浦城，途经海拔近千米的稠岭隘口，适逢春夏之交季节，扑面而来一座大山，长满奇峰叠嶂，缥缈于云海之中，神秘魔幻。惊诧之余，全车人纷纷下车拍照。询问稠岭村人，方知我们有幸踏入了素有“小黄山”之称的政和佛子山。

之后，在媒体上得知，佛子山于2009年被国务院批准为第七批国家级风景名胜区，2011年被授予“国家地质公园”称号。

2017年秋季，我终于如愿以偿，走进云中仙境，神秘莫测的佛子山。

一

奇峰叠嶂是佛子山与游客的见面礼。

佛子山地处政和县中部，面积56平方千米，属典型的火山岩地貌。约1.2亿年前的白垩纪，这里曾发生岩浆冲天而起，喷涌堆积，形成千奇百怪的石帽山群。历经亿万年岁月的自然雕刻，以高耸的峰丛、巨大的崩塌堰塞、完整的火山复活剖面，活脱脱地展现在游客面前。

那天清晨，我在景区管理人员小杨、小李和稠岭村干部老张引领下，徒步5个多小时，穿越佛子山核心景区，去仰望、俯瞰、拥抱、感悟一座座经典峰石。

佛子岩是佛子山的标志。远眺之，两座山峰如两个巨人伫立蓝天白云之下，相视无语，含情脉脉，俗称“夫妻岩”。奇特的是，换个角度凝视，两峰之间，平添出一座小山峰，就像一个依偎父母之间的少年郎，三口之家，温馨无比。那少年郎，长发束冠，清纯俊秀，闭目面壁，禅意通天，这便是“佛子岩”的由来。

相传东汉朝代，这里居住一对恩爱夫妻，男的名张丁，女的叫桑娘，育有一儿，男耕女织，与世无争，有如生活在桃花源中。但不幸遇上战乱，官兵过境，抓走张丁为挑夫。所幸的是，张丁始终怀着与妻儿团聚的信念，历经磨难，死里逃生，一路乞讨回家。夫妻岩与佛子岩便是他们一家团聚的情景。

但那位少年郎，面对社会动荡、家庭遭难、人间悲苦，顿生逃脱红尘、皈依佛门之心，于是面壁诵经，坐化成佛子岩。

夫妻岩是可以亲近的，有小道直至他们脚下，去解读两人情意绵浓的眼神，感受爱情的天长地久；但佛子岩只能仰望，那是一尊坚定的宗教信仰造型，虽冷冰冰，却也令人肃然起敬。

伫立夫妻岩下，纵目西望，笔架峰迎面而立。三座浑圆如柱、高低相仿、排列一行的秀美山峰，极似文房四宝中的笔架。当地人相传，这座笔架峰是政和县文脉兴盛的标志。一代文豪朱熹的爷爷朱森，即埋葬于佛子山下凤林村，就是那座鹅卵石子砌筑的古墓，朝夕相伴笔架山，因此成就了儿孙文星灿烂。

佛子山奇峰叠嶂林立、千姿百态、琳琅满目：

高为极顶的是仙顶岗，山脊尖狭而高耸，海拔1363米，是一处穹状火山口岩钟，甚为壮观。

最为雄秀的是狮子峰，相对高度170多米，峰顶海拔1213米，状如石笋，直刺天穹，又似雄狮，昂首云端。

最为肖像的是猪头峰，犹如《西游记》中的猪八戒，两扇大耳朵，一张大嘴巴，色眯眯的眼睛仰望着月宫美丽的嫦娥。

最为惊险的是悬柱岩，一根巨大的圆柱岩体，悬挂于山崖之下，令人担心岩柱随时坠落，但它却摇摇欲坠了千万年。

与奇峰一争高低的还有重重叠嶂，巍峨奇异，著名的有鹰嘴洞嶂谷、小狮岩嶂谷等。嶂谷口往往形成石门，有天门、始信门、鹰嘴门、佛子门等，有俗语“登门如下地狱，举目不见日月”。

瀑布涧泉又为厚重的奇峰叠嶂增添了灵动：

梅子坑瀑布白练当空，一泻百米；

蛙岩瀑气势磅礴，有如壶口；

三折瀑一波三折，浅珠泼玉；

天成岩瀑布绰约多姿，随风飘逸。

佛子山瀑布可谓“养在深闺人未识”，非深入其境不能一睹真面目。

二

古树名木提升了佛子山的整体颜值。

政和古树名木数量之多、品位之高，于八闽大地，位居前列。东平镇凤头村生长着一片稀有的楠木林，号称“百亩千株”，相传明朝初年当地村民所植。经福建林业专家考究，是华东地区保护最好、面积最大的楠木林。那天，我们采风团成员徜徉其间，感受前人留下的这一珍贵的自然与文化遗产，久久不舍离去。

铁山镇大岭村遗存有300多株参天古银杏，树龄均超过百年。据地方志记载，该村种植银杏历史始于唐末，盛于宋代。小杨对我说，每年秋末冬初游客如织，就是为了一睹那满山遍野的“土豪金”。

杨源村有一株远近闻名的千年古树倒栽杉。这株杉树树龄1000多年，高达30多米，胸围需3个成年人才能合抱。奇特的是，树枝皆朝下生长，像伞一样张开，俯下身子，为人遮阴，被视为奇树。

令人欣喜的是，佛子山景区古树名木也是一道风景线。据林业部门对古树名木的测定评判，同一科目的树木列入前十名者，皆可称“王”，那么，佛子山中竟有 4 位“王者”：

“古红豆杉王”，国家一级保护物种，胸径 5.8 米，全国排名第一；

“古柳杉王”，国家二级保护物种，胸径 10.8 米，全国排名第二；

“古香樟王”，国家二级保护物种，胸径 10 米，全国排名第五；

“古杉木王”，胸径 4.6 米，全国排名第五。

更为珍稀的是，佛子山中有 5 株野生杏树，生长在狮峰岩南面，逢桥溪畔，最大的一株胸围 3.1 米、高 35 米，每年三四月为花期，花形如梅似杏，艳若桃花，光彩夺目；七月果熟，硕果累累，挂满枝头，味甜可食。当地人称之为“红梅”。据福建省植物研究所鉴定，福建省仅此 5 株；辽宁省果树研究所鉴定，此野生杏树全国唯一，世界绝无仅有，是介于梅与杏之间的新品种，杏属，在杏类中命名为“政和杏”，具有重要的物种保护价值。

三

古寺古墓葬增强了佛子山的文化底蕴。

巍巍狮峰岩下，坐落着一座古寺，始建于元代至顺年间，名曰“狮峰寺”，俗称“陈公老庵”。那天，我们踏入古寺，已经徒步四个小时，大汗淋漓，口渴腹饥，急忙入座，喝一杯古寺自产粗茶，顿感齿颊生香。连喝三杯，筋骨舒坦。于是一边歇脚，一边听老张讲述陈公老庵的动人传说：

古时狮峰山下有一村庄，一户魏姓财主家雇了一位陈姓长工。陈长工性憨实诚，而魏家夫人乖戾刻薄，给长工饭菜从不放盐。陈长工毫无怨言，依旧任劳任怨起早贪黑劳作。三年后，魏家男主人知悉此事，深感愧疚，遂将陈长工奉同自家族亲长辈厚养，并询问之有何愿望。陈长工告知欲倾毕生之力，在狮峰脚下建造一座寺庙。魏财主顿时开窍，看出眼前的长工乃是神人也，于是倾尽家财，跟随陈长工，建造了狮峰庙。而魏家夫人，则被点化成一只大猪，大猪用嘴巴拱出了一块建寺地坪。

如今，大雄宝殿右侧，仍供奉着寺庙祖师爷陈长工的塑像——一副稳重朴实之形象。

佛子山的游步道尚在规划筹建中，我们徒步的一些山间小道，名副其实是“人踩出来的路”。途中遇见几处岩穴里的陶罐，那是当地人供奉先人骨殖的墓葬。有一处陶罐破裂，骨殖散落在外，匆匆一瞥，顿感后背瘆出一股寒意。老张似乎看出我的神态，笑曰：不必忧惧，这只能说明，先人勘定，佛子山风水独好。

佛子山景区还有一处规模宏大、全国罕见、令人震撼的古墓葬群，位于旺楼村西面狮子岩洞穴中。那峰岩如雄狮昂首，洞穴似狮子张口，洞穴中摆放着近 500 个装有先人骨殖的陶罐。

陶罐（又称“金罐”）安葬是中国南方的一种古老葬俗，一般称“二次土葬”，即人死入土安葬三五年，甚至更久以后，重新挖起死者遗骸再次安葬。做法是打开棺材、捡骨、用白酒洗净，然后按人体结构，脚骨在下，头骨在上，逐一排列，装入陶罐，罐盖内面写上死者世系姓名，重新埋入地下，或安置在洞穴。有一些地方，发现有集体安置先人骨殖陶罐洞穴，曰之“阴城”。

相传，旺楼“阴城”的形成，最初是少数人将先人骨殖陶罐安置于此，但不久陶罐便无踪无影，似乎被狮子吞没，很是惊恐，便请高人勘探，谓之是一块难得的风水宝地。自此山民们一代接一代，纷纷将祖先骨殖安置于洞穴之中，企盼风水沃家族，佑护子孙后代财丁两旺、人才辈出。

旺楼古墓葬遗址是八闽传统民俗文化在山野中的印证，具有很高的历史文化价值。

近些年，政和县致力于把佛子山开发建设成为集旅游观光、休闲度假、康健疗养、科研科普和民俗文化采风活动于一体的国家 AAAA 级旅游景区。目前，已累计投资 6000 多万元，一座斥资 3000 万元的景区游客服务中心已经竣工，游步道工程已进入公开招投标阶段，索道建设已编制完成可行性报告，正进入征求各方意见，组织专家评审阶段。预计再有一两年时间，让广大游客探秘佛子山的历程，一定更加丰富与生动。

2017 年秋

湖光山色　和谐归宗

北津湖位于建瓯城北 7000 米处，壬寅年春节期间成为网红打卡点。许多游客戏称“建瓯有个长津湖”，这固然是因为电影《长津湖》之影响，但我以为，称长津湖也挺形象：那绵延 26 千米的狭长湖面，不就是“长津”吗！

乘上一艘画舫游览北津湖，很快进入“画舫烟中浅，青阳日际微”（唐刘希夷《江南曲八首》）的意境。初春晨曦，湖面似烟非烟，阳光似暖非暖，画舫驶过洁净的湖面，波光潋滟，打破平静，舫旁的几只野鸭竟然无动于衷，甚至朝我们“鸭、鸭”两声，继续跟随涟漪晃晃悠悠。

驾船的张师傅自豪地告诉我们，这艘画舫是徐墩镇旅游开发公司专程去嘉兴南湖学习仿造的，动力是电瓶，行驶起来没有噪音，完全符合生态湖的要求。他打开手机，让我们看农业部第 2018 号公告，内容是批准福建省建瓯市建溪细鳞斜颌鲴保护区列为国家级水产种质资源保护区。

张师傅的手机让我们见识了这条拗口学名的鱼儿，它俗名“沙姑子”“黄尾刁”，外形有点像鲫鱼，鱼肉鲜美，经济价值高，闽江流域常见。它主要摄食江河中的底生藻类、腐屑，和大多数经济鱼类没有食物矛盾，有益于养成和谐水生态。

张师傅是北津村人，20 世纪 70 年代初出生，给人利索精干的印象。

与之攀谈，让我惊叹的是，他竟然是建溪的最后一代放排工。他为我们讲述往事：20 世纪 80 年代中期，建溪尚未建水库，他几次跟随父亲放木排，顺流而下到达南平造纸厂。从建溪上游到南纸，需要在水上漂流六七天。木排全是圆滚滚的大松木，每根长七米，几十根扎成一排，宽四五米，通常四排相连组成一列长排，由两个放排工负责，一般是一个师傅带着一个徒弟。有的航道水流缓慢，师傅便上岸沿溪走到一个集镇，吃饭喝茶歇息，优哉游哉，等待徒弟驾着木排漂到了，少说也得小半天，再下木排不迟。放木排过溪滩特别危险，一不小心撞上溪石，木排散架，排工落水，九死一生。那年代建溪两岸植被并不好，松树几乎砍光，都卖给南平造纸厂造新闻纸去了。

画舫里有人感慨：当年建溪自由奔放，百舸争流，风光不再；而今大坝巍然屹立，高峡出平湖，波澜不惊，风光迥异。

确实如此，北津湖现已成为休闲与健身之地。湖畔开辟了健身步道，设置了 20 多个垂钓台，皆掩映在柳绿花红之中，那风光似乎只能用旖旎来形容。但有趣的是，依然存在“百舸争流”的场景——北津湖已成为福建省皮划艇和赛艇训练基地，最近每天都可以看见运动员的矫健身姿和争先恐后的赛艇，他们正在积极备战今年的全省运动会。

自从 2006 年北津电站大坝蓄水成功，水位抬高，湖水与相依的三座秀丽山峰，即归宗岩、梅岩、宝石岩巧妙衔接，形成了“三岩一湖”的独特人文与自然景观。

画舫悄然无声地停泊归宗岩山脚，让游客游湖与游山无缝对接。

归宗岩在“三岩”中开发最早，20 世纪 90 年代被列为省级风景名胜区，有着峰秀、洞奇、林茂、境幽之自然特色和深厚的历史文化底蕴，素称“小武夷”。北宋诗人游酢赞之：“奇冠南闽此最奇。”

我们在导游引领下，踏寻“九曲十八盘，盘盘有佳境”，领略“十景三洞”之奇。

一进山门，便见古树参天、老藤缠蔓，一棵苦锥树隆起的根部，形成一幅天然的双龙戏珠图，野趣盎然。沿途有会仙桥下流水潺潺，诉说着八仙在此相会的故事；有惟妙惟肖仅容一人通过的石门，门后寝室刻着“仙灵窟宅”4个大字，告诉你这是神仙居住的地方；有上窄下宽，长达40多米，只容单人攀爬，让你惊恐仰望的“一线天”，等等，曰为“十景”。至于“三洞”，地风洞是岩石崩塌形成的洞穴，走进洞口，顿感寒风习习，那风似乎是从地底下冒出；栖云洞飘出来的则是团团白雾，有如朵朵白云，遇到阳光照射，则是云蒸霞蔚；蝙蝠洞最大，纵深百余米，洞穴有七层，大小不一，洞内蝙蝠不计其数，据说遇到大旱之年，倘若蝙蝠倾巢而出，必降大雨。

我们缓缓而行，且行且观景，其间还在崇仁寺品茶歇息片刻，全程花费不过两个小时，甚是尽兴惬意。我以为，归宗岩其实就是北津湖畔的一座玲珑小山，一个天造地设的自然盆景，更是现代人紧张工作之余，放松与健身的理想之地。

“山不在高，有仙则名”，归宗岩的“仙”应是崇仁禅寺。这座古寺始建于五代后梁开平二年（908），迄今千余年历史。唐朝时期，日本的空海法师游历中国各大寺庙时，就曾到过此寺。1984年，日本空海之路巡礼团再次造访此寺，留下墨宝，传为佳话。据史料记载，崇仁寺曾设有晦翁书斋，朱熹在此讲学，一时间弟子云集，琅琅书声不绝于耳。以致几百年后，明朝学者陈珪登临归宗岩，遥想当年盛景，吟咏道：“归宗未遇朱夫子，寥落人间若不闻。假使当年聊一憩，风流不羡武夷君。”

归宗岩的“仙”还是落珠崖与“天书”。落珠崖是崇仁禅寺的“靠山”，归宗岩之巅也，又名“石壁扬珠”。崖上有岩心泉汩汩渗出，犹如颗颗珍珠从天外飞落。相传，如果谁能在崖下仰首张口，连续接到七滴落水，便可飘然成仙。但尝试者往往因风力摇摆水珠，难以如愿，自量成不了仙，只好作罢。崖壁有多幅摩崖石刻，字体如行云流水，似盘龙缠蛇，难以辨认，谓之“天书”。其中一幅面积约 4 米见方的题刻，据考证内容为《般若波罗蜜多心经》。

我以为归宗岩的首景在白鹤亭。崇仁寺前有一座突兀小山峰，亭亭玉立，有如小一号的武夷玉女峰，峰顶建有六角形制的亭子，翘檐欲飞，恰似一只振翅欲飞的白鹤。相传五代时仙人罗隐在这座山顶乘白鹤升仙，民间称其为“罗真人”。后人在此修亭以祀真人，故名“白鹤亭”。而今游客登临于此，凭栏远眺，峰峦叠嶂，倒映北津湖中，万木争荣，郁郁葱葱，田园如茵，阡陌纵横，犹如一幅湖光山色画卷，美不胜收。

归宗岩的会仙桥上，刻有“归去来兮”几个大字，诠释着一个神话故事。说是远古时期，武夷山君要把闽北 100 座秀丽山峰移到武夷山，一声令下，100 座山峰同时拔地而起，飞往武夷山，只有建瓯这座山峰飞起之后，盘旋再三，又飞了回来，所以武夷山至今只有 99 座著名山峰，所以就有了归宗认祖的“归宗岩”名字。

伫立白鹤亭上，忽然感悟归宗岩本意应该是万物和谐归宗。

君不见，一往无前的建溪千万年来无拘无束、自由奔腾，与沿途的青山相依，自然和谐；筑坝蓄水成湖，湖光山色是新的和谐，但更需要人类精心呵护。放过木排的张师傅叹息：“一条建溪，水库连接水库，水库之间能通航就好了。”我想，随着科技进步和财力增强，应该可以解决这个问题，或许终究有一天，拆除一座座大坝，恢复江河自由，又让最初的自然和谐归宗。

君不见，归宗岩上，晦翁书斋、崇仁寺、白鹤亭，分别代表了儒释道三教，尽管各自的理念是治国、治心、治身，但和而不同、和谐归宗，都是为了共同的自然与身心家园。

湖光山色，和谐归宗。

2022 年春

养生小镇肖家坊

肖家坊镇2012年获评国家级生态镇。这个面积110平方公里，人口1.3万的邵武西南小镇，生态资源确实得天独厚。它拥有一个省级自然保护区——将石森林公园，一个国家AAAA级风景名胜区——天成奇峡。自然环境各项指标皆属上乘：空气质量和水质均达到国家一级标准，基本无噪音；气候冬无严寒，夏无酷暑，四季分明，雨量充沛；森林覆盖率达89%，林木蓄储量35.8万立方米，即人均3万立方米，这可是一笔了不起的财富。还有一个指标更吸引人，即境内负氧离子含量达每立方米1000个以上，天成奇峡和将石森林公园含量更高。

鉴于此，近些年肖家坊镇将自己定位于生态旅游养生小镇。2018年谷雨季节，我在该镇宣传委员小蔡陪同下，考察镇里提出的若干养生支撑项目，收获颇丰。

一

肖家坊的旅游养生可游山，亦可戏水。

大概所有敢于命名森林公园的，皆乃郁郁葱葱，林海如涛，动植物资源丰富，珍稀种类繁多；皆乃空气清新，具有“洗肺”养生功能。将石森林公园概莫例外。但于我印象深刻的是，它的与众不同：

我在此见识了一个珍稀树种——长叶榧。它是我国特有的古老孑遗植物，仅在浙南、闽西北有零星分布，濒于灭绝，但在这里分布面积最大，种群最为集中的达 15 公顷，5000 多株，是国内保护最好的连片区域。这是一种常绿针叶树，属红豆杉科，国家二级保护树种，能生长在山势陡峭峡谷。

这里有一处峡谷号称“中国第一兰花谷”。兰花谷的兰花是天然的，生长在丛林间、溪涧旁、峭壁上，密密麻麻，如同野草一样，毫不张扬，但种类繁多，达 70 余种，四季开放。春季有春兰，夏季有夏兰，秋冬有墨兰，一年四季开放的是建兰，又名四季兰。此地堪称兰花博物馆，所以号称中国第一兰花谷名副其实。

兰花谷内有“一线天”，名曰“雌雄一线天”，“雌一线天”狭隘曲折，幽远阴险，需逐级攀爬，最终靠铁梯登顶，再绕过一个山腰，方可进入“雄一线天”。此时，两旁绝壁虽也高峻，也得经历几番忽明忽暗，但狭道直坦多了。原来雌雄的命名是有道理的。

游山，总要劳其筋骨，出一些汗是难免的，所以，旅游养生应该先戏水后游山，以免大汗淋漓之后游戏深涧冰凉之水。

天成奇峡俗称“九节水”，我更喜欢它的俗称。漂流入口处有块广告牌，画着漂流路线图，那蜿蜒九节的溪流，就如滇南当年抗战公路“九条线”，8 公里的水路，如取直线，恐怕只有几百米。可惜不能像一只飞鸟，凌空鸟瞰奇特九节水。

3 人乘一条竹排，排头排尾各站一位排工。两位排工是一男一女中年人，我们以为是一对夫妻，岂料弄错了，女排工是顶替丈夫来撑排的。两排工开朗敬业，一路不断讲解说笑，同行的张君调侃之：男女搭配，干活不累。2 个小时的流程，冲激流、过险滩、穿越水上“一线天”，观两岸奇峰异石、赏漫山杜鹃怒放，自然是风光如画，美不胜收。但我颇感不好意思，坐在竹椅上，竟然一次又一次打盹。小蔡关心地说：正是午休时间，您太疲倦了。我的解释：应该是负氧离子太多，醉氧了；

我用打盹证明你们提出旅游养生的可行性。

游山戏水之余，还可以漫步古村落。将石村是邵武市历史文化名村，保存有600年的古城堡遗迹，目前正在保护修缮中。村里还有明清遗留下来的翰林第、大夫第、吴氏宗祠、阙氏宗祠等古建筑，徽派建筑风格明显，尤其是木雕、砖雕工艺，十分精湛细致。

二

舌尖上的肖家坊主打产品是养生。

那天午餐，我们在将石自然保护区食堂品尝到邵武著名小吃“登高米粉”。那米粉白如雪，细如丝，用清汤烹制，爽滑有韧性，天然纯正米香味，口感极佳。

据主人介绍，肖家坊登高村自南宋以来，村人就会榨制米粉，当地人称之“榨粮粉”。登高人制作米粉十分讲究，水要使用深井水或山泉水，米要选用生长期长的单季稻大米，晒场要选在向阳的山坡地，晒粉用的竹帘洁净通风，制作出的米粉精细雪白，最大限度的返璞归真。当地人还喜欢用青草药熬成猪蹄汤，佐以米粉，用于“食补”。

药食同源，食养文化是中国优秀传统文化。早在唐朝，药王孙思邈记述：“夫为医者，当须洞晓病源，知其所犯，以食治之。”肖家坊民间擅长于各种鲜花和中草药入菜，创造了不少食养菜谱。家家户户房前屋后经常种木槿树，待开满粉红色和白色木槿花时节，采摘之炒蛋便是一道家常菜。制作时，可先将鸡蛋煎成蛋皮，切块备用，再将洗净、沥干的鲜花倒入锅中，快速翻炒，鲜花一变颜色就加入蛋皮同炒，拌匀即可。木槿花还可以撒入米汤，煮开后便是一道鲜美的花米汤，滑嫩爽口，是一道风味独特的美羹汤。经济困难时期，家庭主妇为了让男人吃饱饭赚工分，往往将干饭让与男人吃，自己吃花米汤充饥。其实从营养学角度看，木槿花搭配米汤，十分合理，而且还有清凉解毒，明目保肝功效。

肖家坊的“花菜”还有不少，清炒栀子花，清香扑鼻，清嫩可口，药效是舒筋活血，清热利尿。黄花菜可干拌、可炒肉丝、可熬制排骨汤，药效可健脑。这学名“萱草”的花，悠久的历史可追溯到《诗经》年代。

邵武的传统小吃“哪吒糍”，一年四季均可制作，但尤以清明时节为佳，到田间采摘鼠曲草，捣烂后与粳米、灿米磨成浆，煮成半熟搓成米团捏成薄皮，以笋干、熏肉、豆干、香菇等为馅，蒸熟后一个个哪吒糍绿黄油亮，色如碧玉，咬一口芳香四溢。鼠曲草有镇咳、祛痰，降血压疗效。

小蔡告诉我，肖家坊能入菜的花还有牡丹、莲花、百合等10余种，能入菜的中草药多达几十种，如苦菜小肠汤、金线莲排骨汤、山茶油焖土鸡、红菇豆腐汤等等。镇党委政府拟在镇区沿街500米近百家店面，布局民间特色养生一条街，包括传统养生药膳馆、特色小吃、养生食谱文化展示、养生食材原料店等。

三

打造养生民宿村是努力的方向。

走访肖家坊镇，让我小吃一惊，映入眼帘的镇区皆是徽派仿古建筑，古韵、雅致、清新。一条清澈的溪流蜿蜒于镇村之间，溪畔建起一个狮子湖公园，古色古香的木构长廊环绕着一池荷花，曲径通幽，心旷神怡。迎面一座山峰，黛色森森，状如雄狮，呵护着这一方青山绿水。眼前的山水令人从脑海跳出那句名言：青山绿水就是金山银山。

小蔡介绍：这些年特色小镇和美丽乡村建设为有家坊带来契机，镇区的新村建设也取得初步成效。镇党委政府的思路是，利用将上新村建成的双联排别墅11幢，四联排别墅8幢，6层公寓楼2幢和5000平方米的商铺为基础，建设第一期养生民宿村。同时，规划出50亩地，拟建设一座健康养生综合体，含养生养老公寓、养生街、酒店、书院等。现已作为招商项目对外发布，希望能以民间资本和企业运作模式获得项目落地。

漫步在整洁的街区，行人甚少，店铺前只有几位老人在吸烟，几只土狗悄然无声地蹲在一旁，一幅恬静的小镇风景。踏入沿溪景观道，呼吸着带有森林田野乡土味的清香空气，耳闻淙淙溪水声，休闲长廊也空荡荡一片寂静，确实少了城市的喧嚣与躁动，让你的心情一下子放松下来。

清静优雅的环境是休闲养生的理想场所，但也需要聚集一定的人气，酒香也怕巷子深。镇党委政府正在积极招商引资，热忱欢迎有识之士前来投资兴业，共同打造一个民宿养生基地。

四

培育一个养生产业——种植精油植物。

互叶白千层又称茶油树（它有别于我国传统的茶油树和茶籽树），原产地澳洲，属木本植物。因为它的树皮一层层剥落，俗称“千层树”。澳洲茶树油的发现和使用已有一百多年的历史，初始，澳大利亚土著人将茶油树的叶子捣碎或煎水用于治疗皮肤病，后来人们逐步了解茶树油具有强力的消炎杀菌功效，到了20世纪七八十年代，茶树精油的提取，被广泛应用于日用卫生制品、皮肤保健品、化妆品、食品香料、药品、有机生物农药等诸多领域。

近10余年来，由于澳洲受全球气候变暖影响，互叶白千层种植面积缩减，茶树精油原料难以满足全球市场需求，促使中国南方许多地方种植互叶白千层热潮。肖家坊镇从2017年春季开始，在肖家村试种50亩互叶白千层，长势良好，预计今年底便可产油，拟明年在全镇各村推广，并与邵武市经济开发区美菰林公司合作，由该公司负责茶树精油的提炼与相关产品开发工作。

期待着这个新兴产业的形成与发展壮大。

五

养生高手在民间。

那日，我们在“中国第一兰花谷”入口处等候景区电瓶车，见一对耄耋之年的夫妻坐在门口剥笋，便与之攀谈。

老爷爷是位美髯公，白须飘飘，仙风道骨；老奶奶体态轻盈，开朗善谈。老夫妻是将石村人，50多岁就进山管护兰花谷，一晃20多年过去。问他们身体这么硬朗，是如何养生？回答：哪有什么养生。每天忙忙碌碌做不完的事，巡山、种菜、饲养鸡鸭，开个小卖部，不同季节进山采摘山珍，忙碌已成为习惯，待在幽兰空谷已成为习惯。那一堆小径竹笋，足有三四十斤，是他们半天的劳动成果。老夫妻准备将之腌制一段时间，而后分装成小瓶，出售给游客。

老夫妻两个儿子三番五次劝他们退休回家养老，均遭婉拒。他们说习惯了山中忙碌生活。

看来忙碌是可以养生的。

采风团同仁张君，一到肖家坊就打听1975年一起工作过的同事老谢。原来当年还是插队知青的张君被南平地区选调去海南岛，成为10多名水稻制种队员中的一员。他记得队员中有一个老谢，是肖家坊人。真是无巧不成书，那天为我们开车的司机，就认识老谢。于是，一个电话，就让分别43年的老同事欢聚一堂。

老谢今年78岁，爽朗热情，饭量相当不错，身手还十分敏捷，与张君畅谈往事，记忆犹新，满怀豪情。老谢参加制种前是村里的农技员，制种后回村还是当农技员，一直是农民身份。但他自己感到欣慰的是，两个儿子是“吃公家饭”。

老谢邀请我们到他家中喝茶。一踏入那幢70年代盖的两层砖瓦房，我们就被院子里精心打理的果树、花卉所吸引，更让张君惊喜的是，大厅旁的两个房间摆满了奇石，大多是江河之石，大的有上百公斤，真是琳琅满目。张君怎么也没想到，他和老同事竟有共同爱好。

我又明白一个道理：热爱生活是最好的养生。

2018年春

古今传奇大布村

大布是松溪县人口最多的一个行政村，达3600多人。

大布是松溪县第一个列入中国传统村落名录的美丽乡村。

松溪河环绕大布村缓缓流淌，流淌了千余年，也流淌着古今传奇。

中国不少古村落的肇基地，往往归功于动植物，或是一只耕牛看上了这里丰美水草，赖着不走；或是这里几棵大树，蔽荫数亩地，风水绝佳，等等，大布村也不例外。相传早年间，有个名叫岩石下的地方住着一户李姓人家。一天，他家中怀孕的母猪突然丢失，几天后返回寻食，肚子空瘪瘪，显然已经生产了。主妇给母猪喂食后，悄悄跟随母猪来到松溪河边，发现芦苇丛中，一群小猪酣睡一起，一副香甜安宁状。主妇让丈夫前来观看，他们一致认为，猪有灵性，这里是一块风水宝地，决定迁居于此。

后来人们笑谈：大布村的肇基归功于一只母猪。其实这种说法丝毫不用羞赧，因为中国农耕社会，猪与家庭关系最为密切。“家”的字形，上面是“宀”，表示与房室有关；下面是“豕”，即猪。这表明在古代，“家”的构成往往与养猪有关。

李家新盖的草庐比原先茅屋宽敞，为之起名“大铺”。此地逐渐成为闽东北与浙西南边境的水上交通要冲，码头日益繁忙，人口不断增多，鼎盛时期，全村有篷船、竹筏180条，成为松溪县五大集市之一，被誉为“大埠”，后又因谐音演变为“大布”。

大布罗汉寺，始建于五代十国龙启二年，距今已有1190多年历史，现为福建省文物保护单位。有史料记载，罗汉寺为南唐光禄大夫、尚书孟仁泽所建。相传，孟仁泽年轻时进京赶考，乘船经过大布，忽见十多个和尚沿着河岸走来走去，便泊船上岸察看，却不见和尚踪影，只见一块空坪上，萋萋草丛中，十八块大石头分列两旁，就像十八个罗汉。孟仁泽顿悟，自己在船上看到的和尚即是这些石头，即跪下许愿：佛啊！我孟仁泽这次进京考试，如果高中入仕，一定在这里盖一座罗汉寺。

孟仁泽果然高中进士，累官至尚书，有一年回乡省亲，居然忘了自己许下的愿，船经大布未停，行驶到上游岩下村歇晚。次日起床一看，船漂回了大布村，孟尚书以为船未拴牢缘故，再下令将船撑回岩下歇息，岂料次日又漂回大布，此时才恍然大悟，赶紧下船，跪在罗汉石前谢罪：佛啊！您放我先回去，等我进京启奏万岁，领旨前来建寺。说也奇怪，这回他的船顺利抵家。不久，孟尚书请来圣旨建造了罗汉寺。

有趣的是，大凡佛寺的天王殿，都有四大天王，但罗汉寺却只有两大天王。相传，孟尚书建好罗汉寺后，其夫人问他：也把我的名字题上去了吗？孟尚书回答：没有。夫人生气了，就自己捐资在河对岸建造一座资寿寺，但建好后，没钱塑四大天王，便叫人去罗汉寺搬了两尊过来。从此，罗汉寺两尊天王管“风调”，资寿寺两尊天王管“雨顺”。民间把这两座寺庙称为夫妻庙，夫妻双双去烧香的习俗延时至今。

值得一提的是，1942年浙东抗战局势紧张，浙江大学龙泉分校曾迁到罗汉寺，坚持流亡办学两个月。我国著名学者、复旦大学中文系主任胡裕树，在20世纪90年代撰写《松溪足迹》一文，回忆在罗汉寺艰难办学经历。

大布人秉性刚烈、充满血性。据《松溪县志》载，明嘉靖二十一年（1542）冬，倭寇进犯松溪县境，围困县城41天。大布人王章率50余名村民在炮楼前宣誓出征，参加松城保卫战。王章和一起壮烈殉国的有 100 多名义士，他们用血肉长城抵御了倭寇进攻，取得了松城保卫战的胜利。而今，中央巷炮楼犹在，上书一副对联：安堵如常一方保障，屹立不动百里长城。仿佛在提醒人们，不忘那段壮烈往事，居安思危。

大布人古风犹存、剑胆琴心。古码头上，一棵古樟，饱经风霜仍枝繁叶茂，被誉为“讲理樟”。大布村从古至今，只要邻里发生矛盾纠纷，双方便会来到古樟树下，请来德高望重长辈当评判，双方各抒己见，讲事实、摆道理，长辈评判是非，化解矛盾，促进双方握手言和。如果裁决一方明显理亏，理亏方就会自觉地买一对蜡烛、一串鞭炮，到樟树下点烛燃炮，以表赔礼道歉之意。

码头附近有一块“奉禁碑”，立于清乾隆三十四年（1769），碑文内容是禁砍大布村东面樟垅山一带与闽浙两省结合部的森林，以利于保护水源和水利设施。碑文阐述了林木、水粮的相互依存关系，体现了朴素的生态意识。

仁泽书院创建于清同治年间。“仁泽”这两个字既是感念孟尚书的遗爱，又寄托了继承发扬传统儒学的理想。据统计，明清两代，大布村培育了贡生、监生、庠生、廪生、太学生、武庠生计 146 名。新中国成立后，大布村出了众多的博士、硕士和大学生，其中一位佼佼者名叫李良松，曾任北京中医药大学国学院院长、博士生导师，他对“古文化与医学”，研究颇深，名气甚大。古语曰：“不为良相，便为良医”，大布村清朝就出了个名医李梦蛟。他生于 1810 年，卒于 1896 年，自动习诵经书，专心研究《黄帝内经》《神农本草经》等医学典籍，医术精湛，医德高尚。松溪县令刘钧锡赠其“功侔良相”匾额褒扬。

大布村耕读之风不断得到弘扬，20 世纪 50 年代，国家开展扫除文盲和推广普通话运动，全村青壮年非文盲率达 98%，青壮年以下会说普通话的达 92%。1960 年，大布村被国务院评为“全国业余教育先进单位”，并选派代表进京领奖，受到周恩来总理等国家领导人接见。

大布不仅有松溪河环绕着村庄，还有一条运河穿村而过，这条运河全称“六墩引水工程”，当地人却喜欢叫它“松溪红旗渠”。1966年，松溪县为解决农田灌溉问题，从浙江庆元县筑坝引水，修筑了一条运河总长51公里，穿越大布村1.8公里，沿线灌溉农田2万余亩。红旗渠面宽6米，底宽3.5米，现在仍在使用中，成了大布村的一道风景线，也记录了那一段激情燃烧的岁月：时任县委书记王乐道率领6000余名干部群众、奋战4年、凿洞7公里、架渡槽8座，自力更生、艰苦奋斗的历史。

2024年初夏季节，我有机会采访大布村。走进村庄，好像走进了一个大工地，到处都是热火朝天的工作场面。河东乡宣传委员小张自豪地说：“大布村得到多渠道投资3亿多元，今年必须完成2.5亿元投资额，特别是用于古民居保护修缮的任务很重，大家都很努力。我相信到了明年，大布村一定会让游客感觉古韵悠悠又朝气蓬勃。”

科诚科普植物园是一位民营企业家创办的，去年刚落地，园区占地90余亩，其中珍贵苗木观赏基地50亩、植物展览馆面积8亩。总体规划投资2.1亿元，现已完成投资2000余万元，建成了游客集散中心、游泳馆、珍贵苗木园、标本馆等；下一步还将建设罗汉松盆园、银杏园、紫薇园、茶梅园、玫瑰园、楠木园、水果采摘园等。我们参观正在建设中的园区，确实感觉一派朝气蓬勃的景象。

大布村原有一所小学，现已停办。县有关部门看上了这里离县城近（5公里）优势和优美环境，投资6600多万元，将小学改造扩建为县中等职业技术学校。目前，新建的教学楼和宿舍楼已基本完工，足球场修整和其他设施改造也进入尾声，准备迎接9月初的开学。届时，大布村增加外来人口1000多人，又注入一股朝气蓬勃的精神。

我颇欣赏“古韵悠悠又朝气蓬勃”的说法。确实，绕着大布村流淌了千余年的松溪河，继续为大布村流淌着新的传奇。

2024年秋

凤林的文旅品牌

凤林、凤林，凤凰栖息于茂林，多么古朴典雅吉祥的村名。

甲辰冬至季节，蓝天白云之日，慕名前往政和县铁山镇凤林村。沿溪而行，远眺古村，水光山色，茂林修竹。步入古村，便被村中央的一株古樟树所吸引。古树年逾千岁，树身伟岸，需六七人才能合围，冠如华盖，荫蔽众生，不禁让我笑言：原来凤凰最初看上的是樟树林。

凤林村于 2015 年列入中国传统村落名录。它的传统品牌是朱子文化。朱子三代与政和特别是凤林关系密切。宋政和八年（1118），朱熹父亲朱松首仕福建政和县尉，携一家八口入闽，其父朱森选定在凤林的护国寺清居，常邀当地儒生在此谈经论道，传授儒学。历四年，朱森病逝，正逢方腊起义，道梗不通，朱松不能抚柩还籍，只好停柩于护国寺内，后因政务繁忙，又清贫无资，遂将先父葬于护国寺后侧莲花峰下，在旁筑韦斋草庐，奉孝守墓三年。宋宣和五年（1123）八月，朱松调任尤溪县尉。宋建炎三年（1129）十一月初，因金人南下，朱松携全家往政和避乱，寓居护国寺。次年五月，朱松带着已怀孕的祝氏夫人重返尤溪。九月十五日，其子朱熹诞生。故有朱熹“孕于政和，生于尤溪”之说。

铁山镇宣传委员小周为我导游朱子孝道园。2022 年，铁山镇争取资金 2000 万元，对凤林村的朱森墓、护国寺等遗存文物进行修旧如旧，改善提升，并新建朱子孝道馆、半亩方塘、生态停车场、游览步道及绿化工程，冠以“朱子孝道，政和出发；孝行天下，福满人间”为主题，提升传统文化品牌，激活凤林文旅魅力。

朱子孝道园项目业已大功告成，朱子孝道馆正在布展中。观看展板，朱子的孝道故事引人入胜。朱熹6岁随父返回政和，为祖母守孝27个月。他父亲教他的第一部书是《孝经》。朱熹读罢，在扉页上写道：“不若是，非人也！”窃以为，这不是一般的读后感，而是年少朱熹立下的一生追随礼教的誓言。

朱子的伟大贡献，是“继绝学，绍道统”。他高举起孔子的孝道旗帜，认为，孝道是人的天性所在，是人类社会得以存在和发展的基础，也是孝道得以产生的根源。他在《四书章句集注》中指出，“天理”是宇宙存在的普遍规律，孝道是天理在人类社会中的具体体现。

走了一趟凤林朱子孝道园，你对“千年政和，孝道文化”，便有了更直观和生动的感受。

带着这种感受，应该去欣赏一座新建的仿古廊桥。2024年9月22日，这座廊桥在梅龙溪上举行隆重的开桥仪式。廊桥原名屯尾桥，其历史可追溯至唐朝末年，是县城通往铁山镇的必经之路，朱子三代人都在桥上留下印记。朱松曾相邀好友聚于桥上吟诗论道，留下诗作《溪桥纳凉晚归小景》：

谁共溪边沆瀣杯，惊鱼不睡棹歌来。
风生蘋末无多子，更待冰轮作伴归。

南宋之后，屯尾桥更名为启贤福桥。

这一带还是政和大白茶的原产地。每年开茶季节，乡民便在启贤福桥上挂茶灯祈福；每逢婚嫁、添丁、祝寿等喜事，也在桥上煮上一壶“福茶”，招待南来北往的客人，启贤福桥上，茶香盈怀。

民国末年的一场特大洪水将启贤福桥冲毁，后来的陆续重建，始终无法恢复往日辉煌。前些年，广东爱依服商贸有限公司、世界朱氏联合会、南平市慈善总会及1500多位热心人士捐款总计600多万元，启贤福桥于2022年10月开工建造，历时两年，千年木拱廊桥横空出世，为朱子文化和福文化再添一道美丽风景。

民间焕发出对传统文化的热爱和对公益事业的热心，总是让人赞叹不已。而每年农历八月初二至初四，铁山村和凤林村先后在这里举办走古事、抢溪洲的民俗活动同样如此。

据地方史料记载，唐末乾符五年，黄巢农民军修通了仙霞岭驿道，从浙南挥师到达福建北大门浦城，兵分三路南下，主力部队进攻政和。唐僖宗先派御史中丞李彦坚抵挡黄巢，兵败。又派福建招讨使张谨携率大军继续阻击。张谨携郭荣等十八名将领所率大军与黄巢农民军在铁山激战九天九夜，最终弹尽粮绝，战死疆场。

后来，当地民众在他们牺牲和驻扎地修庙祭祀。凤林村里的回龙宝殿，殿正中央供奉的是张谨和他的夫人，陪祀的有郭荣元帅和他的母亲圣公婆、他的妻江夫人等。关于郭荣元帅和江夫人的传说很有意思：江夫人本是凤林村的一位江姓小姐，在一次祭祀巡游仪式中，她看见黝黑威武的郭荣神像，随口一说：“这人长得这么难看，可能娶不到老婆？！”旁人起哄：“那你做他的老婆吧！”料想不到，从此，江小姐春心萌动，日夜思念郭荣，茶饭不进，不久便呜呼哀哉，跟随郭元帅而去。凤林村人为江小姐的痴情所感动，就在回龙宝殿树立江夫人塑像，与郭荣元帅比肩而坐。

巡游仪式上午举行，将祭祀的张谨和郭荣等先人神像安放于轿台，沿着曲折巷道巡游，神像所经之处，家家户户燃放鞭炮，祈求英雄保佑：风调雨顺、国泰民安。

重头戏是下午的“抢溪洲”活动。与其说是活动，不如说是表演，表演的舞台便是梅龙溪中一段几百米长的河道。为了重现当年溪洲鏖战急的场景，必须给巡游的神像戴上头盔，换上一身飒爽的战袍。而后，一声令下，“精忠报国”大旗和金黄色元帅旗冲在前面，郭荣大元帅是冲锋陷阵的指挥官，他的台阁最为显目。各种彩旗紧随之后，你追我赶，水花四溅，呐喊声声，威风凛凛，以此缅怀战死沙场的英雄志士，也见证了中原文化在八闽的传承。

以“抢溪洲”为鲜明特色的“政和走古事”，于 2014 年被列入南平市第五批非物质文化遗产名录。

当我要离开凤林村时，小周盛情邀请我明年农历八月初重游故地，实地感受一下“抢溪洲”的氛围，说是可以站在古朴厚重的启贤福桥上观看，那里的视野一定很好。

于是，我登桥环顾四野，不禁想起一首著名的诗：

你站在桥上看风景，
看风景的人在楼上看你。
明月装饰了你的窗子，
你装饰了别人的梦。

2025 年 6 月

同源鲤鱼溪　文旅相媲美

凡是被评上国家级的传统村落，一定有它的独特魅力。我以为，政和县杨源村独特魅力有“三个一”：一条鲤鱼溪，一棵古杉树，一曲四平戏，以及背后的故事。

我曾在周宁县工作过，彼时耳闻，向西翻越一座洞宫山，就能看见一条杨源鲤鱼溪，可与周宁浦源鲤鱼溪相媲美。二十余年过去，2024年底，有缘来到杨源，所见果然是也。

杨源与浦源，皆有一个“源”字，鲤鱼自然离不开源流，于是村名也不约而同地认定吗！不禁让人会心一笑。

两村的鲤鱼溪，皆长不过500米，宽不过丈余，从村庄中间穿流而过，聚集着成百上千条鲤鱼。鱼儿“闻人声而来，见人影而聚”，一旦听到人的脚步声，便鼓腮奋鳍，争先恐后而至。最有趣的是，两溪皆用光饼喂鱼。当你将光饼掰碎，贴近水面，鱼儿们便一拥而上，捷足者抢走饼块，吞咽之声喋喋可闻，后来者似乎心有不甘，吮吸你的指尖，让你赞叹与怜惜之情油然而生。

两条鲤鱼溪畔皆有鱼冢。浦源鱼冢坐落于两棵千年柳杉中间，杨源鱼冢位于一块天然岩石之下。它们的存在分明告示你：这里的鲤鱼严禁捕食，这里的鲤鱼与村民一样平等，享受村民一样的待遇。

两个古村形态、古风习俗，何等相似，简直如出一辙。两村流传的故事，也一样古韵绵长。浦源村民多为郑姓，在溪中放养鲤鱼习俗，始于南宋末期的郑氏八世祖晋十公。斯时社会动荡，人心不古，是为澄清溪水和防患投毒，故召集村民订立乡规民约，禁止垂钓捕捞，违者严加惩处。据传，他还故意唆使其孙下溪捕捞一尾鲤鱼，随即当众宣布其违约，鞭笞示众，以儆效尤。从此，护鱼之风，世代相传，距今达800多年。

杨源鲤鱼溪的历史更加悠远。相传唐朝黄巢率十万农民军攻打福州，朝廷派福建招讨使张谨抵挡，在政和铁山激战九天九夜，张谨兵败身亡于铁山脚下，朝廷赐封其为“英杰侯”。次年，张谨长子张世豪携家眷从河南前来政和扫墓，经过杨源村，见洞宫山麓千峰凝翠，万山含碧，堪为一处风水宝地，便随手拔下一棵小杉树，倒栽在山坡上，又让人抓来几条鲤鱼，放入坡下小溪中，心中祈愿：父亲在天之灵护佑，如果来年倒栽小杉树能成活，溪中鲤鱼已成群，儿子就在此地结庐为家，为您常守墓茔。第二年清明时节，张世豪又来政和扫墓，看到倒栽杉不仅成活，而且生机勃勃；再看溪中鲤鱼成群结队，向他游来，如同朝拜君主，张世豪惊喜万分，当即决定举家南迁，定居杨源。而今逾千年，遂成张姓大村。

浦源郑氏祠堂，已列入省级文物保护名录。据地方史介绍，浦源肇基祖郑尚，是宋徽宗的外太孙。他有一天在一棵柳杉树下小憩，恍惚间，梦见自己驾驶一艘大船乘风破浪前进，跟随者众多，金银财宝无数。醒来后立下遗愿，要在此处建一座宗祠，形状似船，柳杉树为“桅杆”。子孙遵嘱，在此草创了一座宗祠，至明洪武十八年（1385），郑尚第八代孙晋十公终于完成了先祖遗愿，将宗祠拓展，提高了档次。之后，多有修缮与扩建，形成5进5厅，一戏台，4天井，8厢房，飞檐歇顶，凤池藻井，流光溢彩，壮丽堂皇的闽东完整宗祠，曾被誉为“八闽最美十大宗祠”之一。

杨源英节庙始建于北宋崇宁年间，乃朝廷追封张谨为“英节侯”而祭祀之，也已列入省级文物保护名录。英节庙规模虽小于郑氏宗祠，但戏台的气派和精致可与郑氏宗祠争奇斗艳。每年农历八月初六和二月初九，张谨主帅和郭荣偏将的生辰，四平戏都会在英节庙演出三天三夜。而这两次的庙会，其热闹隆重氛围堪比过年。上午，祖先像从英节庙被抬出，在村内村外巡游，神铳开道，锣鼓喧天，村民与四平戏演员一起跟随其中，登上桃花岛祭祖堂，恭拜祭祖，唱戏娱神。祭祖结束后，众人又将祖先像抬回英节庙，最后以一场紧张激烈的冲庙仪式结束。

浦源的古树名木，除了郑氏宗祠那棵充当“桅杆”的古柳杉树，伫立在鱼冢旁的两棵千年柳杉树，被称为“鸳鸯树”。相传这鸳鸯树生前是一对恋人。仙女下凡，爱上浦源一位善良淳朴的青年男子。天帝不允，派来雷公电击青年男子。仙女双臂环抱恋人，和他一起被雷公击毙，而后双双化为两棵痴痴相缠的鸳鸯树，永远相依相守。

杨源的倒栽杉确实形神兼备。那座山坡古杉成群，郁郁葱葱，皆枝桠朝上，唯那棵倒栽杉枝桠向下，卓异特立，恰如一位久经沙场的老帅爷率领诸个青春焕发的军士，在此摆兵布阵，保境安民呐。

一个古村落的文化底蕴最为珍贵。浦源村的鱼祭仪式和杨源村的四平戏，同样被列入“非遗”目录，便是例证。

浦源村民把鲤鱼奉为神明，偶有鲤鱼死，由尊长主持鱼祭仪式，将鲤鱼供奉鱼冢前诵读祭文，再将其安葬于鱼冢中。自古流传下来的祭文有多种版本，内容大同小异，都十分精彩。试举祭文中常用的两个典故：“纵来吕尚，不敢垂纶；倘莅冯灌，空劳弹铗”，即使姜太公（吕尚）善钓鱼，也不敢到此垂纶；冯灌（孟尝君食客）弹剑而歌：“长铗归来兮食无鱼”，这里还是无鱼可食。真是文采斐然，夸张而风趣。

四平戏是杨源人的魂。2006年，四平戏被列入国家级非物质文化遗产名录。四平戏明朝中期由江西传入，与当地唱腔融合而成。其主要特点是无曲谱，沿土俗；古朴粗放，句末众人帮腔；后台只有锣、鼓、钹、板四种打击乐器。其古朴精湛的表演、激越高亢的唱腔，诙谐风趣别具一格，特别是前后台和唱，堪称戏坛一绝。中国戏曲界很长一段时间认为四平戏已消失，直到20世纪80年代，戏曲工作者在杨源村发现四平戏不仅存在，而且十分完整地保存下来。专家们欣喜若狂，惊呼这是“中国戏剧活化石”。

传统村落需要保护和提升，也需要相互借鉴和联合，使之在当今文旅产业潮流中更加健康和蓬勃发展。可喜的是，杨源村围绕自己独特的“三个一”，虚心学习“邻居”的好做法、好经验，同时避免旅游资源同质化，使其文旅魅力如同一股清流，流入游客心田。

古村落的修缮与提升增强了古韵。近些年，各方共投资近千万元，对140多幢明清时代古民居修旧如旧。整治鲤鱼溪，修建沿河廊桥，放养不同品种的鲤鱼，让天光云影映照五颜六色的彩鳞闪现，让古韵似乎有了灵动感。倒栽杉景点搭建起观景平台，古朴简约，并与凤山茶盐古道相连接，让游客俯瞰古村全景之余，沿着古道漫步，感受历史沧桑变迁。

旅游设施的改造与配套增强游了客体验感。杨源村新建了游客服务中心，新增了景点标识等设施，特别是民宿的发展，吸引了许多回头客。那天，我们那天考察“宿源”民宿，听陈老板介绍，暑期是旺季，许多来自福州、宁德的游客，携家带口，一住就是一个星期。他们特别享受这里“18摄氏度夏天”和清新古朴的生态人文环境。对政和与周宁鲤鱼溪的评价是“同源鲤鱼溪，风韵各不同”。

文化的挖掘与传承让古村落有了精神支柱，也让游客印象深刻。杨源村是四平戏传承地之一，每逢农历二月和八月，村里都要演出四平戏三天之夜，世代沿袭。现今，村里对戏院进行了改造，经常举办展演活动，并与“新娘茶”习俗结合，打造“品新娘茶，赏四平戏”旅游文化品牌，吸引众多游客感受古腔古韵与高山茶文化的魅力。

2025 年 5 月 11 日，政和县“农信杯”“亿年龙鸟，最美风景带”村跑活动在杨源村鲤鱼溪畔鸣枪开跑，吸引了福州、宁德和浙江瑞安、龙泉、庆元等多地 300 多名选手参加。体育运动携手文旅经济共同发展的活动，上了热搜，又一次提升了杨源村的知名度。

2025 年 6 月

光泽有山名乌君

伫立光泽县城，向东眺望，一座高山连绵起伏，黛色如铁，恰似一道雄伟的屏障；山顶有两块岩石，形如两只美猴王。它就是乌君山，俗名猴子山，有光泽第一名胜之称。

文脉悠久

乌君山名颇典雅。据古籍记载，秦汉年间，有道士徐仲山入山，忽遇暴雨，避雨于华丽洞府。洞主自称乌君老人，见徐仲山相貌堂堂，举止不凡，即将小女婚配与他。不料，新婚三日，山火四燃，乌君家族惊慌逃命，皆披羽衣飞翔而去，因未与徐仲山制羽衣，乌君女大难临头独自飞，抛下夫君生死未卜。故有乌君山名。

猴子山名很通俗。山巅突兀而立两块巨石，酷似一公一母两只蹲坐的猴王和王后。而山中，“群猴”会集，人称“百猴石”。相传，猴王和王后常率领群猴下山扰民，村民苦不堪言，遂建造齐天大圣庙，请来孙悟空管教他的徒子徒孙。这一招果然灵验，野猴不敢下山了。

由此可见，猴崇拜、齐天大圣文化在闽北源远流长，《西游记》塑造的孙悟空形象，只不过将民间传说进行加工，源于生活又高于生活而已。莫非作者吴承恩曾到此一游？

历代达官名士为乌君山留下珍贵诗文，已成为一笔财富。元代布衣诗人黄镇成，遥望家乡的乌君山，写下：“谁把琪花洒碧霄，千岩万壑总琼瑶。支颐正好吟诗句，莫遣东风一日消。”该诗被收录清乾隆帝亲自主编的《四库全书》。明代诗人徐撤，咏乌君山腰的三叠石：“仙人骑鹤去不还，药炉丹灶留人间。”清代张际亮《乌君山题壁十六字》：“苍苍万石，萧萧百泉。山风夜至，明月在天。”这位鸦片战争时期的爱国诗人，应该在乌君山上宿过营。历朝历代许多名士，都为乌君山留下佳作。

景致天成

乌君山属武夷山国家公园保护区，主峰海拔 1477 米，景致可概括为“四绝”：

一是云海雾岚。笔者乙巳年小满季节访山，上午徜徉于山脚诸景，每每抬头寻觅山巅猴王、王后，它们在云雾缭绕中，时而现身，时而隐身，总让人惦念。下午进山，登至山腰，山高云低，仰望双猴清晰可见，身边烟岚着衣，如腾云驾雾，而脚下村庄已被云雾笼罩。昨日在自媒体上看到乌君山日出云海的摄影作品，其壮丽场景不亚于黄山云海，当然，那是可遇不可求的景色，还必须在山顶露营苦等。

二是奇峰异石。倘若攀登至顶，可一睹石猴一脸苦相、痴痴守望之神态。据说见者都动了恻隐之心。途中经过“风动石”景点，近观三块巨石，天然重叠，凛凛而立于侧峰之上，耳闻山风从石隙而过，啸然声响，惊叹摇摇欲坠状却坚挺了千万年。我们虽然只攀爬至山腰，但已领略岩崖怪石嶙峋叠嶂之奇异了。

其实，目前乌君山尚属“野山”。陪同我登山的饶坪村民兵连长小黄告诉我，去年 10 月的一天，他们几个朋友结伴登乌君山至会仙岩，已是中午，便煮面条充饥。此时遇见一位登山客，背包登山杖，设备齐全。小黄劝他下山，说时间不够登顶，明早再来。他不听劝告，继续攀登，结果天黑时遇到野猪，慌乱逃窜，迷路山中，只好用手机求助光泽蓝天救援队，幸得救援，化险为安。

三是流泉飞瀑。俗语：山有多高，水有多高，乌君山便是实证。访山之时适逢雨过天朗，一路有泉水叮咚相伴，时而还需抱几块岩石扔入泉水溢满的步道，作为临时碇步，踩跳而过。此时你会忍不住吟唱那首老歌："泉水叮咚泉水叮咚，泉水叮咚响，跳下了山岗，走过了草地，来到我身旁……"

远眺整座山，黛绿色中掩映着缕缕飞瀑，洁白耀眼，不下十多条，可称之"季节瀑"，也是一道可遇不可求的美景。但"乌君瀑"属常年胜景。我们前往游览，百余米外就望见一面高达七八十米，上窄下宽的水瀑，从天而降，雪崩一般，飞花溅玉，云蒸雾泽。

四是"老君眉"茶。乌君山是乌龙茶"老君眉"的产地，清代颇推崇，曾作为贡茶。清郭柏苍的《闽产录异》载："老君眉叶长、味郁，然多伪为。"《红楼梦》书中"栊翠庵茶品梅花雪"章回中，贾母待客的好茶就是老君眉。

山村秀美

饶坪村位于乌君山下，清澈丰盈的溪水绕村而过，绘就了一幅"山环水抱，绿意盈门"的秀美画卷。饶坪村先后被评为国家级森林村庄、省级美丽休闲乡村等称号。

130 亩松树林掩映着村委会小楼。我在二楼会议室推窗而望，一株株马尾松参天而立，青翠挺拔，有如一个个高蹈之士，一阵轻风掠过，仿佛听到他们在簌簌低语。女支书介绍：马尾松年龄大都 100 多岁了，相传是一夜之间生长出来的，村民视之为风水林，它的昌盛与村庄昌盛息息相关。

齐天大圣庙是省级文物保护单位，始建于唐宋年间，重建于清嘉庆年间，徽派建筑风格，面积达1000多平方米，蔚为壮观。正殿神龛供奉着齐天大圣孙悟空金身塑像，面朝着戏台。原来每逢大戏开演时，孙大圣坐在贵宾席。庙前是一条古驿道，当年中央红军进入武夷山下，就从这里经过，在庙旁一株苦槠树下休整。而今，300多岁的苦槠树老而弥坚，依然为来往行人蔽荫。

饶平村“最美庭院风景道”已成了网红打卡点。两年前，村里拟改造50多户庭院，邀请国内多所著名大学派实习生来设计。这真是个“金点子”，各家各户庭院总体协调，又形式多样，简约实用而且赏心悦目。

知青情结

从饶坪村驱车15千米、蜿蜒而上、至乌君山腰、海拔达千米的坪溪农场。农场小广场上有一个花岗石构筑的凉亭，横匾镌刻“知青亭”三个字。旁立有石碑，上刻：“一九六三年十一月四日，厦门市105名知识青年（男80名，女25名）响应党的号召，来到这里安家落户……”石亭是这批知青2018年捐资而建。

笔者是1969年初上山下乡的知青，自然也有知青情结。我通过农场负责人，电话采访了为知青亭撰写对联的吴资润老师。吴老师是厦门同安人，1961年厦门五中高中毕业，因“白专”之嫌没被大学录取。1963年底，厦门市在中山公园召开欢送知青大会，吴老师作为知青代表上台发言，他至今保留着当日的《厦门日报》。其妻是25位厦门女知青中的一位。他俩和许多厦门知青一样，把青春和才华都奉献给了光泽这片山水。

吴老师回忆，初上坪溪农场，是徒步翻山越岭而至。1964年，在农场全体职工努力下，开辟了一条可通行人力板车的山路。他们开荒造田、垦山植林、耕田种粮、伐木种茶，奋发有为，一度使农场成为光泽的一个先进典型。吴老师后来挑起了坪溪学校的教育重担，继而担任过光泽几所小学的负责人，直至退休才回厦门安度晚年。

光泽山水记住了那段激情燃烧的岁月，乌君山记住了那段激情燃烧的岁月。

2025 年春

平潭岛纪行

孤悬于台湾海峡，号称百岛千礁，从空中看，形状恰似一只腾跃的麒麟，嬉戏于茫茫海面之上。人们称这只瑞兽为平潭岛或平潭县，现在的官方称呼比较拗口：平潭综合实验区。

它是中国第五大岛（前面是台湾、海南、舟山、崇明），福建省第一大岛，陆地面积371平方公里，相当于新加坡国土一半。120个岛屿，702个礁岩，人口近40万。主岛海坛岛267平方公里，距离台湾新竹县68海里，是大陆离台湾最近的地方。

海坛岛的老同学对我说，我们平潭岛“咸鱼翻身”啦！现在成了大工地，一天要花掉一亿元人民币。赶紧来看看，否则，再过几年，老海岛面目全非，难寻“古早味”了。还是这位同学，前年对我说，等跨海大桥通车了再来，现在进岛靠轮渡，一等就是几个小时，太辛苦苦。

投资11亿，全长3.7公里跨海大桥确实壮观。2010年夏季，我选个周末驱车往平潭岛，老同学到大桥头迎接，一定让我们下车，徒步一段大桥，体验体验，说，去年底通车那天，政府动用几十辆大巴，把海岛的父老乡亲拉到大桥观光。老人们老泪纵横，孩子们欢呼雀跃，年轻人满眼风光——海岛几代人的梦这一天实现了。

“海滨沙滩冠九州”是平潭岛最响亮的广告词。龙凤头沙滩距离老城区很近，向东步行，穿过一片森林公园，15分钟可到达。只见一湾绿水，十里金沙，水清浪柔，沙软坡缓，可同时容纳 10 万人在此戏水游乐。环岛 70 多公里长的滨海大道这一段已建成，很大气，特别是道路临海一面预留出百多米的绿化带，建成后的风光可与厦门滨海路相媲美。坛南湾位于海坛岛东南面，环岛路贯通后，两个著名海湾之间车程 15 分钟可达。老同学建议我去坛南湾游泳，说那里水最好游人又少。我们登上一个山坡，眺望坛南湾 12 公里曲折海岸线上，镶嵌着 9 个沙滩，每个沙滩均有岬角相隔，形成三面环山，一面临海，就如 9 个新月牙挂在蓝色的天边，那海湾点点的礁石就是星星伴月。在这样的海湾游泳，恍惚置身于天上的银河，自己便成了一颗小小的星星。

退潮后沙滩，辽阔坦荡，一位老渔民手持铁叉，有如天蓬元帅的兵器，铁叉插入沙滩约 2 寸，缓慢拖着后退，只见他不时停下来，用手在铁叉下的细沙中挖出一个洁白的蛤子。真了不起，老渔民全凭手感觉，就知道铁叉捕到猎物，百发百中。我借过铁叉，试了又试，皆无收获。老渔民笑曰：练手感，非一日之功，只是这样的技能，现在后生们瞧不上了。老同学说，坛南湾的蛤子全生态，煮汤十分甜美。他看看老渔民竹篓中蛤子约三五斤，便问价格。老渔民说不卖，留给自己吃的。老同学有点不悦，悻悻地说："明天自己来挖，我的手艺不比你差。"

老同学姓高，1947 年出生，上大学那年 31 岁，大儿子 6 岁，二儿子 4 岁，三儿子 2 岁。我们同窗期间，曾几次听他倾诉没有女儿之郁闷，果不然，大四时制造出一个女儿，如愿以偿，乐不可滋。此番同行的同学陈君告诉我，大学毕业后三年，他到老高家做客，见他们一家人挤在一个房间，老高一边批改学生作业，一边和他聊天，还得不时地腾出手，按按这个儿子脑袋，让他闭眼睡觉；揪揪那个儿子耳朵，要他认真做作业；哄哄宝贝女儿，答应她明天买支蜡笔。一晃，近 30 年过去，如今，老高已有 4 个孙儿、1 个外孙。我问他退休后干啥？他说，返聘 3 年，去年坚决不干了，现在任务，一是接送孙儿上下学，二是打乒乓球；去年获得全县离退休干部比赛第二名。那天晚宴，我请他第二天陪我们去看海坛天神，他满口答应，说那地方太熟悉了，去过很多趟，但马上发愁谁接孙儿上下学。我们只好不让他作陪了。

宴席上，老高对苦螺、涨水螺，一粒不吃，问及为何？说是小时候吃得太多，吃“伤”了。聊起20世纪60年代经济困难时期，家中连地瓜米都吃不饱，好在海岛贝壳类海产品多，特别是苦螺，浅海礁岩处，可一畚箕一畚箕捞回，放在锅中一煮，用一根竹签挑出螺丝肉醮点盐当早餐，十分扛饿；如果运气好，捞到拳头大的涨水螺，吃三个就可顶一餐饭。但是吃多了，满嘴咸腥味，到学校坐进教室，同桌嫌弃；和伙伴一起玩，伙伴嫌弃，弄得挺自卑的。我听了大笑道：“同是天涯沦落人。但让我吃伤了是地瓜，当知青的时候，缺油少肉，更无海鲜，只有地瓜不缺，于是煮汤吃、焖着吃、烤着吃，可以搞出十几种吃法，所以我现在也不吃地瓜。”大家调侃：当年你们能山海协作，互通有无，多好。有趣的是，如今，苦螺一斤10多元，涨水螺更贵，都成了宴席的一道高档菜。但地瓜还是地瓜，高档不了。

平潭岛 “海蚀地貌甲天下”，最为著名的应是“半洋石帆”。在主岛西北海面上，突兀起两块巨石，专家论证是罕见的海中巨型天然海蚀柱，高的一块达33米、低的一块高15米，宛如两叶巨大风帆耸立在形似船体礁石上，远远望去，在天风海浪中，卓立中流。真是“千帆皆小，石帆独高”。据传，南宋末代皇帝宋端宗被元军追击，其母杨太妃携其海上逃亡，曾驻足于此，故又名“王母礁”。明朝有南方徐霞客之称的陈第将军誉之“天下奇观”如今又寓以新意，说它像一艘沟通台海两岸的大客轮。如果换个角度看，它又成了一只擎天海狮，镇守在海风波涛中，为综合改革实验区保驾护航。

海坛天神的奇观可与半洋石帆相媲美。它远离平潭主岛，坐落于最南端的南海乡唐屿岛上，乘机帆船一个小时到达，如遇上风浪，晕船是家常便饭。我们出发前晚，陈君被吓得漏夜敲药店门，买晕船药。那天倒是风平浪静，我们搭乘人货混装的木壳船，闻着鱼腥味，与岛民聊着家常，谁也没晕船。到了码头，再乘柴三机，穿越一个名叫南中村的集镇，远远看见海坛天神，当地朋友让大家赶快下车，千万不要错过漫步一条奇妙的沙滩。

那条沙滩一头紧挨着村庄，另一头向大海延伸，近千米长，快到尽头时，分成左右两道优美弧线，于是，漫步在沙脊上，只好左顾右盼。两边月牙形的沙滩有如两位天仙美女，争相媲美，争风吃醋，让你不知道亲近哪一位更好。沙脊上开满金灿灿的黄色小花，是野沙参。挑大株的，从沙中挖出“人参”，用矿泉水冲冲，咬入口中，清甜沁心。我们踏上一条白色点缀着黄花的地毯，去朝圣海坛天神。

一座石山，酷似一个巨人仰卧在海面上，谓之“海坛天神”。天神身长330米，胸宽150米，光头凸肚，耳喉俱全，头枕金沙，双臂平直，双腿直伸海中，神态威严，最让人拍案惊奇的是，石神下身有一根4米高的柱状岩体，斜斜上翘，直指青天，酷似男性的一柱雄风。这即是天神赐予人间的宝物。平潭岛有史记载以来，就有描述人们到这里朝拜的画面：在波光粼粼海面上，经常出现一对对年轻夫妇，驾一叶扁舟，登上这块巨石，对石柱虔诚膜拜，倾诉赐予传宗接代之心愿。

我想起老高说过，年轻时多次拜谒海坛天神，恍然大悟：他当年一定是为了祈求生个千金而来。

返程途中，老高电话为我们送行：“明年一定再来走走，可乘坐时速达40节的豪华快艇，直航台湾。”

忘了向他证实海坛天神的灵验。

2010年10月

寻幽探奇南寨山

那日观赏航拍平潭岛的影像，突发奇想：盘古开天地之初，即是巨手抓起一把碎石，砸向蓝色东海，顷刻间形成一个麒麟状的海岛，大的石头便成了诸如“海坛天神”“石牌洋”等显著标志；细末尘埃化为亮晶晶的环岛沙滩，而不大不小的石块，则堆起绵延起伏的山峦，南寨山就是其中一座。

庚子年夏至季节，我慕名游览南寨山，山利村护林员老林为我导游，半日游程，寻幽探奇，收获甚丰。

古榕石厝　和谐幽远

南寨山东麓有一个古村落，名曰“山利”，以古榕石厝闻名。有一棵“榕树王”，年龄已逾300岁，犹如一位历经沧桑、雄风不减的老将军，值守在南寨山风景区的路口，来来往往的游客，皆有仰望它的机会。“榕树王”的树身似乎是十多株树干合抱而成，树抱树，根连根，须缠须，分不清彼此。枝丫又像群龙腾飞，各自飞向苍天，气势雄伟，甚为壮观。当你走近它的身边，崇敬之情油然而生，此时脑海涌现出冰心老人《故乡的风采》一文中的赞语：“其实最伟大的还是榕树，在巨大的树干之外，它的繁枝，一垂到地上，就入土生根。走到一棵大榕树下，就像进入一片凉爽的丛林……”

山利村百年树龄的老榕有十多棵，散落村中，掩映着石头古厝，让你又冒出一个问题："村庄先有榕树，还是先有石厝？"老林的回答不是很肯定，但推理符合逻辑："应该是先有榕树，因为平潭岛的榕树始祖在山利村，我们至今还向全岛提供榕树种苗呢。也许我们先祖就是看到南寨山下榕树成群，是一块防风却沙宜居宜业的风水宝地，才择此而居。"

老林告诉我，凡有百年以上历史的石头厝，皆有个显著特征，即保留着高高的马鞍形风火墙和"M"字形以及"人"字形的瓦顶，屋顶必用石头压瓦，以防台风掀顶；走进厝内，看看楼梯是否用石条搭建的。之后建的石厝，就少了这个讲究和特点。

登上南寨山，回望正利村，可欣赏到一幅独特的风景画：清一色的石头厝，灰中泛白，质朴无华；清一色的榕树，青翠如黛，稳重葱郁，背景是蓝天白云，阳光灿烂。

令人惊叹！古榕树与石头厝竟能如此和谐与默契，一定具有同样强大的韧性，经得起风雨也耐得住寂寞。

奇石聚会　动物王国

南寨山由"五峰一谷"组成，名称就颇有意思：仙女峰、鳄鱼峰、绵羊峰、神雕峰、青蛙峰及神龟谷，分明就是一位仙女赶着一群动物来聚会。按照老林的平潭岛方言形容，每一块石头都"也活"（即很活、活灵活现）。

在方圆不上一平方公里的丘陵中，遍布着球状风化花岗岩体，千姿百态。进山第一处石景就是"孙悟空迎宾"。那只孙猴子打上领结，彬彬有礼，让人想起沐冠而猴的成语。猴子旁边是"鸳鸯理翅"，自恋的鸳鸯认真梳理着自己的羽毛，也挤入迎宾队伍，站在前面的鹦鹉看到鸳鸯臭美，不服气地别过头去。憨厚的骆驼拉着大炮来了，炮口朝向东海，不知是迎宾礼炮还是有备无患的火箭炮？

山中有“百兽园”。你瞧，狡猾的狐狸、骄傲的小白兔、勤勉的老乌龟、笨拙的发财猪、张口大嘴狂啸的猛虎、仰天号叫的大灰狼，等等，皆形神兼备。最令人恐怖的是“巨蟒吞牛”，那条眼镜蛇张开血盆大口欲吞下整个水牛，水牛的半截身体已葬身蛇腹，狐狸吓得撒腿就跑，见过世面的猫头鹰仍然睁一只眼闭一只眼，一副满不在乎的神态。

山中还有“海底世界”。老鳄鱼正在教幼子捕猎小海龟，小海龟奋力逃遁，老海龟心急如焚，赶来救子，一场鳄龟大战就要爆发，旁边的海豚似乎翘首以盼，一副坐山观虎斗的模样。

作为高级动物的人类，在动物王国里的一举一动格外引人注目，有一对情侣的活动就被追踪并定格为1号、2号、3号，演绎成连续剧：1号情侣石情景是，大石之上有两块小石，犹如男女两人头部，依偎一起，高大魁梧的男子伸手搂着纤弱美丽的女子，呢喃燕语，互诉衷情；2号石的姿态则完全不一样，先前的一对亲密情侣，现在不知为何吵架了，背靠背，低头不语，互相赌气；3号石的情状又让观众彻底放心了，情侣更加亲密无间，已达到“在天愿作比翼鸟，在地愿为连理枝”的境界。行走的沙僧一眼瞥见，驻足忘行，羡慕不已。

沙和尚偷窥情侣，孙悟空跑去迎宾，猪八戒在干吗呢？原来“八戒酣睡”，躲在树丛中面朝西方，偷睡懒觉。剩下孤独的唐僧，只好双手合十，敢问路在何方，留下“唐僧问路”的造型。

“阿凡提”是一块经典的海蚀风化石，孑然独立于一个山坡上，高达2米，长着一副幽默风趣的脸庞，高高的鼻子特别夸张。据说，游客摸摸他的鼻子，就会有好运气。如今，那鼻子已被摸得油光发亮。

据旅游界业内人士评判，平潭岛堪称“世界象形岩石之乡”“世界奇岩之城”。那么，奇石聚会的南寨山，即是一座象形岩石荟萃之山。

一衣带水　两岸家乡

平潭岛是大陆距离台湾岛最近的地方，伫立南寨山上，一眼便可望见那条“浅浅的海峡”。

山利村20世纪赴台的人较多，现居住台湾的约500人。饮水思源，许多年前，祖籍山利村的台胞，纷纷携妻将子回乡寻祖拜亲，共享团圆之乐，有的还参与家乡建设。

山顶有一座别致的凉亭，就是一位山利村籍台胞出资建立的，取名“如归”，既有盼望台湾早日归来，又有外商宾至如归之寓意。此亭是绝佳的瞭望台,可俯瞰山脚下的山利村与岚岛母亲湖——三十六脚湖，可远眺金井湾沙滩和波光粼粼的海峡。

老林见我游兴甚浓，便带我钻了几个已经荒废的“地堡”。原来南寨山峰脉相连、岩洞交错、曲径通幽、绿树成荫，许多大大小小的洞穴皆是天然的军事设施，当年略加改造，即成为炮台、枪位、岗哨、指挥所，隐蔽性极好，洞口油漆书写的“军事禁地”字迹犹在。我猫腰潜伏到一个狙击手的枪位，海岸线尽收眼底，一种神秘的感觉掠过心头。心想，何不开发成军事拓展旅游项目，集红色历史、军事知识、运动性、趣味性为一体，同时丰富南寨山的奇石之旅。

也应是“化干戈为玉帛”。

老林告诉我，有一位山利村籍的台商，对开发提升南寨山旅游景区情有独钟，聘请高人规划，拟将之打造成一个经典的世界象形岩石之山。

期盼着南寨山不仅展现寻幽探奇的鬼斧神工，还可以体验浓郁绵长的两岸家乡情怀。

2020年夏

附录

文化行者的追求与快乐

邱景华

近些年，唐颐的人和文，让我真切地感到：文化行者与文化学者的不同。

文化学者所研究的是文献里的历史文化，他们多半是在书斋里做学问，皓首穷经；而文化行者所关注的则是当代“活”的文化，他不是在书斋里研究，而是在大地上风尘仆仆地行走，看大地上的自然景观和人文景观。但文化行者又不是一般的旅行者，他能在自然景观和人文景观中，深入探究和挖掘积淀在其中的文化内涵，辨析各地文化的独特性、差异性和多元性。

如果说，“行万里路，读万卷书”是古代士人学习的传统方法，那么这种传统的学习过程，行与读常常是分开的，即分阶段完成的。而对文化行者来说，行与读是不可分开，必须融合在一起。行，就是旅行中的实地考察；读，就是读所到地域相关的文化史料和文献资料。“行读”还与“写”结合在一起，就是把边走边读过程中的所见所闻所思，写成系列的雅俗共赏的文化游记。

这样，作为一个旅行整体的边走边读边写，就成就了一个文化行者的追求与快乐。

一

远方有诗，诗在远方，去追寻远方的诗，是许多文学青年的梦想。唐颐认为："诗与远方"是潜藏在每个人的基因里，关键在于如何把它激发出来。

1981 年秋，作为福建师范大学中文系学生的唐颐，来到永安一中实习。桃源洞是永安著名的自然名胜，400 多年前，徐霞客曾来到桃源洞探险，并在游记中写下桃源洞的奇景。永安一中的老师带着唐颐游览了桃源洞，并推荐他阅读《徐霞客游记》。这一看，他就入迷了。他后来写道："永安实习之后，《徐霞客游记》摆上我的案头，从此成了一直跟随左右的读本。"

《徐霞客游记》是对唐颐"诗与远方"梦想的激活，从此一个志向在他心中暗暗形成：做一个当代的徐霞客。他生性好动，年轻时喜欢爬山，热爱大自然，喜欢自由地行走，不怕旅途的艰险和困苦，有冒险精神，这些都是旅行家的基本素质。他说："徐公每一次户外考察，几乎都有探险经历。他似乎与生俱来就有一种无历险不快乐、无探险不过瘾的行为。"

唐颐也具备这种探险爱好和冒险精神。他在《自古华山一条路》中，以自己亲身历险经历，弥补了《徐霞客游记》对华山过于简略的记录。到华山北峰的棋盘台，必须攀爬一段名曰"鹞子翻身"的险道。那险道在悬崖上，只有一条铁索凌空，不见路径，唯有面壁挽索，以脚尖探寻石窝，有如鹰鹞一般左右翻转身子才下得去。400 多年前，徐霞客下去；400 年后，追随徐公足迹的唐颐，也下去了。

"华山天险"号称华山第一险道，它开凿于南峰山腰之间，上下皆是刀削般的悬崖峭壁。"分为三段栈道，均需手挽铁索，面壁贴腹而行，望之森森，登之危危。"《徐霞客游记》中没有记载徐公是否攀登。

唐颐说，他要替徐公一试，冒险下去了。那一年唐颐41岁，同行的年轻人手脚发软，只能坐着看老大哥施展敏捷的身手，在悬崖峭壁上上下下，叹为观止。

具备这样的胆识、体力和冒险精神，才能做一个不畏艰险的旅行家。

从读大学开始，唐颐就喜欢文学和历史。工作后，他从不间断地阅读和积累，形成比较深厚的文史修养。他喜欢对所在地域文化的收集和研究，并且四处走动，把地方文献与旅行考察结合起来，这样他就不同于一般的旅行者。特别是退休后，自驾游成了他的最爱，他开始全国性地边走边读边写。徐霞客的精神早已在他心里扎根，又得益于现代社会交通便利，他的足迹大大胜过徐公，走遍华夏并走向世界……

唐颐退休后的十多年间，在不停地边走边读边写中，视野更加开阔，感觉更加敏锐，气魄也更加雄健。他经历了长期旅途的艰辛，但途中的夜晚再累，也要坚持写日记；每次出发前和回家后，都要伏案研读史料……如今，一路上的风风雨雨都过去了，彩虹却留在文字里，他捧出《唐颐行读文存》8册，200多万字，洋洋大观……

一个文化行者的追求与快乐形象，跃然而出！

二

《唐颐行读文存》（以下简称《文存》）其中两册是《边走边读徐霞客》《边走边读苏东坡》。这两册是《文存》重心所在，也是作者用力最多的。唐颐是在重踏徐霞客和苏东坡走过的路上，边走边读边写。这其实是一种对历史名人的综合性研究。前者厚厚的一册，凝结着作者的多少心血。对徐霞客旅行路线的考察，对他旅行中所经历事件的考证和分析，都超过一般学者的论述。花这样大的工夫，不仅仅是对文献的梳理，而是通过重踏徐霞客旅行的足迹，与《徐霞客游记》结合起来，深入探究徐霞客丰富和复杂的内心世界，重新塑造这个大旅行家有温度有情感的奇志和性格。其二，这种重踏，把《徐霞客游记》中相关内容与唐颐的实地考察，进行古今对比，形成他笔下游记新的内容，既有历史沧桑感、文化感，又有时代感。唐颐充满深情的抒写，提供了一个新的角度，让今天的读者更好地理解400年前的奇人徐公。

除了徐霞客，唐颐还痴迷苏东坡。很多人喜爱苏东坡，主要是通过阅读他的诗文去认识他。而唐颐却是重踏苏东坡走过的路，追踪苏公一生的足迹，在边走边读中，去接近一个从生存困境乃至绝境中超脱出来的伟大的自由心灵。唐颐年轻时也喜欢秦观的词，但不喜欢秦观忧愁的性格，认为他不能像苏老师那样豁达开朗。唐颐也有近似苏东坡的性格，具有明智通达的特点，自然有诸多的相通和共鸣。所以，他也是苏东坡的“粉丝”。

但许多人都写过苏东坡，唐颐还能写出新意吗？

唐颐崇拜苏东坡，还有一个重要原因，就是苏东坡曾几次任太守，在为官任上为百姓办实事办好事。因为唐颐也曾是基层官员，特别关注苏东坡的政绩。他认为，苏东坡与白居易、李白相比，他的行政能力最强，白居易次之，李白最差。唐颐这样写道：“民情、民意、民生，似乎无关风雅，但能时刻挂在心头，应是地方官最大风雅。”（《扬州风雅贯古今》）苏东坡的风雅，并不只是文才的盖世，还有为官留下的政绩。所谓“政声人去后”。

比如，苏东坡任定州太守，时间虽短，但做了诸多好事，却在定州任上被贬。百姓自动组织起来，堵住城门，不让苏公走，也不让皇差走，要讨个说法；还做了一把万民伞，在伞上签名请愿。后来在苏东坡的一再劝说下，老百姓才让皇差出城，仍然不让苏公走。相传第二天黎明，苏东坡悄悄离开，但还是被百姓发觉，不让他走。苏东坡苦口婆心说服大家，最后，老百姓要求苏知州扒下老靴子，穿上百姓赠送的新靴子上路。那双老靴子被供奉在城门楼上，作为纪念。这便是定州流传至今的“苏东坡扒靴”的故事。写到这里，唐颐还对苏东坡的无奈，作了更深一层的分析：“在政治斗争面前，民意算什么呢？老百姓拥戴又算什么呢？弄不好，老百姓自发的场面会被认为是你鼓动教唆的，这不是违抗圣命，罪上加罪吗？”苏东坡的悲剧，得到了深刻的揭示。

唐颐不仅关注苏东坡和徐霞客这样的历史名人，关注传统文化留在大地上的“文脉”，而且对所到之处的现代科学文化倍感兴趣。换言之，对科学知识和理性精神的热爱和展示，为《唐颐行读文存》增添了鲜活的新文化形态。

《腾冲有一条“胡焕庸线”》，写得特别新奇，富有启示。许多人不知道，腾冲是中国一条著名的人口地理分界线。这条看不见的中国人口地理分界线，被国际人口地理学界命名为“胡焕庸线”。“1935年，36岁的胡焕庸用一把尺子，在中国地图上，画下这条大致倾斜45度的直线。就这么神奇一画，画出了中国人口密度的对比线：线的东南方36%国土居住96%人口。”后来的研究者不断发现，“胡焕庸线”也是一条自然地理分界线。它基本上和我国400毫米等降水量线重合，两边地理、气候迥异，是半湿润与半干旱地区的标志。它还是一条历史地理分界线，这条线几乎成了中原王朝控制疆域的边界线，是汉民族与其他民族战争与和平的生命线。近些年，有许多人不断发现“它”的西面是唐代边塞诗歌吟的大漠落日、古来征战地；东面则是田园诗人笔下的江南风光。社会学研究者发现，它的东部是农耕的、宗法的、科举的、儒教的；而它的西部是游牧狩猎的、部族的、崇武的、多元信仰的……

这条神奇的“胡焕庸线”，400年前的徐霞客是不可能发现的，它需要现代的科学知识。今天，唐颐把它写出来，而且作为文存中一册《行读“胡焕庸线”西面风景》。他从腾冲自驾车出发，沿着川藏线一路前行，进入西藏，又顺着青藏线，到格尔木，再进入新疆、内蒙……有了“胡焕庸线”作为背景，对它西面辽阔而奇异的地域和风景，就有了另一种的理解和认识。

到了甘肃，唐颐专程参观酒泉卫星发射中心的航天城。这里是我国综合性导弹卫星的发射中心，是唯一的载人航天发射场。2003年10月15日中国第一艘载人飞船——“神舟”五号，乘载着航天员杨利伟，在酒泉发射成功。现在，“把‘神舟’五号送上天的发射塔，现已成为文物，专供游客参观。浅蓝色的巍巍高塔矗立在戈壁滩上，与作为底色的蓝天几乎融为一体，由远及近走向它，显然比电视上逐步推进的镜头真实”。

酒泉中国航天历史展示馆里珍藏着杨利伟着陆的返回舱，“一个直径2.40米的球状体，舱壁上有两个圆形窗口，银灰色，外表斑驳陆离，明显火燎烟熏过的痕迹。令人联想起孙悟空被太上老君投入八卦炉冶炼的场景”，杨利伟就藏身在这个小小的球舱，从太空飞回到大地。

《唐颐行读文存》记录了许多红色文化，描述了留在各地的英雄故事和足迹。

2019年，唐颐与妻子一起瞻仰红军长征突破湘江烈士纪念园。1934年冬，中央红军长征到湘桂边界，国民党集中了30万兵力，欲凭湘江天险，全歼红军。经历浴血奋战的七个昼夜，红军将士以牺牲过半的沉重代价突破湘江防线，继续北上抗日。唐颐细细地记述了他们在纪念馆里，所看到的可歌可泣的悲壮历史。

湘江之岸浯溪，是革命家陶铸的家乡。唐颐夫妻拜谒了浯溪公园的陶铸坐像，参观了陶铸纪念馆。他想起年轻时读过的陶铸名篇《松树的风格》《理想、情操、精神生活》，为陶铸的思想境界和才情所折服。特别是看到陶铸在动荡年代写给夫人曾志的诀别诗里的名句“心底无私天地宽”，他再一次为之感动。陶铸和曾志曾是闽东苏区的开创者，作者还写了曾志和陶斯亮一家与闽东的革命情缘。

《行读五洲万象》是一册域外游记。唐颐记述在非洲、亚洲、欧洲等各国的游历。在非洲的肯尼亚大草原，他看到角马奔腾的壮观无比的大场面。他仰望海明威笔下的乞力马扎罗的雪山，沉迷于这个“赤道雪山”的奇观。在伊斯坦布尔，他细致地写下在本地大巴扎购物的经历和奇闻。在意大利，他坐着翘尾的彩船，穿过一座座形状各异的小桥，欣赏水城威尼斯的奇特风光。

唐颐笔下最有特色的写法，是将自己经历中与外国文化有关的内容，结合起来写，在两者之间建立起文化交流的桥梁。比如，写布拉格，从自己早年收藏的与布拉格有关的邮票说起，再写到出生在布拉格的作家卡夫卡，接着写根据米兰·昆德拉小说改编的电影《布拉格之恋》。又如到匈牙利的布达佩斯，他从早年读过的中国诗人殷夫用格律诗所译的裴多菲诗“生命诚可贵，爱情价更高”写起，再说到1957年“匈牙利俱乐部”的纳吉……这样写来，因为有了这些中国读者熟悉的人文内容，原本陌生的外国，不再陌生，而且有了亲切之感。

《唐颐行读文存》8册，内容繁复多样，展示了作者视野的开阔和精神世界的博大。他从闽东写起，扩大到福建，再写到全国各地，最后是五洲万象，展示了一幅幅万象纷呈、五彩缤纷的长卷。人在大地上旅行，就是不断走出边界、走出国界的隔离，不断进行不同文化之间的交流和融合，才会有人类文化的共同体验。

三

从唐颐的散文创作历程上看，2006年出版的《树犹如此》散文集，让原本熟悉他的人，惊奇地看到一个陌生的散文作家的新面孔。随后的《二十八个人的闽东》《闽东纪事》，从文化视角，通过闽东历史人物，对地域的历史和文化作了深入的探寻。善于对所处地域“文脉”的梳理和挖掘，成为他散文创作的一个特点。

但他的散文创作并不局限于闽东，2016出版的《寻找苏联记忆》，是他旅游散文的开端之作。它不同于一般的域外游记，因为作者这一代人曾经接受“苏联文化”和俄罗斯古典文学的教育，现在他通过20天的俄罗斯行旅，来寻找记忆中的俄罗斯文学和苏联印迹。

同年出版的《山水有道》散文集，是八闽采风的游记，也是“行读”的开始。

“行读”作为唐颐一种新的创作方式，它与文化学者在书斋里的“神游”是大不一样的，也没有那种掉书袋的学究气。后者关注的是文献所记录的史实，而前者则是通过实地考察，把眼见的“实物”与历史文献的相关内容，进行对比、联想和思考，产生一种理性分析。这得益于他丰富的人生阅历，对人性深刻的理解。即使是对他所崇敬的徐公和苏公，也同样是用他的慧眼来观照来分析，并不盲目崇拜。

他专门写了《徐霞客与静闻和尚》，通过两人的关系，来探究徐霞客的内心世界。静闻和尚是虔诚的佛教徒，曾刺血写一部《华严经》，想供奉大理鸡足山寺迦叶菩萨道场，所以与徐霞客同行。在一次旅途中，乘船在江中遇强盗时，他用性命保存了徐霞客的手稿，自己身负重伤。但他性格执拗、迂腐，是一个书呆子。在长途旅行中与徐霞客产生过误会和冲突。静闻负伤后，抱病跟随徐公离开桂林，身体越来越差，渴望早日朝拜鸡足山，献上血经，以偿夙愿。“但徐公一进向粤西，似乎完全沉醉在喀斯特地貌之中”，在桂林考察五十多日。但此时的静闻已经不能再等待，在病榻上再三向徐公索求布鞋和衡山茶，就是准备痊愈后，独自上鸡足山。徐公虽然明白静闻的心思，但考察喀斯特地貌是他的重要事业，不可能放弃，只能对不起静闻了。“伟人对认定的事业永远执着，或者也可以理解为偏执。”待他75天后回到南宁，静闻已经不幸在暂住的寺庙抱恨病逝。徐霞客感到愧疚、自责、悲痛，写下泣血之作痛悼静闻，并历尽艰难，从寺庙讨回静闻的遗骨，护送到鸡足山寺下葬佛塔。这篇佳作，在史料基础上真实地刻画和分析了徐公与静闻的各自性格、两人不同信仰的错位而产生的悲剧，感人至深，表现了唐颐的理性穿透力。

又如，唐颐到惠州，专程拜谒朝云墓。当年苏东坡万里投荒到惠州，已年近花甲，身边的丫头和家仆纷纷离开。只有三十出头的王朝云，不离不弃始终陪伴在苏东坡左右。不幸的是一场瘟疫夺走了她34岁的如花生命。王朝云的忠贞和痴情，感动了一代又一代的惠州百姓，感动了一代又一代的文人墨客。当然，最感动的应该是苏东坡，写诗称赞她是患难与共的知己，是慰藉他心灵伤痛的天上仙女……

可是，如此感动如此深爱朝云的苏公，为什么生前和死后都不给她“扶正”？

当唐颐看到王朝云墓碑上写着“苏文忠公待妾王氏朝云之墓”，他对“待妾”提出质疑：“王朝云死后仍没有夫人的名分，让人弄不明白，苏东坡为何如此？从礼仪上说是没有障碍的，因为王闰之夫人已去世多年；从感情上说，朝云于苏东坡心目中是实际上的夫人加仙女。这也许是个千古之谜吧。”作者没有给出答案，而是用含蓄的质疑，把读者引向对苏东坡内心复杂性的思考。

这样独立思考的理性分析，源自史料又大大超越了史料，是唐颐散文中最为精彩最为闪光的内容。正因此，使他超越了“粉丝”的低层次，表现出一个文化行者的思想高度。

《唐颐行读文存》不是追随那种曾经流行的学者长篇文化散文的写法，而是承继《徐霞客游记》的日记体，精短、简洁，追求纪实性和审美性的融合。在他的笔下，简练古朴的句式，和当代流行的口语融合在一起。也像徐霞客一样，不用过多的抒情和文采。文中引述《徐霞客游记》时，还把其中一些古奥难懂的段落，译成现代语言。可见，他是写给热爱“文旅”的普通读者看的。所以他的语言讲究浅白、朴实、生动，充盈着一种新鲜活泼的情趣，追求一种雅俗共赏的艺术效果。这样，就形成《唐颐行读文存》“好读”和“好看”的艺术特点：“好读”，就是上面所说的语言特色；“好看”，是书中的内容，是旅途所见所闻的美丽山水和新奇有趣的故事。这就是唐颐游记散文的艺术魅力。

唐颐退休前，只能利用节假日外出旅行。2013年退休后，他成了专业的旅行家。生命不但没有因为退休而衰老，反而爆发出令人惊叹的活力。他年近七旬，还自驾游到西藏，在世界屋脊驰骋。他的生命力更加充沛，胆识和气魄更大。与此同时，他走到哪里，也写到哪里，游记散文创作出现了“井喷”，写出了8册的《唐颐行读文存》。退休后的唐颐，那种充满青春激情的再出发，那种焕发着生命力的豪情和喷涌而出的灵感才华，让众人惊讶，令文友们羡慕。

2025年的春天，这位年过七旬的“三游斋老夫”，又与妻子一起“自驾游”。坐在副驾驶位的永远是他的爱妻。这是唐颐旅行的一个特点：与妻子同行。他称为“余生伴侣逍遥游”。在高原山风的吹拂下，他手握方向盘，兴致勃勃地驰骋在川西大地上……一路上，他们是多么欢畅，那是一种能按照自己的理想生活，从内心涌出的真正快意！

记得2016年，唐颐赠我新作《寻找苏联记忆》，那次我正好乘动车从宁德到厦门，就在车上展读。伴随着动车轻微的节奏感，我仿佛也是乘着列车，追随唐颐到俄罗斯旅游，去寻找我们这一代人的“苏联记忆”。那种美好的读书场景，一直留在我的记忆中……

我与唐颐同龄，但很少出门，是个孤陋寡闻的文弱“宅男”。唐颐的勇气、胆识和生命的活力，是我望尘莫及的。这一次在家中通读《唐颐行读文存》，我感到又是一次跟随着他去快乐地“神游”，而这一次的文化之旅，时间更长，路途更遥远、更美好……

2025年盛夏